比較文學叢書

現象學
與文學批評

鄭樹森　編

東大圖書公司

國家圖書館出版品預行編目資料

現象學與文學批評／鄭樹森編.－－二版二刷.－
－臺北市：東大，2009
　　面；　公分.－－(比較文學叢書)
參考書目：面
ISBN 978-957-19-2784-8　(平裝)

1. 文學－評論

812　　　　　　　　　　　　　　　93014849

© **現象學與文學批評**

編　者　鄭樹森
發行人　劉仲文
著作財
產權人　東大圖書股份有限公司
　　　　臺北市復興北路386號
發行所　東大圖書股份有限公司
　　　　地址／臺北市復興北路386號
　　　　電話／(02)25006600
　　　　郵撥／0107175-0
印刷所　東大圖書股份有限公司
門市部　復北店／臺北市復興北路386號
　　　　重南店／臺北市重慶南路一段61號
初版一刷　1984年7月
二版一刷　2004年9月
二版二刷　2009年2月
編　號　E 810320
行政院新聞局登記證局版臺業字第○一九七號

ISBN　978-957-19-2784-8　(平裝)
http://www.sanmin.com.tw　三民網路書店

「比較文學叢書」總序

　　收集在這一個系列的專書反映著兩個主要的方向：其一，這些專書企圖在跨文化、跨國度的文學作品及理論之間，尋求共同的文學規律 (common poetics)、共同的美學據點 (common aesthetic grounds) 的可能性。在這個努力中，我們不隨便信賴權威，尤其是西方文學理論的權威，而希望從不同文化、不同美學的系統裡，分辨出不同的美學據點和假設，從而找出其間的歧異和可能匯通的線路；亦即是說，決不輕率地以甲文化的據點來定奪乙文化的據點及其所產生的觀、感形式、表達程序及評價標準。其二，這些專書中亦有對近年來最新的西方文學理論脈絡的介紹和討論，包括結構主義、現象哲學、符號學、讀者反應美學、詮釋學等，並試探它們被應用到中國文學研究上的可行性及其可能引起的危機。

　　因為我們這裡推出的主要是跨中西文化的比較文學，與歐美文化系統裡的跨國比較文學研究，是大相逕庭的。歐美文化的國家當然各具其獨特的民族性和地方色彩，當然在氣質上互有特出之處；但往深一層看，在很多根源的地方，是完全同出於一個文化體系的，即同出於希羅文化體系。這一點，是很顯明的，只要是專攻歐洲體系中任何一個重要國家的文學，都無法不讀一些希臘和羅馬的文學，因為該國文學裡的觀點、結構、修辭、技巧、文類、題材都要經常溯源到古希臘文化中哲學美學的假設裡、或中世紀修辭學的一些架構，才可以明白透

徵。這裡只需要舉出一本書，便可見歐洲文化系統的統一和持續性的深遠。羅拔特‧寇提斯 (Robert Curtius) 的《歐洲文學與拉丁中世紀時代》一書裡，列舉了無數由古希臘和中世紀拉丁時代成形的宇宙觀、自然觀、題旨、修辭架構、表達策略、批評準據……如何持續不斷的分布到英、法、德、義、西等歐洲作家。我們只要細心去看，很容易便可以把彌爾頓和歌德的某些表達方式、甚至用語，歸源到中世紀流行的修辭的策略。事實上，一個讀過西洋文學批評史的學生，必然會知道，如果我們沒有讀過柏拉圖、亞里斯多德、賀瑞斯 (Horace)、朗吉那斯 (Longinus)，和文藝復興時代的義大利批評家，我們便無法了解菲力普‧席德尼 (Philip Sidney) 的批評模子和題旨，和德萊登批評中的立場，和其他英國批評家對古典法則的延伸和調整。所以當艾略特 (T. S. Eliot) 提到「傳統」時，他要說「自荷馬以來……的歷史意識」。

這兩個平常的簡例，可以說明一個事實：即是，在歐洲文化系統裡（包括由英國及歐洲移植到美洲的美國文學，拉丁美洲國家的文學）所進行的比較文學，比較易於尋出「共同的文學規律」和「共同的美學據點」。所以在西方的比較文學，尤其是較早的比較文學，在命名、定義上的爭論，不是他們所用的批評模子中美學假設合理不合理的問題，而是比較文學研究的對象及範圍的問題。在早期，法國、德國的比較文學學者，都把比較文學研究的對象作為一種文學史來看待。德人稱之為 Vergleichende Literaturgeschichte。法國的卡瑞 (Carré) 並開章明義的說是文學史的一環，他心目中的研究不是藝術上的美學模式、風格……等的衍變史，而是甲國作家與乙國作家，譬如英國的拜倫和俄國的普希金接觸的事實。這個偏重進而探討某

作家的發達史，包括研究某書的被翻譯、評介、其被登載的刊
物、譯者、旅人的傳遞情況，當地被接受的情況，來決定影響
的幅度（不一定能代表實質）和該作家的聲望（如 Fernand
Baldensperger 的批評所代表的），是研究所謂文學的「對外貿
易」。這樣的作法──把比較文學的研究對象定位在作品的興
亡史──正如威立克 (René Wellek, 1903–1995) 和維斯坦 (Ul-
rich Weisstein) 所指出的，是外在資料的彙集，沒有文學內在
本質的了解，是屬於文學作品的社會學。另外一種目標，更加
涇渭難分，即是把民俗學中口頭傳說題旨的追尋、題旨的遷移
（即由一個國家或文化遷移到另一個國家或文化的情況，如指
出印度的《羅摩衍那》(Ramayana) 是《西遊記》中的孫悟空
的前身）視作比較文學。這種作法，往往也是挑出題旨而不加
美學上的討論。但如果我們進一步問：印度的《羅摩衍那》在
其文化系統裡、在其表義的構織方式中和轉化到中國文化系統
裡、在中國特有的美學環境及需要裡有何重要藝術上的蛻變。
這樣問則較接近比較文學研究的本質，而異於一般的民俗學。
其次，口頭文學（包括初民儀式劇的表現方式）及書寫文學之
間的互為影響，亦常是比較文學研究的目標；但只指出影響而
沒有對文學規律的發掘，仍然易於流為表面的統計學。比較文
學顧名思義，是討論兩國、三國、甚至四、五國間的文學，是
所謂用國際的幅度去看文學，如此我們是不是應該把每國文學
的獨特性消除，而追求一種完全共通的大統合呢？歌德的「世
界文學」的構想常被視為比較文學的代號。但事實上，如威立
克所指出，歌德所說是指向未來的一個大理想，當所有的文化
確然溶合為一的時候，才是真正「世界文學」的產生。但這理
想的達成，是把獨特的消滅而只留共通的美感經驗呢？還是把

各國獨特的質素同時並存，而成為近代美國詩人羅拔特·鄧肯
(Robert Duncan) 所推崇的「全體的研討會」？如果是前者，則
比較文學喪失其發揮文學多樣性的目標，如此的「世界文學」
意義不大。近數十年來，文學批評本身發生了新的轉向，就是
把文學之作為文學應該具有其獨特本質這一個課題放在研究對
象的主位，俄國的形式主義、英美的新批評、現象哲學分派的
殷格頓 (Roman Ingarden)，都從「構成文學之成為文學的屬性
是什麼？」這個問題入手，去追尋文學中獨有的經驗原型、構
織過程、技巧等。這個轉向間接的影響了西方比較文學研究對
象的調整，第一，認定前述對象未涉及美感經驗的核心，只敘
述或統計外在現象，無法構成可以放諸四海而皆準的美感準
據。第二，設法把作品的內在應合統一性視為研究最終的目
標。

我們可以看見，這裡對比較文學研究對象有偏重上的爭
議，而沒有對他們所用的批評模子中的美學假定、價值假定懷
疑。因為事實上，在歐美系統中的比較文學裡，正如維斯坦所
說的，是單一的文化體系，在思想、感情、意象上，都有意無
意間支持著一個傳統。西方的比較文學家，過去幾乎沒有人用
哲學的眼光去質問他們所用的理論之作為理論及批評據點的可
行性，或質問其由此而來的所謂共通性共通到什麼程度。譬如
「作品自主論」者（包括形式主義、新批評和殷格頓）所得出
來的「內在應合的統一性」，確是可以成為一切美感的準據
嗎？「作品自主論」者因脫離了作品成形的歷史因素而專注於
作品內在的「美學結構」，雖然對一篇作品裡肌理織合有細緻
詭奇的發揮，也確曾豐富了統計式、考據式的歷史批評，但它
反歷史的結果往往導致美學根源應有認識的忽略而凝滯於表面

意義的追索。所以一般近期的文學理論，都試圖綜合二者，即在對作品內在美學結構闡述的同時，設法追溯其各層面的歷史衍化緣由與過程。

問題在於：不管是舊式的統計考據的歷史方法、或是反歷史的「作品自主論」，或是調整過的美學兼歷史衍化的探討，在歐美文化系統的比較文學研究裡，其所應用的批評模子，其歷史意義、美學意義的衍化，其哲學的假定，大體上最後都要歸源到古代希臘柏拉圖和亞里斯多德的「關閉性」的完整、統一的構思，亦即是：把萬變萬化的經驗中所謂無關的事物摒除而只保留合乎先定或預定的邏輯關係的事物，將之串連、劃分而成的完整性和統一性。從這一個構思得來的藝術原則，是否真的放在另一個文化系統——譬如東方文化系統裡——仍可以作準？

是為了針對這一個問題使我寫下了〈東西比較文學中模子的應用〉一文。是為了針對這一個問題使我和我的同道，在我們的研究裡，不隨意輕率信賴西方的理論權威。在我們尋求「共同的文學規律」和「共同的美學據點」的過程中，我們設法避免「壟斷的原則」（以甲文化的準則壟斷乙文化）。因為我們知道，如此做必然會引起歪曲與誤導，無法使讀者（尤其是單語言單文化系統的讀者）同時看到兩個文化的互照互識。互照互對互比互識是要西方讀者了解到世界上有很多作品的成形，可以完全不從柏拉圖和亞里斯多德的美學假定出發，而另有一套文學假定去支持它們；是要中國讀者了解到儒、道、佛的架構之外，還有與它們完全不同的觀物感物程式及價值的判斷。尤欲進者，希望他們因此更能把握住我們傳統理論中更深層的含義；即是，我們另闢的境域只是異於西方，而不是弱於

西方。但，我必須加上一句：重新肯定東方並不表示我們應該
拒西方於門外，如此做便是重蹈閉關自守的覆轍。所以我在
〈東西比較文學中模子的應用〉特別呼籲：

> 要尋求「共相」，我們必須放棄死守一個「模子」的固執，
> 我們必須要從兩個「模子」同時進行，而且必須尋根探
> 固，必須從其本身的文化立場去看，然後加以比較和對
> 比，始可得到兩者的面貌。

東西比較文學的研究，在適當的發展下，將更能發揮文化交流
的真義：開拓更大的視野、互相調整、互相包容。文化交流不
是以一個既定的形態去征服另一個文化的形態，而是在互相尊
重的態度下，對雙方本身的形態作尋根的了解。克勞第奧·歸
岸 (Claudio Guillén) 教授給筆者的信中有一段話最能指出比較
文學將來發展應有的心胸：

> 在某一層意義說來，東西比較文學研究是、或應該是這麼
> 多年來〔西方〕的比較文學研究所準備達致的高潮，只有
> 當兩大系統的詩歌互相認識、互相觀照，一般文學中理論
> 的大爭端始可以全面處理。

在我們初步的探討中，在在可以印證這段話的真實性。譬如文
學運動、流派的研究（例：超現實主義、江西詩派……），譬
如文學分期（例：文藝復興、浪漫主義時期、晚唐……），譬
如文類（例：悲劇、史詩、山水詩……），譬如詩學史，譬如
修辭學史（例：中世紀修辭學、六朝修辭學），譬如比較批評
史（例：古典主義、擬古典主義……），譬如比較風格論，譬
如神話研究，譬如主題學，譬如翻譯學理論，譬如影響研究，

譬如文學社會學，譬如文學與其他的藝術的關係……無一可以
用西方或中國既定模子、無需調整修改而直貫另一個文學的。
這裡只舉出幾個簡例：如果我們用西方「悲劇」的定義去看中
國戲劇，中國有沒有悲劇？如果我們覺得不易拼配，是原定義
由於其特有文化演進出來特有的局限呢？還是中國的宇宙觀念
不容許有亞里斯多德式的悲劇產生？我們應該把悲劇的觀念局
限在亞里斯多德式的觀念嗎？中國戲劇受到普遍接受的時候，
與祭神的關係早已脫節，這是不是與希臘式的悲劇無法相提並
論的原因？我們應不應該擴大「悲劇」的定義，使其包含不同
的時空觀念下經驗顫動的幅度？再舉一例，epic 可以譯為「史
詩」嗎？「史」以外還有什麼構成 epic 的元素？西方類型的
epic 中國有沒有？如果有類似的，但沒有發生在古代（正如中
國的戲劇沒有成為古代主要的表現形式——起碼沒有留下書寫
的記錄而被研討的情形一樣），對中國文學理論的發展與偏重
有什麼影響？跟著我們還可以問：西方神話的含義，尤其是加
插了心理學解釋的神話的「原始類型」，如「伊底帕斯情意
結」（Oedipus Complex，殺父戀母情意結）、納西塞斯（Nar-
cissism，美少年自鑑成水仙的自戀狂）……在中國的文學裡有
沒有主宰性的表現？這兩種隱藏在神話裡的經驗類型和西方
「唯我、自我中心」的文化傾向有沒有特殊的關係？如果有，
用在中國文學的研究裡有什麼困難？

　　顯而易見，這些問題只有在中西比較文學中才能尖銳地被
提出來，使我們互照互省。在單一文化的批評系統裡，很不容
易注意到其間歧異性的重要。又譬如所謂「分期」、「運動」，
在歐美系統裡，是在一個大系統裡的變動，國與國間有連鎖的
牽動，由不少相同的因素所引起。所以在描述上，有人取其容

易，以大略年代分期。一旦我們跨上中西文化來討論，這往往不可能。中國有完全不同的文學變動，完全不同的分期。在西方的比較文學中，常有「浪漫時期文學」、「現代主義文學」，集中在譬如英法德西四國的文學，是正統的比較文學課題。在討論過程中，因為事實上是有相關相交的推動元素，所以很自然的也不懷疑年代之被用作分期的手段。如果我們假設出這樣一個題目：「中國文學中的浪漫主義」，我們便完全不能把「浪漫主義」看作「分期」，由於中國文學裡沒有這樣一個文化的運動（五四運動裡浪漫主義的問題另有其複雜性，見筆者的 "Historical Totality and the Studies of Modern Chinese Literature," *Tamkang Review*, 10.1–2 [Autum & Winter, 1979]: 35–55），我們或者應該否定這個題目；但這個題目顯然另有要求，便是要尋求出「浪漫主義」的特質，包括構成這些特質的歷史因素。如此想法，「分期」的意義便有了不同的重心。事實上，在西方關於「分期」的比較文學研究裡，較成功的，都是著重特質的衡定。

由是，我們便必須在這些「模子」的導向以外，另外尋求新的起點。這裡我們不妨借亞伯拉姆斯 (M. H. Abrams) 所提出的有關一個作品形成所不可或缺的條件，即世界、作者、作品、讀者四項，略加增修，來列出文學理論架構形成的幾個領域，再從這幾個領域裡提出一些理論架構形成的導向或偏重。在我們列舉這些可能的架構之前，必須有所說明。第一，我們只借亞氏所提出的條件，我們還要加上我們所認識到的元素，但不打算依從亞氏所提出的四種理論；他所提出的四種理論：模擬論 (Mimetic Theory)、表現論 (Expressive Theory)、實用論 (Pragmatic Theory) 和美感客體論（Objective Theory，因為是

指「作品自主論」，故譯為「美感客體論」），是從西方批評系統演繹出來的，其含義與美感領域與中國可能具有的「模擬論」、「表現論」、「實用論」及至今未能明確決定有無的「美感客體論」，有相當歷史文化美學的差距。這方面的探討可見劉若愚先生的《中國文學理論》一書中拼配的嘗試及所呈現的困難。第二，因為這只是一篇序言，我們在此提出的理論架構，只要說明中西比較文學探討的導向，故無意把東西種種文學理論的形成、含義、美感範疇作全面的討論（我另有長文分條縷述）。在此讓我們作扼要的說明。

經驗告訴我們，一篇作品產生的前後，有五個必需的據點：㈠作者，㈡作者觀、感的世界（物象、人、事件），㈢作品，㈣承受作品的讀者和㈤作者所需要用以運思表達、作品所需要以之成形體現、讀者所依賴來了解作品的語言領域（包括文化歷史因素）。在這五個必需的據點之間，有不同的導向和偏重所引起的理論，其大者可分為六種。茲先以簡圖表出。

㈎作者通過文化、歷史、語言去觀察感應世界，他對世界（自然現象、人物、事件）的選擇和認知（所謂世界觀）和他採取的觀點（著眼於自然現象？人事層？作者的內心世界？）將決定他觀感運思的程式（關於觀、感程式的理論，譬如道家對真實具體世界的肯定和柏拉圖對真實具體世界的否定）、決定作品所呈現的美感對象（關於呈現對象的理論，譬如中西文學模擬論中的差距，譬如自然現象、人事層、作者的內心世界不同的偏重等）、及相應變化的語言策略（見㈏）。作者對象的確立、運思活動的程序、美感經驗的源起的考慮，各自都產生不同的理論。

㈏作者觀、感世界所得的經驗（或稱為心象），要通過文

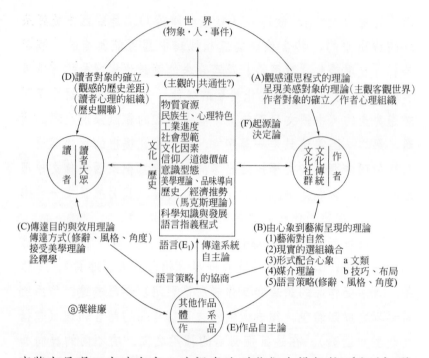

字將它呈現、表達出來，這裡牽涉到藝術安排設計（表達）的
幾項理論，包括(1)藝術（語言是人為的產物）能不能成為自然
的討論。(2)作者如何去結構現實：所謂「普遍性」即是選擇過
的部分現實；所謂「原始類型」的經驗即是「減縮過」的經
驗。至於其他所提供的「具體的普遍性」、「經驗二分對立現
象」，如李維史陀 (Lévi-Strauss) 的結構主義所提出的、如用空
間觀念統合經驗、用時間觀念串連現實、用卦象互指互飾互參
互解的方式貫徹構織現實，都是介乎未用語與用語之間的理
論。(3)形式如何與心象配合、協商、變通。這裡可以分為兩類
理論：(a)文類的理論：形成的歷史，所負載的特色、配合新經
驗時所面臨的調整和變通等（請參照前面有關「文類」的簡
述）。(b)技巧理論。(4)語言作為一種表達媒介本身的潛能與限

制的討論，如跨媒體表現問題的理論。(5)語言策略的理論，包括語言的層次，語法的處理，對仗的應用，意象、比喻、象徵的安排，觀點、角度……等。有些理論集中在語言的策略如何配合原來的心象；但在實踐上，往往還會受制於讀者，所以有些理論會偏重於作者就「作品對讀者的效用」(見(C)) 和「讀者的歷史差距和觀感差距」(見(D)) 所作出的語言的調整。

(C)一篇作品的成品，可以從作者讀者兩方面去看。由作者方面考慮，是他作品對讀者的意向，即作品的目的與效果論（「教人」、「感人」、「悅人」、「滌人」、「正風」、「和政」、「載道」、「美化」……）。接著這些意向所推進的理論便是要達成目的與效用的傳達方式，即說服或感染讀者應有的修辭、風格、角度的考慮。（這一部分即與(B)中語言策略的考慮相協調。）

從讀者（包括批評家）方面考慮，是接受過程中作品傳達系統的認識與讀者美感反應的關係。譬如有人要找出人類共通的傳達模式（如以語言學為基礎的結構主義所追尋的所謂「深層結構」，如語言作為符號所形成的有線有面可尋的意指系統）。

由作者的意向考慮或由讀者接受的角度考慮都不能缺少的是「意義如何產生、意義如何確立」的詮釋學。詮釋學的理論近年更由「封閉式」的論點（主張有絕對客觀的意義層）轉而為「開放式」的探討：一個作品有許多層意義，文字裡的，文字外的，由聲音演出的（語姿、語調、態度、情緒、意圖、意向），與讀者無聲的對話所引起的，讀者因時代不同、教育不同、興味不同而引發出來的……「意義」是變動不居，餘緒不絕的一個生長體，在傳達理論研究裡最具哲學的深奧性。

⒟讀者（包括觀眾）既然間接的牽制著作者的構思、選詞、語態，所以讀者對象的確立是很重要的，但作者只有一個，往往都很難確立，讀者何止千萬，我們如何去範定作者意屬的讀者群（假定有這樣一個可以辨定的讀者群的話）？作者在虛實之間如何找出他語言應有的指標？反過來說，如果作者有一定的讀者對象作準（譬如「普羅」、「工農兵」、「婦解女性」、「教徒」……），其選擇語言的結果又如何？讀者對象在作者創作上的美學意義是什麼？他觀、感世界的視限（歷史差距）和作者的主觀意識間有著何種相應的變化？因為這個差距，於是亦有人企圖發掘讀者心理的組織，試著將它看作與作者心理結構互通的據點，所謂「主觀共通性」的假設。這裡頭問題重重。這個領域在我國甚少作理論上的探討，而在外國亦缺乏充分的發展。顯而易見，這個領域的理論雖未充分發展，但俱發生在創作與閱讀兩個過程裡。事實上，從來沒有人能夠實際的「自說自話」。

⒠一篇作品完成出版後，是一個存在。它可以不依賴作者而不斷的與讀者交往、交談；它不但能對現在的讀者，還可以跨時空的對將來的讀者傳達交談。所以有人認為它一旦寫成，便自身具有一個完整的傳達系統，自成一個有一定律動自身具足的世界，可以脫離它源生的文化歷史環境而獨立存在。持這個觀點的理論家，正如我前面說過的，一反一般根植於文化歷史的批評，而專注於作品內在世界的組織。（俄國形式主義、新批評、殷格頓的現象主義批評）接近這個想法，而把重點放在語言上的是結構主義，把語言視為一獨立自主超脫時空的傳達系統，而把語言的歷史性和讀者的歷史性一同視為次要的、甚至無關重要的東西。這是作品或語言自主論最大的危機。

(F)由以上五種導向可能產生的理論，不管是在觀、感程式、表達程式、傳達與接受系統的研究，作者和讀者對象的把握，甚至於連「作品自主論」，無一可以離開它們文化歷史環境的基源。所謂文化歷史環境，指的是最廣的社會文化，包括「物質資源」、「民族或個人生理、心理的特色」、「工業技術的發展」、「社會的型範」、「文化的因素」、「宗教信仰」、「道德價值」、「意識形態」、「美學理論與品味的導向」、「歷史推勢（包括經濟推勢）」、「科學知識與發展」、「語言的指義程式的衍化」……等。作者觀、感世界和表達他既得心象所採取的方式，是決定於這些條件下構成的「美學文化傳統與社群」；一個作品的形成及傳達的潛能，是決定於這些條件下產生的「作品體系」所提供的角度與挑戰；一個作品被接受的程度，是決定於這些條件所造成的「讀者大眾」。

但導向文化歷史的理論，很容易把討論完全走出作品之外，背棄作品之為作品的美學屬性，而集中在社會文化現象的縷述。尤有進者，因為只著眼在社會文化素材作為批評的對象，往往會為一種意識型態服役而走上實用論，走上機械論，如庸俗的馬列主義所提出的社會主義現實主義。但考慮到歷史整體性的理論家，則會在社會文化素材中企圖找出「宇宙秩序」（道之文──天象、地形）、「社會秩序」（人文──社會組織、人際關係）及「美學秩序」（美文──文學肌理的構織）三面同體互通共照，彷彿三種不同的意符（自然現象事物、社會現象事物、語言符號）同享一個脈絡。關於這一個理想的批評領域仍待發展。一般導向文化歷史的理論的例子有(a)作者私生活的發掘，包括心理傳記的研寫；(b)作者本職的研究，包括出版與流傳的考證；(c)社會形象的分析；(d)某些社會態度、道

德規範的探索，包括精神分析影響下的行為型範（如把虐待狂和被虐待狂視作一切行為活動的指標）；(e)大眾「品味」流變的歷史；(f)文學運動與政治或意識形態的關係；(g)經濟結構帶動意識形態的成長；比較注重「藝術性」，但仍未達致上述理想的批評領域的有(h)文類與經濟變遷的關係；(i)音律、形式與歷史的需求；或(j)既成文類和因襲形式本身內在衍化的歷史與社會動力的關係。一般說來，歷史與美學、意識形態與形式的融合還未得到適切的發展。

我們在中西比較文學的研究中，要尋求共同的文學規律、共同的美學據點，首要的，就是就每一個批評導向裡的理論，找出它們各個在東方西方兩個文化美學傳統裡生成演化的「同」與「異」，在它們互照互對互比互識的過程中，找出一些發自共同美學據點的問題，然後才用其相同或近似的表現程序來印證跨文化美學匯通的可能。但正如我前面說的，我們不要只找同而消除異（所謂得淡如水的「普通」而消滅濃如蜜的「特殊」），我們還要藉異而識同，藉無而得有。在我們計畫的比較文學叢書中，我們不敢說已經把上面簡列的理論完全弄得通透，同異全識，歷史與美學全然匯通；但這確然是我們的理想與胸懷。這裡的文章只能說是朝著這個理想與胸懷所踏出的第一步。在第二系列的書裡，我們將再試探上列批評架構裡其他的層面，也許那時，更多「同異全識」的先進不嫌而拔刀相助，由互照推進到互識，那麼，我們的第一步便沒有虛踏了。

葉　維　廉

1982 年 10 月於聖地雅谷

附錄：比較文學論文叢書第一批目錄

一、葉維廉：《比較詩學》

二、張漢良：《比較文學理論與實踐》

三、周英雄：《結構主義與中國文學》

四、鄭樹森：《中美文學因緣》（編）

五、侯健：《中國小說比較研究》

六、王建元：《現象詮釋學與中西雄渾觀》

七、古添洪：《記號詩學》

八、鄭樹森：《現象學與文學批評》（編）

九、陳鵬翔：《主題學研究論文集》（主編）

參考書目：

這裡只列舉其要，分中西方兩部分，著重理論及問題的探討。因為本文舉了不少西方的例子，先列西方典籍與論文。

甲：外文

一、比較文學理論：

Wellek & Warren. *Theory of Literature*. 3rd.ed: 1962

Aldridge, A. Owen, ed. *Comparative Literature: Matter and Method*, 1969

Stallknecht N. P. and Horst Frenz, ed. *Comparative Literature: Method and Perspective*, Rev.ed; 1971

Etiemble, René, *Comparaison nést pas raison: La Crise de la Littérature Comparée*, 1963; English Version: *The Crisis in Comparative Literature*, tr. G. Joyaux and H. Weisinger (Michigan State U. Press, 1966)

Guillén, Claudio, *Literature as System: Essays Toward the Theory of Literary History*, 1971

Van Tieghem, Paul, *La Littérature Comparée*, 1931 (中文版：戴望舒譯:《比較文學論》商務，一九六六臺版)

Weisstein, Ulrich, *Comparative Literature and Literary Theory*, 1973

V. M. Zhirmunsky, "On the Study of Comparative Literature," *Oxford Slavic Papers*, 1967

二、比較文學與中世紀文學：

Curtius, E. R., *European Literature and the Latin Middle Ages*, tr. W. R. Trask, 1973

三、「世界文學」的觀念：

Strich, Fritz, *Goethe and World Literature*, tr. C. A. M. Sym, 1949

Remak, Henry H. H., "The Impact of Cosmopolitanim and Nationalism on Comparative Literature from the 1880s to the post-World War II Period," *Proceedings IV*, Vol. 1: 390–397

四、比較文學專題研究：

Block, Haskell M., "The Concept of Influence in Comparative Literature," *YCGL 7* (1958): 30–37

Guillén, Claudio, "The Aesthetics of Literary Influence," in *Literature as System* 1971: 17–52

Guillén, Claudio, "A Note on Influences and Conventions," in *Literature as System*, 53–68

Wai-lim Yip, "Reflections on Historical Totality and the Studies of Modern Chinese Literature," *Tamkang Review*, 10.1–2 (Autumn & Winter, 1979): 35–55

Ihab Hassan, "The Problem of Influence in Literary History: Notes Toward a Definition," *Journal of Aesthetics and Art Criticism*, 14 (1955): 66–76

Arrowsmith, William & Roger Shattuck, eds. *The Craft and Content of Translation*, 1961

Brower, Reuben A., ed. *On Translation*, 1966

Wellek, René, "Periods and Movements in Literary History," *English Institute Annual for* 1940

Poggioli, Renato, "A Symposium on Periods," *New Literary History: A Journal of Theory and Interpretation, I.* (1970)

Miles, Josephine, "Eras in English Poetry," *PMLA*, 70 (1955): 853–75

  Examples of Period Studies

    1. Renaissance: Panofsky, Erwin, "Renaissance and Renascences," *Kenyon Review*, 6 (1944): 201–36

    2. Classicism: Levin, Harry, "Contexts of the Classical," *Contexts of Criticism*, (Cambridge, Mass., 1957): 38–54

    3. Baroque: Wellek, René, "The Concept of Baroque in Literary Scholarship," *Journal of Aesthetics*, 5 (1946): 77–109

    4. Romanticism: Wellek René, "The Concept of Romanticism in Literary Scholarship," *Comparative Literature 1* (1949): 1–23, 147–72

    5. Realism: Harry Levin, "A Symposium on Realism", *Comparative Literature 3* (1957): 193–285

Guillén, Claudio, "On the Uses of Literary Genre," *Literature as System*: 107–34

Levin, Harry, "Thematics and Criticism," *The Disciplines of Criticism*, ed. P. Demetz, T. Greene and L. Nelson, 1968: 125–45

E. Auerbach, *Mimesis*, tr. W. R. Trask, 1953

Monro, Thomas, *The Arts and Their Interrelations*

Praz, Mario, *Mnemosyne: The Parallel between Literature and the Visual Arts*, 1970

L. Spitzer, *Liguistics & Literary History*, 1948

N. Frye, *Anatomy of Criticism*, 1957

五、文學理論：（從略）

乙：中文

一、比較文學理論：

1. 錢鍾書：《談藝錄》（上海：開明，一九三七）（部分）

2. 錢鍾書：《舊文四篇》（上海：上海古籍，1979）（部分）

3. 錢鍾書：《管錐篇》三冊（香港：太平，一九八〇）（部分）

4. 陳世驤：《陳世驤文存》（臺北：志文，一九七二）

5. 劉若愚：《中國文學理論》（杜國清譯，臺北：聯經，一九八一）

6. 葉維廉：《飲之太和》（臺北：時報，一九七八）

7. 葉維廉編：《中國古典文學比較研究》（臺北：黎明，一九七七）

8. 鄭樹森、周英雄、袁鶴翔：《中西比較文學論集》（臺北：時報，一九八〇）

9. 袁鶴翔：〈中西比較文學定義的探討〉，《中外文學》四卷三期（八・一九七五）二四一五一；〈他山之石：比較文學、方法、批評與中國文學研究〉，《中外文學》五卷八期（一一・一九七七）六一一九

10. 顏元叔：〈何謂比較文學〉，見顏著：《文學的史與評》（臺北：四季，一九七六）一〇一一一〇九

11. 張漢良：〈比較文學研究的範疇〉，《中外文學》六卷十期（三・一

九七八）九四一一一三

12. 李達三：《比較文學研究之新方向》（臺北：聯經，一九七八）

13. 古添洪：〈中西比較文學：範疇、方法、精神的初探〉，《中外文學》七卷十一期（四・一九七八）七四一九四

14. 鄭樹森：《文學理論與比較文學》（臺北：時報，一九八二）

二、比較文學專題研究：

　　見鄭樹森的〈比較文學中文資料目錄〉，刊在前列《中西比較文學論集》三六一一四一二，極為詳盡，內分：

　　A、理論

　　B、影響研究

　　　　㈠中國與西方

　　　　㈡中英

　　　　㈢中法

　　　　㈣中德

　　　　㈤中俄

　　　　㈥中美

　　　　㈦中日

　　　　㈧中韓

　　　　㈨中印

　　C、平行研究

　　　　㈠詩

　　　　㈡小說

　　　　㈢戲劇

　　　　㈣文學批評

　　　　㈤其他

因為極為詳盡，在此不再另列。

丙： 專刊中西比較文學的刊物

1.《中外文學》（臺灣大學外文系出版）

2. *Tamkang Review*（臺灣淡江大學外文系出版）

3. 香港中文大學比較文學研究中心不定期集刊，已出版的有二冊：

(a) Tay, Chou & Yuan, eds. *China and the West: Comparative Literature Studies*, 1980

(b) J. Deeney, ed. *Chinese-Western Comparative Literature: Theory & Strategy*, 1980

前　言

　　現象學 (phenomenology) 自 19 世紀末在歐洲興起後，不但早已成為西方現代哲學的重要潮流，晚近且直接影響到一些人文及社會學科（例如人類學、社會學、心理學、史學、文學理論和批評），成為另一股波瀾廣闊的思潮。

　　然而，不同於其他主義，現象學落實在文學論評時，多半不是系統性的，而是局部的、選擇的、個別觀念的借用；有時二者之間的關係並不特別明確。相信這與現象學本質上的複雜及艱澀，不無關係。例如當代現象學大師梅露彭迪 (Maurice Merleau-Ponty) 在 1954 年就說：「現象學是什麼？在胡塞爾 (Edmund Husserl) 早期論著出現後的半個世紀，我們還在提出這個問題，看來未免奇怪。不過，這問題又確實沒有充分的答案。」 ❶ 另一位歐洲現象學研究者狄凡納斯 (Thévenaz) 也曾指出：無論是專家或一般讀者，對這門轉衍繁富的學說（歷經胡塞爾、海德格 (Martin Heidegger)、沙特 (Jean-Paul Sartre)、以迄梅露彭迪），都有時感到難以掌握 ❷。這些都是 1950 年代初期的意見。經過相當長期的進一步發展和研究，問題當然有所澄清，但由此也可見其困難。

　　照美國學者詹姆士・艾迪 (James M. Edie) 的說法：「現象

---

❶　Maurice Merleau-Ponty, "What Is Phenomenology?" in *The Essential Writings of Merleau-Ponty*, ed. Alden Fisher (New York: Harcourt, 1969), p. 27.

❷　Thévenaz, *What Is Phenomenology?*, ed. and tr. James Edie (Chicago: Quadrangle, 1962), p. 37.

學並不純是研究客體的科學，也不純是研究主體的科學，而是研究『經驗』的科學。現象學不會只注重經驗中的客體或經驗中的主體，而要集中探討物體與意識交接點。因此，現象學要研究的是意識的意向性活動 (consciousness as intentional)，意識向客體的投射，意識通過意向性活動而構成的世界。主體 (subject) 和客體 (object) 在每一經驗層次上（認知和想像等）的交互關係才是研究重點。這種研究是超越論的 (transcendental)，因為所要揭示的，乃純屬意識、純屬經驗的種種結構；這種研究要顯露的，是構成神秘主客關係的意識整體的結構 (noetic-noematic structure)。」❸ 所謂 noesis (noetic)，指意識作用，但意識作用一定要有對象（內容）方能成立，意識對象就是 noema (noematic)。意識作用加上難以二分的意識對象（內容），就是意識整體。對胡塞爾來說，意識並不是一種狀況或官能，而是川流不息的活動，永遠向客體投射的 (object-oriented)，也因此不可能產生沒有意識對象的意識（必然是要 consciousness of something）❹。意識作用不斷對現象（純粹、自我呈現的現象）所作的各種活動，稱為「意向性」(intentionality)，被不斷投射的就是「意向性的對象」(intentional object)。以上幾個名詞，應該是現象學入侵文學論評後，在一般研究裡較常碰到的❺。

---

❸ James M. Edie, "Introduction" to *What Is Phenomenology?*, pp. 19–20.

❹ 胡塞爾曾為 1929 年刊行的第 14 版《大英百科全書》撰專文解說現象學。這篇論介雖不能包括後來沙特和梅露彭迪等人的發展，但大師手筆，是值得特別注意的入門文獻。

❺ 這篇〈前言〉及這本選集的焦點是現象學某些觀點在文學理論及批評裡的運用，自然無法一一介紹現象學的重要觀念。但幸而華文學界對現象學已有不少翻譯，有興趣的讀者，不難自行進一步探討。本書在少數術語的中譯上，特意不作統一，保留了個別作者和譯者的處理。

　　好幾位現象學大師在其本行專著外，偶亦從事文學論評。但他們這方面的著作不見得就一定是其本人現象學系統的反映。例如海德格的《詩、語言、思想》和沙特的《想像心理學》及《聖紀涅 —— 演員及殉道者》，尚能顯示出他們某些現象學觀點。但梅露彭迪討論文學藝術的單篇論文，現象學觀念反而不明晰；倒是其《感知現象學》及《符號學》二書，對文學理論界頗有啟發性❻。在這三人之外，現象學家將其思想落實在文學範圍的，還有波蘭的殷格頓 (Roman Ingarden) 和法國的杜夫潤 (Mikel Dufrenne)。而殷格頓的《文藝作品的認知》及《文藝作品的本體性、邏輯性及理論性探討》，杜夫潤的《審美經驗的現象學研究》❼，都是意圖確立一套完整體系的大著。這兩位哲學工作者的論著 1970 年代初期在英語學界出現後，引起廣泛的興趣。至於法國的保羅・李克爾 (Paul Ricoeur)，則以其《詮釋的衝突》、《佛洛依德和哲學》、《比喻的規律》三書❽，備受文學理論界矚目。李克爾其實是頗為龐雜

❻ Martin Heidegger, *Poetry, Language, Thought*, tr. Albert Hofstadter (New York: Harper, 1971). Jean-Paul Sartre, *The Psychology of Imagination*, tr. Bernard Frechtman (New York: Philosophical Library, 1948); *Saint Genet, Actor and Martyr*, tr. Bernard Frechtman (New York: Braziller, 1963). Merleau-Ponty, *Phenomenology of Perception; Signs*, tr. R. L. McCleary (Evanston: Northwestern Univ. Press, 1964).

❼ Roman Ingarden, *The Cognition of the Literary Work of Art*, tr. R. A. Crowley and K. R. Olsen (Evanston: Northwestern Univ. Press, 1973); *The Literary Work of Art: An Investigation on the Borderline of Ontology, Logic, and Theory of Literature*, tr. George Grabowicz (Evanston: Northwestern Univ. Press, 1973). Mikel Dufrenne, *The Phenomenology of Aesthetic Experience*, tr. E. S. Casey and others (Evanston: Northwestern Univ. Press, 1973).

❽ Paul Ricoeur, *The Conflict of Interpretations: Essays in Hermeneutics*, ed. Don Ihde (Evanston: Northwestern Univ. Press, 1974); *Freud and Philosophy: An Essay on Interpretation*, tr. Denise Savage (New Haven: Yale Univ.

的思想家；除現象學外，也深受結構主義和心理分析的影響。由於李克爾關心的主要是「詮釋」等本體性問題，在純理論的探索方面，影響更為深遠；但在實際批評工作上，一直未能「立竿見影」。至於德國狄爾泰 (W. Dilthey) 和葛達馬 (Hans-Georg Gadamer)❾，重要性雖毋庸置疑，在文學理論界也有一些討論（例如約翰斯·侯健斯大學刊行的《新文學史》季刊），但似乎尚待評論界進一步的理解和吸收。

　　至於歐洲現象學的滲入英語世界的文學論評，是 60 年代中葉後才開始的。早期的論述，多屬介紹性工作，實際批評文字極少，理論的探討更為少見。但通過不少介紹性評論和選集的出現，現象學開始在文學界生根。1966 年美國約翰斯·侯健斯大學舉行一系列的哲學演講，以存在主義和現象學為核心，並在 1967 年將這些演講結集出版❿。到 1969 年，李察·龐馬由西北大學推出專書《詮釋學》(Richard Palmer, *Hermeneutics*)，成為第一本用英文介紹這門學問的著作。所謂「詮釋學」，有時也譯作「解經學」，源起於《聖經》學者為經文作定詁的努力。由於《聖經》意義的正確了解，直接影響教

Press, 1970); *The Rule of Metaphor*, tr. Robert Czerny and others (Toronto: Univ. of Toronto Press, 1977).

❾　Hans-Georg Gadamer, *Truth and Method*, tr. Garrett Barden and John Cumming (New York: Seabury, 1975). Wilhelm Dilthey, *Selected Writings*, ed. and tr. H. P. Rickman (New York: Cambridge Univ. Press, 1976). 最早用英文撰專書介紹狄爾泰而又著重文學的應是：Kurt Muller-Vollmer, *Towards a Phenomenological Theory of Literature: A Study of Wilhelm Dilthey's Poetik* (The Hague: Mouton, 1963). 但這部書不少關節地方含糊不清，枝節又不少；討論狄爾泰而又全不提葛達馬，都是顯著的毛病。因此出書時間雖早，卻未能引人深入。

❿　*Phenomenology and Existentialism*, ed. Edward Lee and Maurice Mandelbaum (Baltimore: Johns Hopkins Univ. Press, 1967).

義等重大情節，學者除考據文字的個別原始意義外，並試圖還原這些文字在其原有文化、社會等環境裡，實際被了解和接受的情況。換言之，也就是追溯文字在某個特別文化時空的實在意義。這門學問的方法和精神後來被哲學家轉移到抽象「意義」的探討，研究意義的可能性和相對性。龐馬的論述集中介紹舒萊亞馬加 (Schleiermacher)、狄爾泰、海德格和葛達馬四人在這方面的探索。從他的介紹，我們認識到，意義（任何分析、詮釋性活動）的追尋，無論怎樣客觀，還是相對的。我們可以力圖泯滅自我，重新插入 (reinsert) 過去的文化時空，追溯作者或周遭的原義，但由於我們到底是自己的文化時空的產物，勢必帶著自己種種背景和了解去重新建築過去的意義。因此，純然客觀的意義（意義的還原）是本質上不可能的事。這種情形，有時又稱作「詮釋之循環」(hermeneutic circle)，因為分析者最後又回到自己的文化及意義圈套❶。

---

❶　此地對這個觀念的介紹，是葛達馬最關心的問題。在其四大冊新著《管錐編》裡，錢鍾書先生對「詮釋之循環」也曾提出一個比較傳統的說明。由於《管錐編》內容浩瀚，復以文言筆記體出之，為免讀者忽略，現將有關部分摘錄如下：「乾嘉樸學教人，必知字之詁，而後識句之意，識句之意，而後通全篇之義，進而窺全書之指。雖然，是特一邊耳，亦祇初桄耳。復須解全篇之義乃至全書之指（『志』），庶得以定某句之意（『詞』），解全句之意，庶得以定某字之詁（『文』）；或並須曉會作者立言之宗尚、當時流行之文風、以及修詞異宜之著述體裁，方概知全篇或全書之指歸。積小以明大，而又舉大以貫小；推末以至本，而又探本以窮末；交互往復，庶幾乎義解圓足而免於偏枯，所謂『闡釋之循環』(der hermeneutische Zirkel) 者是矣。」錢先生這個說法，來自狄爾泰〈詮釋學之興起〉一文，後者又源自舒萊亞馬加，所強調的是部分與全體、作品 (text) 與全部脈絡 (context)，在了解上的互相關連。後來葛達馬曾就此批評過狄爾泰和舒萊亞馬加。參看 "Editor's Introduction," in Hans-Georg Gadamer, *Philosophical Hermeneutics*, tr. and ed. David E. Linge (Berkeley: Univ. of California Press, 1976), pp. xiv-xv. 錢先生又引

在龐馬的《詮釋學》出版前兩年，耶魯大學推出了赫思
(E. D. Hirsch) 的《詮釋的正確性》⑫；和龐馬不同的是，赫思
這本書無意作介紹性論述，而是要推出他對「詮釋」和「意
義」等問題的系統性看法。赫思不但是 60 年代後期唯一在這
方面有獨特成就的美國理論家，直到今天，他這本理論還極具
參考價值。赫思在這本書的前言裡，特別說明他的基本意念不
少是得自索緒爾 (Ferdinand de Saussure)、狄爾泰、胡塞爾、卜
伯 (Karl R. Popper) 和舒萊亞馬加。但胡塞爾顯然是他的重要
源頭。在說明胡塞爾的「意向性」觀念時，赫思說：「所有意
向性的對象，如要用一個名詞來替代，只不過是意義。文字意
義就是特殊的意向性的對象。」又說：「文字意義作為意向性對
象，是不變的……意義是一次過由作者立意的性質而決定。」
這樣說來，分析者豈非要努力追尋這個原始不變的意義？但在
該書第 4 章，赫思指出：分析者面對的被指向對象就是作品，
但意義並不來自這個對象，而是來自詮釋活動。分析者依據作
品的文字構築，再加上其他一切有關的資料（作者生平、文類
歷史等），可以盡其所能重建作者的原來意義。因此，原義毋

《華嚴經》作以下的類比：「《華嚴經·初發心菩薩功德品》第一七之一
曰：『一切解即是一解，一解即是一切解故』。其語初非為讀書誦詩而
發，然解會賞析之道所謂『闡釋之循環』者，固亦不能外於是矣。」（以
上引文見《管錐編》第 1 冊頁 171 及 172。）這兩句話似乎是肯定本體
意義。狄爾泰也認為原義是可以追尋的，但葛達馬則有所懷疑。舒萊亞
馬加與狄爾泰對「詮釋之循環」的說法，主要是指閱讀方法。葛達馬
（及正文中所提及）的講法則來自海德格，是針對我們了解上的本質。
因此「詮釋之循環」是一詞兩義。在英文翻譯上，向來沒有分別，全憑
上文下理去推測。Josef Bleicher 主張以 hermeneutical circle 指前者，以
hermeneutic circle 指後者。見氏所著 *Contemporary Hermeneutics* (London: Routledge, 1980), p. 267.

⑫ E. D. Hirsch, *Validity in Interpretation* (New Haven: Yale Univ. Press, 1967).

寧是一種理想化的意義。相對於原義 (meaning)，赫思提出
「衍生義」的說法 (significance)。在作品出現後，讀者和批評
家（當代的和後世的）便會用不同的角度和方法去進行了解。
這個了解過程和由此而生的意義，便是「衍生義」。因此，原
義可以不變，但衍生義在理論上是可以無窮的。

　　在《詮釋的目標》，赫思對這個說法又有進一步的解釋：
「作品的意義往往是由我們自行塑造的。透過理論，我們可以
分辨作品意義塑造上的好壞和是否合理，並提供一定的準則，
但理論本身是無法改變詮釋活動的本質。正由於先天上，作品
意義不得不有賴於詮釋活動方能存在，我們尤其需要一個標
準。我們，而不是我們的作品，才是我們了解的意義的創造
者，作品不外是意義的導火線……。」❸赫思這個說明，由於
極為強調作品意義的「未定性」(indeterminacy)，似乎和晚近
一些結構主義者（例如羅蘭・巴爾特）的看法，有貌合之處。
早在幾十年前，捷克結構主義者莫柯洛夫斯基 (Jan
Mukarovsky) 就建議把藝術品 (art work) 二分為「藝術成品」
(artefact) 和「美學客體」(aesthetic object)。一本小說印刷裝釘
成書後，就是「藝術成品」，是具體、確實、不變的物體。但
這本小說，照這位捷克學者的看法，如未經閱讀，未經想像力
（或意識）去重新建造其世界，就始終是「成品」，而未能提
昇為真正的藝術品或「美學客體」❹。因此，作品只有一部
（雖有版本分別），但透過不同的閱讀主體，就會有不同的

---

❸　E. D. Hirsch, *The Aims of Interpretation* (Chicago: Univ. of Chicago Press,
　　1976), p. 13.

❹　Jan Mukarovsky, *Structure, Sign, and Function*, tr. and ed. John Burbank and
　　Peter Steiner (New Haven: Yale Univ. Press, 1977), pp. 49–69.

「美學客體」的出現。不過，早期的結構主義學者，例如雅克慎，是曾經受過現象學（尤其是胡塞爾）影響的❶；而巴爾特早期的兩部評論 (*Michelet*, 1954; *Sur Racine*, 1963)，也有人認為可以找到現象學的痕跡❶。這樣看來，兩方面的意見偶有神合，或許是必然的。

對這些說法，德國學者烏夫崗・衣沙爾 (Wolfgang Iser) 也曾提出一個略經修正的意見。衣沙爾指出：「現象學派的藝術理論特別強調，在探討文學作品時，不但要顧及作品本身，且要同樣重視對作品的種種反應。」衣沙爾認為所謂作品並不就等於印製好的書，因為後者一定要通過讀者的閱讀和意識，方能有生命，成立為作品。這和莫柯洛夫斯基當然有點相似。但衣沙爾是有所修正的。他認為藝術品的成立雖有待讀者與藝術成品的交溶，但這個交溶是難以準確地標明的❶。而且讀者的反應並不是毫無限制的，必然先天地受作品的肌理和組織等左右。因此，研究對象是要包括作品、讀者和彼此互為交溶的過

---

❶ Elmar Holenstein, "Jakobson and Husserl: A Contribution to the Genealogy of Structuralism," *The Human Context*, 7 (1975), 61–83. 荷蘭學者佛克馬和蟻布思 (Douwe Fokkema and Elrud Kunne-Ibsch) 也有類似的說法。見二位合著的〈俄國形式主義文學理論述評〉，收於周英雄與鄭樹森合編，《結構主義的理論與實踐》（臺北：黎明文化出版公司，1980）。

❶ Robert Magliola, *Phenomenology and Literature* (West Lafayette: Purdue Univ. Press, 1977), pp. 26–27. 馬格列奧拉這本書集中介紹現象學在文學評論方面的實踐，除一般背景外，有專章評述殷格頓、杜夫潤、和以浦萊為首的「日內瓦學派」，極有參考價值。除本書外，以下這本選集也有涉及現象學和結構主義的關係：Vernon Gras, ed., *European Literary Theory and Practice: From Existential Phenomenology to Structuralism* (New York: Dell, 1973).

❶ Wolfgang Iser, "The Reading Process: A Phenomenological Approach," in *The Implied Reader* (Baltimore: Johns Hopkins Univ. Press, 1974), pp. 274–275.

程。衣沙爾稱之為讀者「美學反應」(aesthetic response) 的研究，專門探討這三者之間的辯證關係 ❶⓼。

　　在結束這些理論的介紹，轉入實踐性批評之前，還有一場筆墨官司是要提一下的。在 50 年代末期，德國史圖格特大學的凱特・漢堡嘉 (Käte Hamburger) 教授推出一部名為《文學的邏輯》的專書。漢堡嘉女士企圖以文學語言的性質，來重整文學類型的劃分。她認為一般而言，文學可以劃分成兩大型態：模擬的 (mimetic) 和抒情的 (lyrical)；例如史詩和戲劇可以屬於前者，抒情詩自然屬於後者。但採用第一身的小說卻不屬前者，而是列為抒情的。這當然是驚人之論。但這本書最為特別的地方，是後半部對抒情詩裡所謂「抒情自我」(lyric I) 的討論。照一般的說法，例如威立克 (René Wellek) 和華倫 (Austin Warren) 合著的《文學概論》❶⓽，抒情詩裡的「我」，是虛擬的我，是詩人的面具。但漢堡嘉女士對這個說法頗有微詞。她認為抒情詩必然是「真實的傾訴」(real utterance)，其情感經驗必可追溯回詩人自己。即或不能落實到詩人的現實生命，這個情感經驗的「真實性」、「真摯性」、和「濃度」，都是不可置疑的。她並提出現象學家狄爾泰筆下經常觸及的觀念 "Erlebnis" 以為支持 ❷⓿。這個觀念英譯有時作 lived experience 或 heightened experience，泛指內在的、情感的或心理的經驗。相對於一般性的日常經驗，這種內在經驗必然是較具震撼性、較

---

❶⓼　Iser, *The Act of Reading: A Theory of Aesthetic Response* (Baltimore: Johns Hopkins Univ. Press, 1978), p. x.

❶⓽　René Wellek and Austin Warren, *Theory of Literature* (New York: Harcourt, 1949), p. 15. 本書有王夢鷗先生中譯。

❷⓿　Käte Hamburger, *The Logic of Literature*, tr. Marilynn Rose (Bloomington: Indiana Univ. Press, 1973), pp. 277–278.

為深刻的（對感受者而言）。狄爾泰認為這種經驗才是「詩的真正核心」❷。由於漢堡嘉女士咬定抒情詩的經驗必定是自真正的內在經驗轉衍而來，因此其內容細節可以是虛構的，但其經驗主體 (experiencing subject)，也就是抒情的「我」(lyric I)，必然要視為真實的「我」或主體❷。威立克對漢堡嘉這個看法曾大力批駁，認為在實踐上是行不通的。威立克除仍堅持抒情的我與真實的我不可混淆外，並指出這種見解一旦落實在批評上，勢必導致分析者紛紛探求作者生平，成為傳記式外緣研究的「借屍還魂」，並忽略作品的肌理和結構。威立克又指出，這種說法也會導致評價的崩潰；因為我們一旦改以經驗的「真摯性」和「濃度」等心理準則來作價值判斷，任何拙劣但真實的情詩，就和過去傳誦一時的情詩一樣，都可視為「抒情的我」的產品❷。威立克的批判發表後，漢堡嘉曾將其專論修訂再版。後來印第安娜大學推出該書英譯本時，她亦有再作答辯。此地無意對這場論辯的曲直作深入的探討（雖然基本上是偏向威立克），但相信從這場交鋒，可以管窺現象學派文評與形式主義學派（或美國「新批評」），在方法上的某些歧異。

在 1952 年秋天，約翰斯·侯健斯大學自歐洲聘得原籍比利時的浦萊 (Georges Poulet) 出掌法文系，並陸續推出其法文論著的英譯❷。對浦萊而言，批評家是一種特別讀者，在對某

❷ Rudolf A. Makkreel, *Dilthey: Philosopher of the Human Studies* (Princeton: Princeton Univ. Press, 1975), pp. 141–153.

❷ Hamburger, p. 278.

❷ René Wellek, "Genre Theory, the Lyric, and Erlebnis," in *Discriminations* (New Haven: Yale Univ. Press, 1970), pp. 225–252.

❷ *Studies in Human Time* (1956); *The Interior Distance* (1959); *The Metamorphoses of the Circle* (1966).

位作家展開批評時，不但要細讀該作家的全部著作，且要盡力泯滅自我，努力向作家認同，儘量體驗作家透過作品有意或無意流露出來的主體意識。由於浦萊相信作家全部作品的統一性，並不見得存在於作品本身的虛構世界，而是來自主體意識的「意向性」活動，因此在認識了全部著作後，一部作品固然可以反映全部作品的「世界」，甚至片段引文也可以達到同樣目的。批評家的工作，就是要做到「以物觀物」，用自己的意識重建（因而闡明、彰顯）另一個意識的活動。由於浦萊極為強調意識，有六七位論者都認為他是受現象學影響的❷⑤。有趣的是，浦萊自己在一封被公開引用的信件裡，卻否認自己是現象學派。（想不到在眾位理論家探測浦萊的批評意識時，卻出現了這麼大的分歧，也可算是「反諷」。）但曾長期任教加州大學的蘭崔齊亞 (Frank Lentricchia) 教授在《新批評以後》，又力排眾議，為浦萊解脫，說他確實和現象學無關❷⑥。這宗聚訟不休的公案，此地當然無法詳述；但當事人的否認，本來就不能證明什麼，想是浦萊自己也不得不承認的。

　　浦萊在美國雖然名氣頗大，但實際的影響相當有限（和這種文評的本質不無關係），不像「新批評」那麼一度聲勢浩大，從者甚眾。浦萊到侯健斯上任一年後，英文系聘請了剛從哈佛大學畢業的希里斯‧米勒 (J. Hillis Miller) 為助理教授。米勒的博士論文原題為《狄更斯六部小說裡的象徵意象》，方法上是追隨「新批評」的。但到了侯健斯後，米勒和浦萊這位

---

❷⑤　以下只舉三位：Robert Magliola, p. 19; Vernon Gras, pp. 11–12; Sarah Lawall, *Critics of Consciousness* (Cambridge: Harvard Univ. Press, 1968), p. 223.

❷⑥　Frank Lentricchia, *After the New Criticism* (Chicago: Univ. of Chicago Press, 1980), p. 65.

法文系主任交上朋友，批評觀點也逐步改變。在浦萊的幫助下，米勒完全改寫其論文，終在五年後推出，改題為《狄更斯小說的世界》**㉗**。這本書的引言亦步亦趨，明白指出：本書旨在「透過狄更斯 (C. Dickens) 全部作品，估量其想像力的特殊性質，彰顯其小說繁富多面性裡，持續不斷出現的獨特而又相同的世界觀，並將這個視象從一部小說到另一部的發展，依其生平次序追溯出來」**㉘**。這個立場明顯地是來自浦萊的。在同一引言裡，米勒又說：「通過所有片段的分析，在顯示某些迷惑、問題和態度之外，批評者更希望能窺看到創作心靈的原始統一性。因為一位作家的所有作品是自成一種統一性的，好比同一個中心放射出來的千條道路。」這個統一性的觀點，不但是浦萊的回響，也可視為對「新批評」的詰難。相對於「新批評」學派倡議對單一作品個別地「細讀」，米勒（和浦萊）都主張從所有作品裡全面地追尋意義。在幾年後出版的第二部評論裡，米勒又說：「文學就是意識的一種形式」，「批評家的責任就是將自己認同於作品顯露出來的主體性 (subjectivity)，從裡面再次體驗 (relive) 這個生命，然後在批評中重新構築起來」**㉙**。由於米勒極為重視意識世界，在當代美國批評家中，他是唯一曾被視為「日內瓦學派」的。所謂「日內瓦學派」，泛指浦萊、史特洛賓斯基 (Jean Starobinski)、巴歇拉爾 (Gaston Bachelard) 等人為主的現象學文評；他們有時也被稱為「意識」批評家 (critics of consciousness)。對浦萊和「日內瓦學

㉗ Ibid., pp. 63–64.

㉘ J. Hillis Miller, *Charles Dickens: The World of His Novels* (Cambridge: Harvard Univ. Press, 1958), p. viii.

㉙ J. Hillis Miller, *The Disappearance of God* (Cambridge: Harvard Univ. Press, 1963), p. vii.

派」的主張，米勒不但身體力行，還四度撰文推廣介紹，一度
曾引起不少注意，但始終未能普及❸。

　　不過米勒自己的實踐，倒在 60 年代中葉得到一些反應。
保羅・布洛柯普 (Paul Brodtkorb)1965 年出版的《伊息默爾的
白色世界：白鯨記的現象學研究》，就在前言中引用了米勒的
一些意見❸。米勒認為文學就是「意識的一種形式」的說法，
布洛柯普是贊同的。由於伊息默爾是《白鯨記》的敘述者，因
此，布洛柯普指出，論者的責任，就是去「了解」這個意識。
他又說：作為全書的敘述者，伊息默爾不但負責呈現一切（他
的見聞、感受和評析），他的呈現方式也必然包藏其自我與世
界的關係之重建。對現象學派文評來說，自我與世界的關係
(self-world relations) 不外兩種：作家透過作品所顯示出來的，
對世界的意識 (consciousness of the world) 和關係；作家在實際
創作時，意識的指向性活動。但後者在創作行為完成後，實際
上不復存在。故此批評家真能掌握的只是虛構世界的意識。所
以在米勒或布洛柯普的意識重建活動裡，鮮有涉及生平資料
的。我們要特別注意這一點，不能把意識的重新體驗和傳記研
究混為一談。布洛柯普在《白鯨記》裡找到四種「我—他」關
係 (self-other relations)：㈠錯誤地以為「我—他」是可以交溶
溝通的；㈡以情感的授受來暫時緩和及連繫「我—他」之別；

❸　主要論介是以下兩篇：J. Hillis Miller, "Georges Poulet's Criticism of Iden-
　　tification," in *The Quest for Imagination*, ed. O. B. Hardison, Jr. (Cleveland:
　　Press of Case Western Reserve Univ., 1971), pp. 191–224; "The Geneva
　　School," in *Modern French Criticism*, ed. John Simon (Chicago: Univ. of
　　Chicago Press, 1972), pp. 277–310.
❸　Paul Brodtkorb, Jr., *Ishmael's White World: A Phenomenological Reading of
　　Moby Dick* (New Haven: Yale Univ. Press, 1965).

㈢幽默而無可奈何地接受他人自我及世界的入侵;㈣透過想像力的投射,以「我」為「他」,努力去「了解」,暫時壓制自我。而在小說結束時,伊息默爾不能評估阿哈布船長,就是因為他雖嘗試以「我」為「他」,但最後卻是失敗的,他對阿哈布只有局部的了解。因此伊息默爾便被迫一次又一次的重述其故事,「企圖在每次的敍述,重新填補這段經驗遺留下來的空白」(見該書第4章)。布洛柯普這部書雖在序言中引用米勒,但實際的理論根據,主要是梵登堡的《心理分析的現象學探討》(J. H. Van den Berg, *The Phenomenological Approach to Psychiatry*, 1955)。現象學大師胡塞爾、海德格、或梅露彭迪反倒隻字不提。因此,本書行文雖然流暢可讀,處理的也是經典名作,但在現象學方法上的展示,卻是比較有限的。

布洛柯普這部書雖由耶魯大學鄭重推出,列為「耶魯美國研究叢書」之一,出版後並曾再版;但事實上,在60年代後期的美國文學批評界,他是頗為寂寞的。他這本書也是當時唯一以現象學觀點重探英美文學傳統的論著。一直要等到1970年,美國才出現另一篇路線接近的研究。這是耶魯大學教授保羅·狄曼 (Paul de Man) 的論文〈浪漫派英詩意象的意向性結構〉❸❷。華茲華斯 (William Wordsworth) 的長詩《序曲》第6章描繪詩人穿越阿爾卑斯山和辛普龍過道的下降經驗。照狄曼的分析,這兩場處理的是從外界自然進入內心世界的旅程。兩場的背景都在高不可攀的山峰與平原人世之間,也反映了詩人內心的矛盾和分歧。在詩人的實際旅程中,想像力(意識)不斷詰問外在自然的重要性,在感官經驗和主觀內心世界之間掙

---

❸❷ Paul de Man, "The Intentional Structure of Romantic Image," in *Romanticism and Consciousness*, ed. Harold Bloom (New York: Norton, 1970).

扎，陷入認識論的一個困境。在這兩場之間，詩人終於肯定和提高想像，認為純然感受自然是不足的，想像才是意義（本體意義）的來源，心靈方是其「歌唱的核心」。狄曼採用「意向性」這個名詞來討論華茲華斯的掙扎和焦慮，雖沒有自報家數，但其實就是指現象學派常說的「意識向外物投射的活動」。詩人意識的投射對象是自然，是意識作用不可或缺的內容；但詩人卻要超越這個狀態，要使意識（想像）卓然獨立 (consciousness-by-itself)。換言之，在心物二元上，是偏向於「心」 **❸**。狄曼尚有一些批評，都多少受到現象學影響。但狄曼的文章向來不帶太多「夾槓」(jargon)，又不喜自報師門（主要似是海德格和沙特），讀者有時不免忽略其方法。狄曼去世前在耶魯的同事，除早已自侯健斯轉去的米勒，尚有哈特曼 (Geoffrey Hartman) 和布龍姆 (Harold Bloom)。他們四位聲譽日隆後，被戲稱為「耶魯黑手黨」 **❸**。加州大學的蘭崔齊亞教授說：果真有黑手黨，那麼「教父」一席就非狄曼不屬 **❸**。由此亦可看到狄曼生前在美國批評界的地位。

　　如果說狄曼的批評沒有過多的術語，洛杉磯加州大學約瑟夫·李達 (Joseph N. Riddel) 教授 1974 年出版的《顛倒的鐘》則剛好相反 **❸**。這本書的副題是：「現代主義與威廉·加洛斯·威廉斯的反傳統詩學」。威廉斯 (William Carlos Williams)

❸ 葉維廉也有類似看法，但卻是比較中英山水詩而得來的。見葉維廉收於本集的文章〈道家美學·山水詩·海德格〉。

❸ William H. Pritchard, "The Hermeneutical Mafia or, After Strange Gods at Yale," *Hudson Review*, 28 (1975–1976), 601–610.

❸ Frank Lentricchia, "Paul de Man: The Rhetoric of Authority," in *After the New Criticism*, p. 283.

❸ Joseph N. Riddel, *The Inverted Bell: Modernism and the Counterpoetics of William Carlos Willians* (Baton Rouge: Louisiana Univ. Press, 1974).

雖被不少人視為極之「美國」的現代詩人，李達卻搬動不少歐
洲學界大師來進行討論。我們碰到的名字，除了海德格（經過
法國「解構主義」哲學家德希達 (Jacques Derrida) 詮釋的海德
格），還有李維史陀、巴爾特、和混揉結構主義與心理學的拉
康 (Jacques Lacan)。李達認為，威廉斯的「反傳統詩學」，來
自「他對嶄新語言的追尋，並由此導至對語言本身的源頭的追
探」。而威廉斯在長詩《柏德遜》(Paterson) 裡一再抱怨的創
作「阻滯」，促成了這種追溯。威廉斯詩學（或「反詩學」）的
核心，當然是那句著名的片語：「沒有〔先入為主的〕觀念，
只有事物〔自足的存在〕。」("No ideas but in things"：引文內
加插的是筆者的說明。）照李達的解釋，威廉斯是企圖回到一
種類乎「物各自然」的和諧。李達認為威廉斯這個觀念和海德
格有接近之處。李達指出，對海德格而言，「將語字和事物、
意義和存有、或是希臘原文所說的 Logos 和 Physis（道和世
界），作二元分割的原始錯誤，來自蘇格拉底時對蘇格拉底前
期看法的解釋」。威廉斯的詩學，也就是想回到「語言迸發的
起點，語言初現、開始成形和盛放的剎那」。照筆者的了解，
這段話也就是說，威廉斯用語言指涉物象時，理想上不再以分
析和概念君臨萬物，企圖逼近「主客合一」的渾然。拿威廉斯
和艾略特 (T.S. Eliot) 相比，李達認為後者的投入宗教，不但
是要縮短人生與藝術的距離，也是要以另一種無我來重獲某種
和諧。因此，威廉斯雖也是美國現代詩人，但又不同於龐德
(Ezra Pound)、艾略特等現代主義全盛時期的大家。對威廉斯
來說，人不過是「世界萬物之一」(an object (not a subject) in a
field of objects)，「萬物並無固定或落實的中心，因此也沒有先
驗主體 (a priori subject)。這也就是威廉斯的新美學」❸。

　　李達這本書在 1974 年出版時，是第一部大規模以某些現象學觀念混合其他歐陸學派的實際批評，所引起的震動，餘波蕩漾。理論派和傳統派自然免不了各自褒貶一番。但平心而論，這書雖然創新，問題是有一些。首先是李達的批評語言不但艱深，而且時見「玄秘」，例如他對「詩學」一詞的新解：「我們這樣描述的詩學，就好比語言的『深層結構』，和心理分析學家和人類學家要通過夢或神話語言分析所追尋的一樣。深層結構並不存在於詩人的語軸之外，但沒有詮釋者又顯露不出來；然而，正因為這個詩學只存在於詮釋中，任何一個詮釋都不可能充分把握。這個詩學並不是個『實體』(it) —— 不是衍生的意念或源頭。一個『詩學』的本質，使之必然無法完全由創造者或闡釋者掌握。」下面的話也是引自前言，恐怕是比較極端的例子：「批評就是語言將語言帶入語言裡，也就是說，詮釋（批評）將一個詮釋（詩作）帶入另一個詮釋（詩學）。」這句話其實不難懂，道理也很清楚，但我們不禁要問，是否一定要這樣說呢？此外，李達一些分析，有時不免給人堆砌術語的感覺。例如《柏德遜》的第一部，威廉斯用《國家地理雜誌》一幅照片入詩：「某個非洲酋長／的九個女人半裸地／跨坐樹幹上。」❸❽ 照一般威廉斯專家的註解和討論，這個意象涉及豐饒、繁殖及再生的題旨。這也是意象本身相當明顯的。然而，李達不單指出樹幹是陽具的象徵，還得來一下拉康式的心理分析：「陽具的作用在此好比語言裡的意符 (signifier)

---

❸❼ 葉維廉在〈中國古典詩和英美詩中山水美感意識的演變〉一文，對威廉斯的詩和詩學也有類似的分析，可與此地介紹的觀點互相闡明。該文原為英文，發表於 *Comparative Literature Studies*, 15 (1978)。

❸❽ 《柏德遜》這首長詩已有翱翱中文全譯，1978 年由臺北阿爾泰出版社印行。

……『慾望的意符』……。對威廉斯來說，這幅照片的樹幹……顯示一套關係和交換系統，而這些是《柏德遜》的歷史事件裡乏缺的。因此，酋長的婚姻是與康明思夫婦對比的。」長詩裡的康明思夫婦膝下虛空，其不育與酋長原始的繁衍成明白對比，並不太難了解。把拉康頗為孤立地搬出來，似乎對我們的了解沒有特別幫助。由此可見，李達的實踐是偶有偏差。但這本書的新鮮大膽，也刺激我們對不少理論問題再作思考。聖地牙哥加州大學皮雅思 (Roy Harvey Pearce) 教授在一篇評論裡說：「李達的方法準則來自對『後結構主義』思想（尤其是德希達及海德格）的探討，然後用『後結構主義』思想來看威廉斯，又在威廉斯身上看出這個思想來。」❸ 換言之，李達的論析是「詮釋上的循環」。不過，這不也是所有闡釋或多或少不能避免的嗎？

李達的書出版後，美國一份頗有分量的文學刊物 *Boundary 2* 在 1976 年將兩期合併，推出「海德格與文學」專號。大概由於銷路極佳，這個專號在 1979 年重印成書，題為《海德格與文學問題》❹。擔任該刊編輯之一的保羅・包維 (Paul A. Bové)，更於 1980 年推出《毀滅的詩學：海德格與美國現代詩》❹。依其內容，這本書可以大略分為三個部分。第一部分討論美國批評界的問題。第二部分介紹以海德格哲學為基礎的批評觀。第三部分是分析惠特曼 (Walt Whitman)、史蒂文斯

---

❸ Roy Harvey Pearce, "Paterson and/as the Deconstructive Mode," *Boundary* 2, 4 (1975), 282.

❹ William V. Spanos, ed., *Martin Heidegger and the Question of Literature* (Bloomington: Indiana Univ. Press, 1979).

❹ Paul A. Bové, *Destructive Poetics: Heidegger and Modern American Poetry* (New York: Columbia Univ. Press, 1980).

(Wallace Stevens) 及奧遜 (Charles Olson) 等三位美國詩人。照包維的看法，以新批評為主的美國文學批評界，過去對現代主義及後現代主義詩作的評析，都有先天不足之處。即或是對新批評頗有微詞的傅萊 (Northrop Frye)、布龍姆、皮雅思、和貝特 (Walter Jackson Bate)，其實也有類似的問題。新批評對作品喜作孤立的本文分析，基本上無疑肯定本體意義之存在。傅萊的原型學派批評向不以為有單獨的原型，所謂原型必定是不時在文學傳統裡出現的。皮雅思意圖從大傳統的持續性來檢討新作品。布龍姆和貝特則強調傳統與現代詩人的辯證關係。布龍姆認為每位詩人的創作，無不是先透過對某些過去的詩人的認識而來，但在詩人發出自己的聲音時，必然要有一番「伊底帕斯」的掙扎；布龍姆稱之為「影響的焦慮」(anxiety of influence)。照包維的說法，這兩派的意見都是肯定一個固定、有組織的人文美學傳統。但在後現代主義的世界裡，真正的特色是「流變、無組織、疏離、死亡」等。另一方面，「如果傳統這個觀念是指作品間相互關係被抽離和孤立成美學準則，那也就正是某些現代及後現代主義詩所要摧毀的」。包維認為現代主義的突變，迫使批評家不斷找尋嶄新的角度去重探這種文學。而海德格對語言及西方哲學傳統的毀滅性重估，不但與惠特曼、史蒂文斯及奧遜等現代詩人的作法相似，且在觀念上有相通之處。因此，包維辯稱其採用海德格，不是標新立異或硬套理論，而是有其相輔相成的好處。他說：「對這三位詩人的論析，並不來自前面幾章闡釋的『方法』；正因為不少現代及後現代詩，拒絕被塞進現代批評孤立的美學原則和幾項具體通性裡，才使我感到要毀滅這個批評傳統。」他又指出：現代及後現代主義作品的創新和繁富，是對批評家的重大挑戰，因此

當代批評家不得不重行檢討其工具和方法，對詮釋、意義和語言本質等大問題再作思考；所以他們「再不能忽略尼采 (Friedrich Nietzsche)、胡塞爾、海德格、葛達馬、和狄曼等的卓見。……正如狄曼所說的，當前的批評有危機；在基本原則受到挑戰下，批評家得以手上所有工具應戰」。

包維的書題為《毀滅的詩學》。這個「毀滅」觀念 (Destruktion; destruction) 來自海德格。對海德格來說，所有語言的真實運用 (authentic uses) 都是詮釋活動，也因此是毀滅性的。詮釋是意義和了解的追尋。詮釋的產生，往往源自某些意義的不大彰顯。海德格嘗說，他對哲學傳統的「摧毀」性活動，來自一個「直覺」；這個「直覺」又源起於傳統本身的欠缺和失敗。在《存有與時間》裡，海德格說：「如果『存有』這個問題的歷史是要彰顯自明的話，那麼硬化了的傳統就要鬆解開來，而這個傳統帶來的掩蔽就得消除。……我們要『毀滅』古舊的本體學的傳統內容，直至發現那些我們賴以初次判定『存有』本質的原始經驗……。」但海德格隨即又說：「這個毀滅絕不是反面的，並不是要擺脫本體論傳統。相反地，我們要發掘這個傳統的正面可能性；這也就是說，要將這傳統規範在其本身的限制裡。」簡言之，要突破一個傳統，不但要重新進入這個傳統，還得使用這傳統的語言和策略。另一方面，海德格又很重視傳統及詮釋者的歷史性。由於兩者均各自有其特定的歷史性，因此詮釋活動必然是相對的，兩者都不能成為固定不變的出發點。由於包維共用了近五十頁來推出一套源自海德格的批評系統，這裡寥寥數語是不可能介紹清楚的。但包維強調的相對性和沒有定點（或中心點），卻引起筆者以下的臆測：如果固定出發點是要摧毀，剩下來的大概只有語言才是最

固定的了。因為只有語言才是傳統、詮釋者（包括創作者及批評者）、詮釋活動共同享有的固定實體。這樣的話，豈非是對作者、詮釋活動及各種傳統都發生懷疑？

　　但另一方面，包維自己的論析（例如他對史蒂文斯短詩〈雪人〉的分析），又是頗為肯定的。〈雪人〉是史蒂文斯以詩論詩 (ars poetica) 的作品，為討論方便，粗略中譯如下：

　　　　我們要有冬天的心
　　　　去觀看冰霜
　　　　和厚蓋白雪的松枝；

　　　　我們要冷凍好久
　　　　才能觀看杜松帶冰，
　　　　針樅在一月陽光遙射中的粗糙；

　　　　而不去想
　　　　風聲和葉聲中的
　　　　任何悲愁，

　　　　這也是大地之聲
　　　　吹著相同的風
　　　　在裸露的老地方吹著

　　　　為雪中聆聽的人而吹，
　　　　那人，虛靜無慮，觀看
　　　　無中之有與無中之無。

　　包維分析說：這首詩先是談「以物觀物」的美學觀；也就是「要努力壓抑自我，不以象徵或人為意義來觀看自然，把自

然轉化成自我的附屬品」。然後描述在觀看者變得「虛靜無
慮」（或成功地壓抑自我）後，便能不再以人的感情（「任何悲
愁」）壓置「風聲」等自然現象之上。包維又說：「過去對待現
實的態度是忽略其基礎或核心的『虛無』（nothingness），這首
詩暴露了這種態度的不實、幻想和虛構性。又同時暗示，所謂
自我或個人的觀念也是一種虛構。」這首詩和包維的分析都很
接近莊子「心止於符」、「離形去知」、「虛而待物」的說法。但
事實上，任何詮釋活動（包括創作、哲學思想），推論到最
後，不可能完全否定自我、中心、或定點。努力壓抑或打破定
點的結果，可能只是加強詮釋的自由度和遊戲性。例如包維對
〈雪人〉的分析，就是他自己的詮釋活動。當然，包維可以辯
稱，〈雪人〉是以詩論詩，本身就有抽象沉思，是意義自行彰
顯，而他以海德格沒有中心或定點的說法來解釋，只是納劍於
鞘，互相配合。但這又回到「詮釋之循環」的老問題。儘管包
維的書仍有一些未能解決的問題，但頗富挑戰性，在提出閱讀
新角度外，更迫使我們重新思考現代主義的舊難題。

　　歐洲現象學對文學理論和批評的影響一直不絕如縷，後來
由於不少華裔學者均定居美國，並在大學任教，因此也有一些
研究是受到現象學派文評的影響。這些論著均以中國文學為對
象，相信華文讀者會特感興趣，所以也一併在此介紹。不過，
最早運用現象學觀念來作比較或批評的，倒不是定居美國的華
裔學者，而是香港新亞研究所的徐復觀教授。在他初版於
1966 年的鉅著《中國藝術精神》裡，徐先生有以下的重要結
論：「莊子之所謂道，落實於人生之上，乃是崇高地藝術精
神；而他由心齋的功夫所把握到的心，實際乃是藝術精神的主
體。由老學、莊學所演變出來的魏晉玄學，它的真實內容與結

果，乃是藝術性的生命和藝術上的成就。歷史中的大畫家、大畫論家，他們所達到、所把握到的精神境界，常不期然而然的都是莊學、玄學的境界。宋以後所謂禪對畫的影響，如實地說，乃是莊學、玄學的影響。」❷在該書第 2 章第 7 節，徐先生拿心齋之心與現象學的純粹意識作一比較。在簡介胡塞爾現象學的一些基本概念後，他特別指出，意識作用和意識對象（意識內容）是緊密相關、難以二分的，也即是主客合一，並由此而把握到物的本質。「而莊子在心齋的虛靜中所呈現的也正是『心與物冥』的主客合一；並且莊子也認為此時所把握的是物的本質。」徐先生認為，「現象學的歸入括弧，中止判斷，實近於莊子的忘知」。但二者之間又有不同，因為「在現象學是暫時的；在莊子則成為一往而不返的要求」。由於徐先生認為莊學是中國藝術精神的主體，因此這個類比特別值得比較文學工作者的注意，可以再作進一步的探討。

　　徐先生對莊學和現象學的比較，後來也有美國史丹佛大學劉若愚教授不謀而合的看法。劉教授在 1975 年出版的《中國文學理論》，是第一部用英文論述中國文學批評的專著。在這本書裡，過去劉先生稱為「妙悟派」批評家的（指嚴羽、王夫之、王士禎、及王國維等），則改稱為「持形上學觀點的批評家」。照劉先生的說法，這一派批評家所談的物我兩忘和情景交溶，很接近現象學主客合一的說法。但另一方面，現象學家在談到藝術與「存有」的關連性時，有時頗為強調藝術的作用，這或許是雙方微有不同的地方。例如海德格在〈賀德齡與詩之本質〉一文就曾說過：「詩是透過文字來構築『存有』」；「詩是『存有』和萬物本質的初步命名」。劉先生又指出，現

❷　徐復觀，《中國藝術精神》，4 版（臺北：學生書店，1974 年），頁 3。

象學派美學家杜夫潤以藝術為「存有」之顯現的觀念，可與文
學是「道」之顯現的看法相比。此外，「受道家哲學影響的中
國批評家和現象學家都倡導二次直覺，那是在中止判斷現實後
才能達到的」。這個說法，施友忠先生曾稱為「二度和
諧」❸。另一方面，雙方對語言的不足和束縛性都感不滿，但
又不得不繼續以之為表達工具❹。以上幾點類同，劉先生在收
入本書的 1977 年論文〈中西文學理論綜合初探〉，亦有再次觸
及❺。劉先生並指出，由於「妙悟派」批評家深受道家思想影
響，因此這些類同也可能來自現象學與道家哲學之間某些相似
性。

　　劉先生的學生余寶琳女士 1976 年在史丹佛大學提出一篇
博士論文，題為《王維詩的境界》❻，試圖局部採用現象學派
文評來分析王維的詩。一般現象學派文評通常都是集中探討作
家全部作品所呈現的意識世界，鮮有及於生平及文化社會背景
的。但余女士別出心裁，認為這方面的知識也會有助於我們的
了解，儘管作家的個人經驗世界或生存世界 (Lebenswelt; expe-
rienced or lived world)，與作品裡的想像世界是不可混為一談
的。因此論文對王維的生平及佛學背景等都有介紹。在實際分
析上，余女士對王維詩的時間和空間（兩個現象學派喜愛的題
目），有細緻的討論。對王維詩裡人與自然的關係，則有以下

---

❸　施友忠，《二度和諧及其他》（臺北：聯經出版公司，1976 年）。

❹　James Liu, *Chinese Theories of Literature* (Chicago: Univ. of Chicago Press, 1975), pp. 57–62.

❺　James Liu, "Towards a Synthesis of Chinese and Western Theories of Litera-ture," *Journal of Chinese Philosophy*, 4 (1977), 1–24.

❻　Pauline Ruth Yu, "The World of Wang Wei's Poetry: An Illumination of Symbolist Poetics," Ph. D. diss., Stanford, 1976.

的結論:「王維作品的無我性不但是文言裡一般避提主詞的結果，且是王維刻意不讓任何作品以自己為核心所造成的。他的出現，通常只是大畫面裡的另一分子。……他的詩依賴並呈現自我與世界徹底的統一，由此而導至情景交溶，及主客之別的泯滅……。」

　　然而，余女士這個結論，葉維廉教授在 1971 年的比較論文〈王維與純粹經驗美學〉裡，也提出過類似的看法 **㊼**。後來在收入《飲之太和》的〈中國古典詩和英美詩中山水美感意識的演變〉一文，亦有再次觸及。他的看法則是透過王維與華茲華斯的比較而來的:「簡單的說，王維的詩，景物自然興發與演出，作者不以主觀的情緒或知性的邏輯介入去擾亂眼前景物內在生命的生長與變化的姿態；景物直現讀者眼前。但華氏的詩中，景物的具體性漸因作者介入的調停和辯解而喪失其直接性。」葉氏這個比較得來的結論，和狄曼通過現象學對華氏的論析，又可以互為參證。在這篇文章裡，葉氏亦偶有涉及現象學。在對美學觀點的一小段分析裡，他借用胡塞爾「意識作用」(noesis) 和「意識對象」(noema) 的名詞來分辨說明。在提出全文的關鍵問題後(「山水景物能否以其原始的本樣，不牽涉概念世界而直接的佔有我們?」)，他特別指出:「這不僅是研究山水詩最中心的課題，而且是近代現象哲學裡（如海德格）的中心課題。」這當然並不是說葉氏已走上現象學派文評的道路；但這個學說的一些觀念，對他的比較分析，顯然有點輔

㊼　本文較長版本先是在 1971 年夏臺北第一屆國際比較文學大會宣讀，較為濃縮的版本後成為《王維詩選》英譯本前序: Wai-lim Yip, *Hiding the Universe: Poems of Wang Wei* (New York: Grossman, 1972). 本文有黃美序中譯，見《純文學》，9 卷 4 期（1971 年 10 月）。

助。

葉氏對現象學雖然點到即止，但他尚在聖地牙哥加州大學任教時，卻曾指導過一篇大幅度採用現象學的博士論文。這是由王建元 (Kin-yuen Wang) 在 1980 年提出的，題目是：*Unspeaking, Heaven and Earth Have Their Great Beauty: A Study of the Chinese Sublime*。這篇博士論文是探討 sublime 這個西方美學觀念在中國文學傳統裡的類同性表現。這個美學觀念，詩人梁宗岱在《詩與真二集》譯作「崇高」，美學家姚一葦在《美的範疇論》也譯作「崇高」，但朱光潛先生在《文藝心理學》則作「雄偉」。為討論方便，此地從前譯。照王建元的說法，崇高的觀念和美感的經驗可見於中國傳統的三方面：㈠哲學性討論；㈡透過山水詩而呈現的自然事物的崇高；㈢文學理論裡修辭上的崇高。王氏論文共分四章，第 2、3、4 章分別討論上述三方面的崇高。第 1 章則是導論，對這個觀念作理論性的規範和澄清。這一章也是最為「現象學化」的，除援引海德格和梅露彭迪的學說以為討論的出發點外，並局部採用殷格頓和衣沙爾意義「未定性」的說法，來解釋中國山水畫裡的「空白」。由於這部分長達七十多頁，分析又繁富入微，要逐一介紹，是不可能的；因此這裡只擬略述涉及梅露彭迪的部分。依王氏的論述，梅露彭迪所致力的是回歸概念化之前的世界，重建與世界的直接、原始的接觸。用他自己的話來說，就是：「回歸到事物本身就是回歸到知識出現前的世界」，因此「實體是只能描述的，不可以構築和塑造」。他又指出，對事物的正確觀看方式「是要片刻地中止對它們原有的認識」。梅露彭迪復以為人對世界的認識，必先通過感官經驗，而感官經驗初起之際，是純然客觀的，之後才再逗起知識和行動。這些觀念

和道家美學相通之處，應是不說自明的。另一方面，由於主體的限制，實際的感官活動，必然是順時性和綜合性的。由於對事物的知覺活動有這兩種性質，事物的呈現角度可以是無窮的。王氏認為這可以和郭熙相比。郭熙曾說：「山形步步移……山形面面看……一山而兼數十百山之形狀。」因此必須「飽游飫看，歷歷羅列於胸中」。然而，「千里之山，不能盡奇。萬里之水，豈能盡秀」，故對創作者來說，就要「外師造化，中得心源」。換言之，在美的觀照裡，「由客觀的藝術精神，而體現、充實、發揚了主觀的藝術精神；不期然而然地得到了主客的合一」（徐復觀語）。王氏則舉出梅露彭迪「第三隻眼」及「畫家的靈視」之說，以為相較。但正如梅露彭迪另曾指出的，觀照活動「有內在性 (immanence) 和超越性 (transcendence) 的矛盾。內在性，因為觀照裡的物體對觀察者來說不是陌生的；超越性，因為物體所蘊含的經常超出其本身」。也就是說，在觀照中，主客雖互為關連，但物體又永遠無法全然掌握。照王氏的看法，中國古典畫論對這個問題也有充分體會。例如郭熙就說：「山欲高，盡出之則不高，烟霞鎖其腰則高矣。水欲遠，盡出之則不遠，掩映斷其脈則遠矣。」這雖然是技術性的說法，但因而助長「淡」、「逸」、「空」等重要概念的發展。另一些說法（例如「有處恰是無，無處恰是有」）也可視作針對觀照活動裡的這個矛盾性。

王氏之外，奚密 (Michelle Hsi Yeh) 1982 年在南加州大學提出的博士論文 (*Metaphor and Metonymy: A Comparative Study of Chinese and Western Poetics*)，則局部以德希達的「解構」觀點，探討中西詩學中對比喻的看法，並將德希達「延異」(La Différance) 之觀念與莊子的「道」，作出比較。德希達的思

想一度如旋風般震撼西方文評界。他發展出來的體系不能全然劃歸現象學，但其源頭則是胡塞爾❹。奚密的比較（見本書第 II 部分）雖有爭議性❹，且亦限於某一時期的德希達；但作為一個開拓性的嘗試，自有其特殊意義和參考價值。

最後，本書在編選過程中，多承各作者及譯者的大力支持，這是編者要特別致謝的。其中岑溢成先生更提供了不少寶貴的意見，至為感激。如有任何舛誤，自當由編者負責。

鄭樹森

---

❹　見 Vincent Descombes, "The Radicalisation of Phenomenology," in his *Modern French Philosophy*, tr. L. Scott-Fox and J. M. Harding (Cambridge: Cambridge Univ. Press, 1980), pp. 136–145.

❹　見廖炳惠，〈晚近文評對莊子的新讀法──洞見與不見〉，《中外文學》，11 卷 11 期（1983 年 4 月），頁 125–133。

現象學與文學批評

目　　次

第 II 部分

第 I 部分

賀德齡與詩之本質

馬丁‧海德格(Martin Heidegger)　著

蔡美麗　譯

譯者前言：

　　海德格的哲學向來都被目為晦澀、難懂。他的難，我想是可以分成兩面來看：

　　一是內容難。海德格抨擊西洋哲學自柏拉圖 (Plato) 開始，就踏入「歧途」，而需要扭轉哲學的錯誤，重新叫哲學顯現出柏拉圖以前的希臘的原來面目。假若以孕育肇發於柏氏的西洋傳統哲學思維方式來接近他的哲學，當然會鑿枘難合，而覺得他的哲學莫測高深。

　　二是他賴以表達其內容的文字在運用上過於新穎、靈活。海德格利用他豐富的字源學的知識以及獨具的原創力，重新掘挖出，或賦與文字，在一般運用上不曾有過的新義，而可以說把文字的能力與魅力發揮極致。如果對文字沒有他那麼敏銳的哲學性嗅覺，則要捕捉他要說的「什麼」，自然是件難事。

　　下面所譯一篇文章，是海氏一系列的四篇散文中的一篇。布洛克（Werner Brock, *Existence and Being* 一書的編者）曾如此讚譽：「就它本身來說就擁具了一種美。」然而，我們也可以說，是哲學的「難」之外又摻混上詩的曖昧，比之海氏的其他文章，似乎又更難理解。試著先約略解說幾句，卻又覺得，這實在不是自己能勝任的事。

一、寫詩：「一切工作之中最無邪的」。這一段較容易解釋，就某一種意義上說，寫詩本來僅只是「舞文弄墨」的事，而不是什麼實際的行動，只有實際的行動才有罪與不罪之分，如此說來，寫詩自然是無傷而無罪的一種行動。

二、「於是，語言，——一切他所擁有東西中最具危險性的——授與了人類……」海德格在這一段中藉語言的探討及線索而道出了人存在 (Dasein) 的在世界內性 (Being-in-the-World)。

首先，他先肯定語言是人存在獨有的特性，他把人存在與其他存在 (beings) 比較，而唯獨人存在有語言，因而他說：「語言已經賞與了人類。」

跟著，海德格又說：「所以，他能肯定自己。」他如何肯定自己呢？他肯定自己屬於世界。就是海德格在《存有與時間》中所說的：人存在乃是世界內的存在 (Being-in-the-World)。但語言又如何可以令人肯定他自己存於世界中呢？這裡，得先談一下語言一詞，及世界一詞的特殊意義。

⑴這裡所謂能令人肯定自己存在於世界之中的「語言」，乃是指語言的基礎：觀念。我們可以說必先有了觀念，才發生要表出觀念的語言。我們現在必需更進一步探問觀念的基礎，就是觀念究竟是如何發生的？觀念的發生乃是由於人存在，因具有意向性 (intentionality)，而作一種照明活動，被照明的東西於是就能自己呈現出來 (self-giving)，而成為我們意識中的觀念。這種照明活動，海德格也稱之為一種命名活動 (to name)，或者乾脆說就是語言。

⑵弄清了語言的定義，我們再來看世界一詞的涵義。海氏的世界並非是客觀的帶時空性質的世界，而是經由人存在的照明活動，而在我們意識中示現而成一個包圍 (around) 我們的世界。

了解了語言的定義——一種照明活動；也了解了世界的定義，就了解海德格為什麼說語言叫一切存在的示現出來(The overness of all that is)。既然人存在必然的帶這種照明性，照明性又必然的會生一個意識內的世界，故而說語言肯定了一個包圍我們的世界；換言之，肯定了我們屬於世界。

而為什麼又說語言是一切我們所擁有之中最危險的呢？有了世界，就有化育、就有存在。危險又是什麼呢？就是喪失存在的可能。亦帶來了我們的行動，於是我們也可以任意妄為，而帶來了我們的罪咎問題、責任問題，語言叫這一切成為可能，是一切危險的引發因。因而稱為我們所擁有的一切中最危險的。

三、「……諸神已經被我們命名，既然我們已經是一個會話……」在文章開首我說過，海德格文字運用之靈活，幾近令人無法握捉得住他所要表達的意思。這裡，語言一詞或者可以作一個印證。在第四段中，語言已經躍出了人存在的照明作用的意義，而指為一種當作傳達、交換(communicate)意見的工具。在這一層面下，當然只有在會話（一種傳達，交換意見的行為）中，語言才表現出它的本質性來。

但更剝近一層看，會話又是什麼呢？「很簡單，就是跟其他人談及某些東西的行為。」但我們在什麼樣的基礎上才可能跟別人「談」？在這裡，就涉及了一個共同世界(inter-subjectivity; Mitwelt)的問題。我們必需共同指向一個東西，共同明照一個東西，換言之，有一個共同照耀的世界，才可能談及某個東西。海德格藉賴我們能交談這件日常性的事，掘挖出了一個叫他的意識世界躍出獨我論(solipsism)的桎梏的途徑，故此在文中他說：「我們是一個交談。」這個我們，是指「共同世界」，如果簡單明瞭地說一句，不過只這樣而已：「交談指證出了一個共同世界的存

在。」假如我們回想一下在柏拉圖《對話錄》中，蘇格拉底 (Socrate) 如何藉賴辯論 (argue) 這個現象的存在來引證出所謂普遍性 (universal) 存在，因而推翻諸如普太哥拉斯 (Protagoras) 那些辯士們所謂：「人為萬物之準則」這種論調，我們不難覺得或者與海德格有相似之處，而蘇氏的論辯也許可以幫助我們了解海德格在這裡所說的話。

「交談」除了展示出一個「共同世界」之外，同時也開展出時間性 (temporality) 來，這是海德格下面說過的話，在這裡也稍提一下。他說：「在交談中，一個本質性的字必需繼續地指涉一件，同時又是同一件事物。」這個能夠是一件，而又是同一的東西必定帶著某一個程度的恆久性 (perpetuity) 與穩固性 (permanence)，而這種穩固性在什麼樣的基礎上才能顯示出來呢，只有在時間開展成了過去、現在、未來時，才可以彰示出恆久是什麼來。前者可以說是後者的基礎，故此海德格說交談展示出時間性來。

截至這裡為止，海德格所指的「交談」都是指人與人之間的交通 (communicate) 而言，但下面海氏所謂的「諸神因之而命名」的這個「交談」，卻又已經換了意義，而指謂人與神間的交談。

海氏在這裡所謂的神，到底指的是什麼，我實在沒有辦法確定。不過，依照他文中的意義與他的哲學路向來加以揣度，則他的諸神可能就是指「存在之有」(Being) 而言。可是因為他對「存在之有」並沒有明確的說明，而這裡的神又是用多數的「諸神」(Gods)，而「存在之有」是否有一或多這種屬性？也是難說的。是否在「存在之有」之外，另有「諸神」這種以某種形式存在著的存在，亦不容易揣度。有一點卻是可以確定的就是諸神是一種超越的存在。而這個超越的，幾乎是神秘性的存在卻又藉賴詩人，跟我們保持一種關連，我們現在試著來探討一下這關連是以什麼

方式存在著的？

這種關連是以交談 (conversation) 的方式存在著，或者，以「交通」（見海德格的〈何謂哲學?〉一文）的方式存在著。

我們在第二段中說過，器物世界的存在是完全藉賴「人存在」的照明，或者一種「命名活動」而顯現出來的，故此可以說是被動性的。但諸神並非「器物世界」，祂們的顯現是主動性的對「人存在」發出呼喚 (calling)，而假若「人存在」對這個呼喚發出「回應」(response)，則這個「交談」或者交通就成功了，於是諸神就在人存在的世界中顯現了出來。故此海德格說：「諸神把『人存在』領入一種交談之中。」

四、海德格先談為獨我的意識所照明而顯現的獨我的器物世界（或者簡稱之為世界），繼而談及人存在間的共同世界的存在，然後談及諸神的顯現，可以說已經把詩的基礎——語言的特質討論得非常透澈。下面兩段海德格將回轉筆鋒，正面的討論到詩人的職責，以及隨這職責而來的，他的無可避免的命運。

什麼是詩人的任務？我們先來看海德格所說的一句話：「但是所有一切盈剩下來的，都是由詩人們所建立起來的。」所謂一切盈剩下來的，所指的是什麼呢？

上一段說道，諸神之能向人存在顯現，完全藉賴與人的交談或交通而完成。諸神向我們呼喚，就引起了交通，所餘的，只是我們的回應，或稱作反應。所謂剩餘的，就是指這回應。但為什麼響應呼喚的擔子交托給詩人呢？我們且又看他下面的引語：

「就這樣，所有在天上的都如此疾速地逝去，」諸神呼喚我們，向我們打招呼，發出各種符號，但我們聽不見祂們的聲音。為什麼呢？在《存有與時間》(Being and Time) 中，海德格告訴我們，因為我們是活在一種頹落的狀態 (the state of falling) 之中，過

著不真實的生活 (inauthentic life)，以我們傳統的了解，可以說是閉明失聰的生活，故此聽不見諸神的聲音，而由祂們白白的在我們頂上迴旋。

是否我們就此就永遠不知道神的存在呢？我們且看下面的引語：「交托與詩人，由他保管，作為他的義務。」

我們可以說，詩人的特質就是多了一隻非俗世所有的眼睛，能知一切溺耽於世俗中的人所不知的事物。他既然聽得見那聲音，於是這種對超越界的知識就交由他保管，而把諸神的聲音傳達給人的責任，就交托給他。故此我們可以說，諸神的呼召達不到處，都由詩人填補上了，而諸神的呼喚之能成功，也因著有詩人的回應。

五、在最末的一段中，除了稍稍為前面的話作結之外，海德格主要的是探觸到命運的問題——而以最尖銳的代表——詩人的命運來道出，也許是海氏晚年對無限宇宙的玄奧，所發出的戰兢敬懼的感覺，而回頭又彰示出人不可跨越的有限性。我們可以說他已經跨出哲學該探索的範圍，而步入了一種神秘主義之中，但我們卻不能否認，所謂「知命」，也許是最圓熟的智慧的頂峰表現。

什麼是詩人的命運？我們前面說過，詩人的任務是傳達諸神的聲音，保管超越界的知識。故此海氏說詩人是站在神與人之間，他是「那悍勇的精神，如暴風雨來前之鷩鳥，預言性地遨飛，為將來臨的諸神啟途」。

海德格在這裡就碰到人的有限性問題，詩人是人，他本身無可避免地就困在人的局限 (limitation) 之中，能力、生命有個場度，這才禎祥。假如他逾越了他該知的範圍，而知道他所不該知的——所謂超越的知識，諸神的意旨，就一個人來說，他必定會

招致天降的不幸。

為什麼呢？海德格在此引用了賀德齡 (Hälderlin) 在將近墮入精神分裂狀態以前在法國所說的話：他被展露在過強的亮光之中，這種亮光不是一個瘦弱的人類所擔承得起的。

這可以說是一種對宿命的悲劇感，人自覺到自己的渺小，有限。而更可悲的，卻是詩人又是一個勇敢的靈魂，而肯擔承起這個會把他壓扁的擔子。我們要歸納地說一句：就是海德格認為詩人既敢冒寫詩——也可以說是知機、洩機的危險去創作，他的命運就註定了不祥。

其實，我們可以說人類神秘地，直覺到局限著他們生命的無形的界限，並不是肇始於海德格，而可以說從人自覺到自己是人開始就知道了他這個界限。假如我們翻閱一下《三國演義》中所描繪的知機而洩了天機的管輅的下場，又試看看希臘悲劇的伊底帕斯王中失明的預言者，在不得不說出預言時心中的戰慄，比照著海德格這段文章來看，也許就更容易了解海氏的感受。

這篇冗長的前言總算是硬擠了出來，只覺有許多地方沒有談得恰當，不過，也許替文章寫註釋本來就是一件近乎不可能的事，最恰當的解釋，恐怕只有它自己才配稱得上，尤其像海德格這樣的大師的作品。

下面節錄賀德齡的詩文所指的頁數、卷數，均對照 Propyläen-Verlag, Berlin，1914 年版《賀德齡集》。

一、寫詩：「最無邪的工作」(（三）、337)。

二、「於是，語言 —— 一切他所擁有東西中最具危險性的 —— 授與了人類，他因此而肯定了他自己……」(（六）、246)

三、「人學得多了，眾多天上之神，他已經為之取了姓名。既

然我們已經成了一種對談 (conversation)，並且已經能夠側耳諦聽別人所談的。」((六)、343)

四、「但是所有一切盈剩下來的，都是由詩人們所建立起來的。」((六)、63)

五、「溢盈了才能，但卻仍舊詩意地，人，就如此棲止在大地上。」((六)、25)

一

為什麼我們要挑選賀德齡的作品來說明詩的本質呢？為什麼我們不選荷馬 (Homer) 或者索弗克利斯 (Sophocles)？為什麼我們不選維吉爾 (Virgil) 或者但丁 (Dante)？為什麼不選歌德 (Goethe) 或者莎士比亞 (Shakespeare)？這些詩人的作品同時的體現了詩的本質。我們甚至可以這樣說：比之賀德齡的那些早夭、而又夭折得異常兀突的具有創作性的作品，這群詩人的詩篇是蘊蓄了眾多詩的本質的。

可能的確是這樣吧！可是賀德齡被選中了，並且唯有他才中選。然而，大致上說來，我們可以不可以在單獨一個詩人的作品中，尋找得到詩的普遍性的素質？所有普遍的，那就是說一切對大多數人來說都可靠的東西，都只能通過比較而獲得。為此，人們希望獲得一個例子，這個例子概括了詩可能有的大多數的駁雜性 (diversity)，與各類型的詩，由這個觀點來看，賀德齡的詩僅只是許多種詩中的一種；靠賴它自己，它沒有任何方法足以成為評斷詩的本質的判準 (criterion)。那我們豈不是一出發就失敗，達不到我們的目的？當然──既然我們把「詩的本質」，當作一些採集在一個普遍概念下的事物，它將同樣的對每一首詩是最可靠的。但這可以如此不分伯仲的應用

到一切個別的事物上的普遍性，卻常常是最不相干的，永不可能變成本質性的本質。

但我們所追尋的，卻正是這種本質中具備了本質性的成分，——這些逼迫著我們去決定我們是否要把詩視為一嚴肅的事體，又假若我們以詩是嚴肅的，當我們進入詩的天地中時，我們是否要攜帶著那必須的預設，又在什麼程度下，我們可以帶進這預設？

我們選擇賀德齡，並非賀德齡的作品——許多類別的詩中的一種——真的能體現了詩的普遍的本質，而僅只因他被他詩人的天職所迫，而清晰的把詩的本質抒寫了出來。對我們來說，在一個很突出的意義下，賀德齡是「詩人中的詩人」。這是他迫使我們作這個抉擇的理由。

但，——寫些關於一個詩人的文章是否一種變相的顧影自憐 (narcissism)，而同時又顯示出眼界的褊狹呢？這是不是一種無意的誇大？一種頹敗，與一條盲目的途徑？

下面我們將可以獲得一些答案，的確，我們不過藉賴一種權宜的手段以獲得答案，雖然我們應該分別把賀德齡的詩逐一詮釋，但在這裡我們卻辦不到，代之，我們選用了詩人對詩五點提要，這五點提要所具備的必然的次序，與內在的連貫性，應該可以把詩的本質展示在我們面前。

1799 年 1 月，賀德齡在一封給他母親的信中，稱寫詩為「一種無邪的工作」。但寫詩到底「無邪」到什麼程度呢？在最謙虛的狀態下出現，寫詩是一種遊戲，一無羈絆的，詩人發明了他自己的那個意象 (images) 的世界，而又沉湎在一個想像的國度中，這種遊戲因而逃避了決斷的嚴肅性，這種決斷通常

能這樣的，或者那樣的製造出罪惡來，因此寫詩是完全無傷的，而同時它又是不發生任何作用，因它僅只停駐在講講談談上而已，它並沒有任何行動，而行動卻是能直接把握現實、改變現實。詩是夢境，卻非真實，是文字的遊戲，卻不是嚴肅的行動，詩是無傷的，卻又是無效的，什麼能比空言更不具危險性？但僅以詩為「一切工作中最無邪的！」卻仍不能使我們把捉得住詩的本質，然而這卻給與了我們一個指示，告訴我們可以在那裡尋著詩的本質。詩用的是語言，而又在語言的範圍中創造出它的作品來，賀德齡對語言說了些什麼話呢？我們聽聽詩人第二層的說法。

二

與剛剛徵引的賀德齡的信同一時期（1800 年）中，他的手稿有一個小片斷如此寫道：

> 人開始住在屋子中，而又覷覷的用衣服裹包起身體來，自從他更熱中，而又更留神的看守著他自己的精神，正如一個女祭司守護著聖火，這就是他的悟性。於是，他得到了專橫，而他如神似的，又被賜與了發號施令，與完成的能力。於是，語言 —— 一切他所擁有東西中最具危險性的 —— 授與了人類，他因此而能肯定他自己：創造、破壞、朽滅，回歸到永生，回到了他的女主人，他的母親的懷中 —— 由妳，他繼承了，學習了妳最神聖的所有物，保存一切於其中的愛。((六)、246)

語言，「一種屬於最無邪的工作」範圍中的東西，卻又是「一切所擁有的東西中最危險的。」這兩句話如何才能得到調

協呢？讓我稍微把問題放在旁邊，而先來考慮三個更基本的問題：⑴誰擁有著語言？⑵到底到什麼樣程度，它是我們所擁有的一切中最危險的呢？⑶在什麼意義下它真的為我們所有？

首先，我們先看看這個對語言的看法到底發生在什麼地方？這是在一首詩的綱要中提到的，這首詩寫述人是什麼，而把人與自然界的其他存在物作一個對比，而提及了玫瑰、天鵝，森林中的雄鹿，而把植物與動物分辨開，這個片斷開首寫道：「但是，人則住居於屋子中。」

人是誰？他一定得肯定他是什麼？肯定意味著宣布，而同時又意味著在一個宣言中保證了他所宣說的。人是他自己 (man is he who he is)，正是他自己的存在 (existence) 所肯定的，在這裡，一個肯定 (affirmation) 並非意味著對人存在添上去，或者補充上去的解說，它不過是在肯定的過程中，把人的存在弄清楚。但人要肯定些什麼呢？他肯定：他屬於大地。這個隸屬的關係包含在一件事實中；這事實為人為萬物中之學習者，又為萬物中之繼承人。但萬物卻是相互衝突著的，那把事物拆開，使之相互對立而同時又令之結合起來的，賀德齡稱之曰：「親昵」(intimacy)。透過世界的創造與進展，可以肯定隸屬於此「親昵」，同樣的，通過世界的毀滅與墮落，也可以肯定了隸屬於這親昵中。而人存在與它最高峰的完滿，卻是通過決定的「自由執擇」而得到肯定的。自由把捉住必須性 (the necessary)，而又把自己置身於最高義務的束縛中。這件事證明了「隸屬一切」（譯者註：隸屬乃是人所要肯定他的存在的特性），這特性在歷史中實現了。語言賜與了人類，使得歷史成為可能。語言是人類所有物中之一。

但語言到底怎麼樣的一個程度，是「人類所擁有的一切中

最危險」的呢？它是危險中之危險，因它在開首時創造了危險的可能性 (the possibility of danger)。危險乃是存在著的東西對存在者的威脅。而現在，只因有語言，人才被露置於一些明顯的東西之下。那些東西如果存在，則於人的存在中熾燒，折磨著他，那些東西，假若是非存在，則騙了人類，叫人類絕望。首先創造了威脅存在，使存在發生了混亂的明顯情景的是語言，而甚至有喪失了存在的可能性，這就是說——喪失存在的危險。但語言不僅只是危險中的危險，它同時在它自己當中又掩藏了對自己的危害。語言在它的工作中，負有把存在加以申明的任務，但同時又能把存在當作存在的保存著。最純粹，而又最隱秘的，同時最複雜，而又最平常的，都可以在語言中加以申說。即使最本質性的字，如果希望別人明白它，而又成為公共的所有物，則一定得把自己做成平常的字眼。因而，在賀德齡另一片斷中同樣值得注意：

> 你對著神說話，然而你完全忘記了最先收成得的果子，並
> 不屬於可朽滅的人類，而是屬神的，那些果實一定得變成
> 更平凡、更日常性，才可以為可朽壞的人類所有。((六)、
> 238)

純粹的，與平凡的同樣都是嘴中說出來。因此，就文字論文字，它永不曾給與我們任何直接的保證，告訴我們它是本質性的字抑或是仿造的，相反——一個本質性的字，它的單純性往往使得它看起來類乎非本質的字，而那些妝點得像本質性的字，卻往往不外心中重述或背誦出來的，因此語言一定得經常在一種它自己加以明證的姿態下出現，而使那最具個性的——真實的話，陷於危險狀態中。

但這種最危險的東西到底在什麼意義下為人類所擁有著呢？語言是人類自己的財產，供人類傳達他的經驗，他的決定與他的心態之用，語言又可以傳遞消息。但我們在這裡所給出的定義，並不曾接觸到語言本質性的本質，而僅僅申述了它的本質所產生的效果。語言並非人類所擁有的眾多工具中的一種，相反，唯有言語，才供給了屹立於開展的存在中的可能性。有了言語，才有世界 —— 這就是那些決定，生產、行動、責任、騷動、專橫、頹敗、混亂的，永遠的交迭著的輪迴。只有在「世界」壓倒性的佔據了的地方，方才有歷史。語言是在一種更基本意義下為人所擁有的，而人可以歷史性地 (historically) 存在是一件美事。語言並不是一件他能支使的工具，毋寧說，支使著人類最高超存在的是語言。我們必須先確定了語言這種本質，才可以真正了解語言活動的範圍，而藉之以了解詩的本身。語言如何變成真實？為著尋得問題的答案，讓我們來再看看賀德齡的第三層說法！

三

我們在一篇為一首未完成的詩而寫的又長又豐富的隨想中，遇到了這種說法。

> 人學得多了，
>
> 眾多天上之神，他已經為之取了姓名。
>
> 既然我們已經成了一種對談，
>
> 並且已經能夠側耳諦聽別人所談的。((六)、343)

讓我們在這些字句中，首先找出與我們一直討論有直接關係的部分。「既然我們已經成了一種對談……。」我們 —— 人類

——是一個對談。人的存在是建立於語言上的，而這個存在，只有在對談當中，才可能實現出來。但無論如何，對談並不僅只是語言所能產生的效果之一而已，而該說只有作為一種對談，才是語言的本質。我們通常所稱為語言的，即是一群字，與那組合這群字的法則，僅只是語言的初步入門而已。但現在讓我們試看看何謂「對談」？簡言之，是與某人談及某事的一個動作。於是，談話同時會導致一種「拉攏得近些」的作用。但賀德齡說：「既然我們已經成了一種對談。」能夠傾聽別人不單只是與別人交談引起的結果，毋寧說，在交談未進行之前，這「能夠傾聽別人所講的」就早已預設好了。但即使是能夠傾聽別人，這傾聽能力本身，卻也是適應著字的可能性，而又運用著字的可能性的。聽與講的能力是同樣的基本性的。我們是一個對談——意味著我們可以諦聽別人。我們是一個對談，常常又意味著我們是一單獨的對談 (a single conversation)。而由對談所導致的聯結則包括在這件事中：這件事是一個本質性的字，通常說明著一件相同的，而我們又同意著的事件。而我們就正是這個基礎上聯結起來，而成為一個本質性的我們。對談，與由對談導致的聯結支持著我們的存在。

但賀德齡並不僅只說：「我們是一個對談。」——而是，「既然我們已經成了一種對談」。但即使人類語言的能力出現了，而同時這種能力又被運用了，但卻仍舊不足以說明語言成就了本質性的實現——對談。我們由什麼時候才開始變成一種對談呢？一個本質性的字必需繼續的關連到同一件東西，才可能產生一個單獨的對談。沒有了這種繼續地關連到同一個字的關係，則連一個論證也不可能成立。但一個，而又同一的東西只能在某些永存而又不變的東西的光照下加以說明。但只有當

現存又繼續存在的東西，開始爍閃出光來的一刻，一個永存，不變才可能發生。但那只有當時間開始了，而又擴展開的一刻才可能發生。只有當一個人置身於永存者之前時，他才可能把自己展置於可變的東西之前，即展置於來而又去的東西之前。因為只有持續的東西才有改變的可能。只有當饗餐的時間被扯割為過去、現在、未來，對某些永存的東西大家來加以同意的可能性才會發生。自從時間成了時間之後，我們才能成為一個對談。自從時間興起了，我們才有可能歷史性的存在著。兩者——作為一個單獨的對談的存在與歷史性的存在——同樣都是古舊的，而又是同一的東西。

自從我們已經成了一個對談——人學多了，眾多天上之神，他也已經為之取了姓名。自從語言真的當作一種對談而得以實現，諸神就因之取得了姓名，而世界就出現了。但這裡又一件值得注意的事：神的來到與世界的出現，並非語言實現的結果，它們是與語言的實現同時發生的。甚至我們可以這樣說，真的對談——我們就是這個對談——正是包含在為神取得名字，與把世界易轉使之成為文字之中。

但只有當諸神向我們打招呼，要求我們時，祂們才可能獲取得一個名字。那個為諸神命取名字的字，常常是對那樣的一個要求的回應。而這個回應往往是由一種對命運的負責中躍出。在諸神把我們的實存 (existence) 帶入語言的過程中，我們就跨入了一個必需加以抉擇的領域中；我們得加以決定，到底我們是把自己獻出給神，抑或逃避祂們。

只有到目前，我們才可以整個的欣賞何謂「既然我們已經成了一種對談……」的意義。自從上帝把我們導引入一個對談之中，自從時間成了時間，自從那時候，我們的存在才建基在

對談上。對談是「存在之最高事件」，這個命題也透過這些才獲得意義與基礎。

但馬上又發生了這樣一個問題：這個對談 —— 我們正是這個對談 —— 是如何開始的呢？誰完成了這件為神取姓名的工作呢？誰在「饗餐的時間」中把捉住永恆的東西，而又把它們固定在文字之中？賀德齡以他詩人的簡練告訴了我們這一切，讓我們看看他的第四層說法。

四

在一首稱為〈回憶〉的詩結尾處，賀德齡寫道：

> 但是所有一切盈剩下來的，都是由詩人們所建立起來的。
> ((六)、63)

這句話對於「什麼是詩的本質」的問題，帶有相當的啟示性，詩是以文字而又在文字之中建立起來的，但在這種狀態中，我們到底建立了什麼東西呢？不變。但不變是否能被建立起來呢？它不是常常「在」著了嗎？不，即使是不變的，也必需加以釘定，它才不致被帶走，簡單的一定得自混亂當中擠扭出來，比例必需安裝上那缺乏比例的東西之上，那支持，管理著實存 (existent) 整體的一定得加以彰顯。「存在之有」開放了，實存才可能出現，但這個不變卻又是暫時性的。「所有在天上的都如此疾速地逝去，但卻不是徒勞地逝去。」((六)、163) 但這些剩下的，卻交托給詩人，由他來照料，而成為他的義務。詩人為諸神取名，而又為本來存有的眾多事物命名。與其說這種命名，是給與那我們早知道了的東西一個名字，毋寧說，當詩人說出一個本質性的字，存在就因這個命名而被呼

為它自己。於是它就被當作存在的來加以了解。詩通過文字來建立「存在」，因此那些剩下來的並非自暫時性之中取得的，自錯綜的東西中不能直接抽取得到簡單的，比例並不存在於不成比例的東西之中，我們永遠不可以在無底的東西之中覓得一個基礎。存在之有並非一個實存，但是因為實存與萬物的本質是不可能計算，而又不可能自「在」著的東西之中抽取出來，它們一定得自由的創造出來，被賜與、被安排下來，一種賜與的自由工作就是一種建立。

只有當諸神開始被取了名字，而萬物的本質又獲得了一個名字時，萬物才能第一次的爍閃出光芒來，人的實存才被導入一種堅牢的關係性中而獲得它實存的基礎。詩人的言辭不單只是一種賜給自由行動的建立，並且又是堅牢的把人存在建立在一個基礎上的建立。

<h2 style="text-align:center">五</h2>

我們在一首長而雄偉的詩中找到我們的第五點。這首詩是這樣開始的：

> 在可愛的碧空中，教堂高塔以金屬的屋頂，
> 如花朵簇開。((六)、24)

在這裡賀德齡說：

> 溢盈了才能，但卻仍舊詩意地，
> 人，就如此棲止在大地上。((六)、25)

人為某些東西工作，經由努力，賺得了他所追求的東西，「但是」賀德齡銳利的說出他的反駁的話來：「這些並不足以

把人在地上所過的旅途的本質點出。而達抵不到人存在的基礎。人的這旅途的本質是基本地『詩意的』。」我們現在把詩看成一種預言性的，為諸神與萬物的本質命名。「詩意地居住」(to dwell poetically) 意思就是：「站立在諸神之前，而投身與萬物的本質相交接。」實存在它基本的層面上也是詩意的，那同時意味著：「它的建立不是一個報酬，而是一件禮物。」

　　詩不僅只是一件伴從著實存的裝飾物，一個剎那的熱情，或者僅僅是一種興趣，一個娛樂，詩是支持著歷史的基礎，因此它不僅只是文化的表現，絕對的不單只是一個有文化的心靈的一種表達而已。

　　我們的實存基本是詩意的，但這並不能意味著它根本是無傷的一種遊戲。但賀德齡不是在我們上面所徵引的第一點中，稱詩為一種無傷的遊戲嗎？這說法又如何與我們現在所彰顯的詩的本質相調和呢？這就把我們帶回我們剛才先置放在一旁的題目上去了。現在，在回答這個問題時，我們將試著把詩人與詩的本質歸納起來，而置放於我們內在的眼睛之前。

　　首先，我們發覺詩活動的範圍是語言，因此，詩的本質一定得透過語言的本質來加以了解。然後，我們才了解詩是一種預言性的，為存在與萬物的本質命名——而卻並不只是任何語言，而是把那些在日常語言中，我們討論到與處理到的第一次彰顯出來的語言。因此，詩永不會把語言視為一種存在於手邊的粗糙的材料，只有詩，才首先把語言變為可能的。詩是一個具備著歷史性的民族的原始語言，因此，適得其反，語言的本質一定得透過詩的本質來加以捕捉。

　　「對談」是人存在的基礎，在對談中，語言才真正的實現出來。原始的言語是詩，存在就在詩當中建立起來。而「語

言」是人「所擁有的一切中最危險的」。因此，詩是最危險的工作——而同時，又是最無邪的工作。

事實上——只有當我們把兩個定義連結起來，而把它們當作一個來加以考慮時，我們才能清楚的了解詩的本質。

但詩是否真的是危險的工作？在一封他在將要出發到法國作最後一次旅行之前不久寫給朋友的信中，賀德齡如此寫道：

> 啊！朋友，世界比往日更為明朗，更嚴肅的布展在我之前。我為這個世界如何向前推移而感到快慰。在夏日，「那古舊的，神聖之父自玫瑰色的雲中擊打出恩惠之閃電」，我也覺到快慰。因為在這個當中我可以看見上帝。對我而言，這就是一些被挑中了的記號。我習慣於陶樂於一個新的真理，與那些在我們之上，與環繞著我們的東西更真切的諦觀中。現在，我怕，我最後會不會像老當他羅斯 (Tantalus the old) 一樣，自諸神處取得了比他可以消化得了更多的真理。

詩人展示在神聖的閃電之下，在一首我們認為一切談及詩的本質最純粹的一首詩中，賀德齡曾討論過這問題，這首詩是如此開始的：

> 在那喜慶的日子中，
> 清晨……
> 一個鄉下人跑去凝視著他的田畝。((六)、151)

最後一節中說：

> 但我們理當活於上帝之風暴下，

唉！詩人們，露頭站著，

用我們自己的手去捕捉電的閃光，

如父般慈愛，裹包在歌聲中奔馳過去：

詩人！真是人類神聖的禮品。

一年後，賀德齡回到他母親家中，發了瘋。他在一封寫給同一個朋友的信中，回顧他滯留在法國的情形：

那有力的原素，上天的火焰與人之寂息，他們在自然之中的生命，他們所擁有的，與他們的限度，繼續抓捉住我，像大家所談論及的英雄們一樣，我想，我是被阿波羅擊中了的。（(五)、327）

極度的光芒把詩人逐進了黑暗之中，我們還用得著其他的證據，來證明寫詩是極度的危險的嗎？詩人的命運說明了這一切，賀德齡的〈恩比多哥拉斯〉(Empedocles) 中的一段如預言似唱著：

他，神通過他而發言，

一定得馬上逝去。（(三)、154）

但不管怎樣，詩又是最無邪的工作。賀德齡曾在一封信中說過這樣的話，這些話不單只是用來安慰他母親，而的確也因為他自己確有這個感受，他說，正如山谷命定地隸屬於山，所以這種無邪的外圍也命定地屬於詩。這種如此危險的工作如何能進行而被保存下去呢？如果詩人不被拋出日常生活之外，而又有這表面的無傷保護他，使他免於墮入危殆之中。

詩貌似遊戲而實際上卻不是。遊戲誠然可以把人連結起

來，但這種連結卻可以使人在連結的過程中忘卻了自己，詩卻可以使人在基本存在上連結起來，在那裡他得到了休憩，不是那種思想空空洞洞的貌似的休憩，而是那種無限的休憩，在當中，一切的關係與力量卻仍舊是活動著的。「這段話的意義，是自他於 1799 年 2 月 1 日寫給他兄弟的一封信中擷採出來的。」

在那些我們認為我們可以安居於其中的清晰而喧囂的現實之前，詩煥發了一種不真實與夢幻，但恰巧相反的，詩人所講的與所行的，卻又是真實的，所以潘地亞 (Panthea) 以一個朋友的洞察力，如此論〈恩比多哥拉斯〉：

> 他自己就是生命本身，
>
> 我們這些人，不過是生命的夢影而已。((三)、78)

所以詩的外沿彷彿動搖著，但仍舊是固立著，事實上，它自己本質上就是一種建樹，那是說：一種有鞏固基礎的動作。

而任何一個不可預料的行動都是一種自由的禮品，所以賀德齡說：

> 任由詩人們如麻雀般的自由吧！((四)、168)

但這種自由卻並非一種不受拘約的任性，或一種浮移不定的慾望，而是最高的需要。

詩，作為一個建立存在的動作，是受著一個兩面性的拘約，在考慮這些主要的法則時，我們首先握住了詩的整個特徵。

寫詩基本上是為諸神命名，但詩意的字只能取得命名的能力，而卻是諸神自己把我們帶入語言之中，諸神如何說？

自遠古以來給我們的一切符號，就是諸神的語言……
((四)、135)

詩人的話正是這些語言的擷取，為的是要授與他的民眾，
這種擷取是一種既是接受，卻同時又是一種新鮮的給與工作，
因為詩在那些消息一出現時，就已整個地捕捉住了它，詩人們
勇敢地把他所見的用語言表達出來，因此而能把那些尚未完成
的先說出來：

……那悍勇的精神，如暴風雨來前之鷙鳥，
預言性地遨飛，為將來臨的諸神啟途…… ((四)、135)

存在的建立 (the establishment of being) 是與諸神的符號連
結起來的，但同時，詩意的字卻又是大眾的聲音的註解。賀德
齡就如此稱謂著，那些在其中人們記得他們是屬於實存全體的
話。但通常，這聲音變得疲乏而暗啞，它自己甚至說不出真的
話來，而靠某些人來為它作註解。那首稱為〈大眾之聲〉
(Voice of the People) 的詩，就以兩種說法陳現於我們之前，它
是在最後一段才生分歧，而這分歧卻相互說明著，第一個說法
結尾是這樣的：

因那是虔敬的，故此我榮誦那天上者之愛。
眾人之聲，那穆靜的，然而為著神與人，
它豈不是常心甘情願的保持靜穆嗎？ ((四)、141)

第二個說法是這樣的：

……而真的，
說話是好的，因它們是至高者的提示人，

然而，我們卻仍舊需要著其他東西，以解釋神聖的語言。
((四)、144)

詩的本質，就這樣與諸神的符號與人的聲音之法則——這兩種既相迎又相拒的法則之下——連結起來。詩人自己就是個介乎前者——神，與後者——人之間的人，他被投進神人之間的中間地位上。但只有在這中間位置上人才能夠，而又第一次的決定了人是什麼，決定了在那裡安放他的實存，「人詩意地居留於世界上。」

不斷的，而又更堅牢地被意象的完滿性迫壓著，賀德齡更單純地把詩意的字奉獻給「介乎兩者之間的」這範域。單為這點，我們不得不稱他為詩人中之詩人。

我們現在可不可以仍舊假定賀德齡是由於一個虛假中，豐富而糾纏於空洞與誇大的自憐主義中呢？或者我們該承認，詩人是由於受了極度刺激，而能以詩意的思想碰觸到存在的基礎與中心，在他後期那首「在可愛的碧空中……」中，談及伊底帕斯 (Oedipus) 的話，實在可以很適切的用到賀德齡身上。

可能伊底帕斯王有著一隻可以看見太多東西的眼睛吧？
((五)、26)

賀德齡寫些關於詩的本質的詩，——但卻並非一種永恆不變的意義下的概念。某一個特定的時間中有它特有的詩之本質。但詩卻並非單只適合於這個時間——彷彿適合於一個早已存在的時間。而是賀德齡在建立詩的行動上，早已創成了一個新的時間。它是那些逸去的諸神與趨來的諸神的時間，它是「需要的時間」(the time of need)，因它存於雙重的缺乏與

「不」之下。那逸去的諸神之不再來，與那未抵達的諸神之時間。

賀德齡建立的詩之本質是高度歷史性的，因它預言著歷史性的時間，佰當作一個歷史性的本質，它卻又是唯一本質性的本質。

時間是貧乏的，因而它的詩人是極其富足的——他是那麼富足的，因而常愛徜徉在對過去的追懷與誠切地期待著未來者之中。而喜歡沉眠於表面的空無中，然而，在夜之空無中，他穩穩地站著。當一個詩人由於他自己特殊的任務，而保持著高超的孤獨時，他誠實的代表「神」及他的人民裁定真理，那首稱作〈酒與麵包〉（四、123）的歌的第七節，就談及了這些，我們在這兒只能用理智加以分析的，那首歌卻詩意地表達了出來。

> 可是朋友們啊！我們來得太晚了，真的，諸神早已存在了，
> 高高的，在那駕凌於人的另一個世界中。
> 祂們永恆地在工作著，但彷彿很少注意及我們的死活，居於天上者是如此專心。
> 一個纖弱的器皿不能常常接受祂們，
> 因而，人只能在偶然的剎那承受神聖的豐足。
> 所以，我們的生命僅只幻夢著祂們。
> 像睡眠，需要與黑暗，瘋狂叫我們充沛著力量。直至……
> 足量的英雄，在鐵之搖籃中育成，
> 而心靈，像過去的年代中，有著如天上者的能力，
> 他們如迅雷似的降臨。

但此刻，有時我寧可酣睡，勝似如此孤寂
如此企待著。
在此刻，我不知我該說什麼，做什麼。
在此貧乏的時節，我不知一個詩人有何用處？
但您說，您說的啊！他們如酒神的神聖司祭們。
於神聖的夜裡，由一地遊行到另一地點。

現象學美學: 試界定其範圍

羅曼‧殷格頓(Roman Ingarden)　著
廖炳惠　譯

　　如果我們將「美學」一詞運用到現代美學觀崛起以前的時期，它是有個特殊的歷史。從一開始，遠古希臘的美學探究便擺盪於兩個極端之間。一方面，它專究「主觀」，亦即產生藝術作品的創作經驗及活動，或專注於領受的經驗及其行為、對感覺的領受、對藝術作品（或其他美感對象）的樂趣與愉悅，而且一般都認為從中再無其他東西誕生。在另一個極端，美學的重點卻放在幾種殊異的「對象」上，如山嶽、風景、落日、或經人工雕琢、一般所謂的「藝術作品」。這兩條探討的線索時時碰頭，但這通常意謂只是強調其一，使不同點更加明顯。因此，彼此始終涇渭分明。直到 19、20 世紀，我們仍經常爭論到底美學應該是「主觀」呢? 還是「客觀」呢?

　　我們最先是在柏拉圖 (Plato) 發現到這種擺盪。在〈伊昂〉(Ion) 裡，柏拉圖專究「主觀」，也就是藝術家（尤其詩人）的創作經驗與活動，另一方面，在〈費德拉斯〉(Phae-drus)，他的關心所在卻是作品本身，而且顧及有關美之形式的種種問題。但他並沒解釋在這範圍內「主觀」與「客觀」的關連是什麼。在《詩學》(Poetics) 裡，亞里斯多德 (Aristotle) 幾乎只關切文學作品而已，除了在探討到悲劇的本質時，亞氏嘗試透過悲劇影響觀眾的方式來為它下定義，他便不曾提及詩

人的創作活動或讀者（聽眾）的經驗。但這正顯示他無法以其
他方式去闡明悲劇的本質。拿這種偏向一邊的態度來看文學作
品及其美，不僅在遠古即已如此，後來在文藝復興（如
Scalinger）及法國的新古典主義（如 Boileau）時期亦然。萊
辛 (Lessing) 的《拉奧孔》(*Laocöon*) 也可算是「客觀」導向的
美學的一例。包姆伽登 (Baumgarten) 則採相對的立場，他詮
釋他自己的美學觀為認知的一種特殊模式，就這一點看，他是
超越了現代美學觀一大步。康德 (Immanuel Kant) 在他的《純
粹理性批判》與《判斷力批判》裡也是如此。如我們所知道
的，在《純粹理性批判》裡，康德的關切所在純是知識論的問
題，尤其是直覺的「先驗」形式。但是在《判斷力批判》中，
美學觀則擴大涵蓋了與美及藝術作品的共鳴，因此康德已接近
我們所了解的「美學」了。然而，康德主要是探討所謂「興味
判斷」(Geschmacksurteil) 的條件及效力，只有幾段論及藝
術，而且其中新見解並不多。這種情況也可運用到他對優美與
雄偉的探究。在黑格爾 (Georg Wilhelm Friedrich Hegel) 的美學
裡，重點則放在藝術美 (Das Kunstschöne) 及藝術作品，藝術
作品被認為是藝術家的產品，並且以特殊的方式隸屬於「心
靈」。然而主觀與客觀的內在關連卻是不清。

維雪父子 (Frederick Theodor Vischer and Robert Vischer) 的
美學受到黑格爾的影響，他們的確創立了美與藝術的形上學，
但從那兒它主要卻是轉向對藝術作品的理解或認知的問題，尤
其探究到「移情作用」(Einfühlung)，因而對出現的相關的心
理學問題開啟了一個角度。但是反黑格爾的美學，例如費希納
(Gustav Theodor Fechner) 及其徒眾、利普士 (Theodore
Lipps)、甚至沃爾凱 (Johann Volkelt) 等的著作，在立論上全都

是主觀的，而且最後均變為心理學的一支。如果說這些人士論
及美感對象（藝術作品），他們幾乎全無例外都將作品「心理
化」——亦即將它們視為「心靈」上的東西。值得注意的是後
來有不少著作紛紛探討音樂，例如寇茲 (Kurth)、雷維希 (G.
Revesh)、其他人的著作，書名均標有「音樂心理學」的字
眼。

　　這種特殊發展也影響到在美學範疇裡的第一本現象學著
作。據我所知，第一本現象學美學的著作是《美感對象論》
(*Der ästhetische Gegenstand*)，作者為康拉德 (Waldemar Con-
rad)。康氏也出版過一本討論戲劇的書籍。他只是要為各種不
同藝術（文學、音樂、繪畫等）作概括性的分析，全不述及創
作與聆賞的美感經驗，而且他視藝術作品（美感對象）為「理
念對象」(ideal object)——如胡塞爾 (Edmund Husserl) 在《邏
輯探索》(*Logische Untersuchungen*) 中所說的一般，乃是永恆
不變的對象。幾年之後，蓋格 (Moritz Geiger) 開始出版他的美
學著作。這些書仍探究主觀、有意識的經驗，即使在某些開始
出現的有關藝術本質的問題裡也發生這種情況，因而導致蓋格
對美學問題的想法有些不一致之處。他著作的名稱為：〈美學
快感之現象學緒論〉(Beigräge zur Phanomenologie des äes-
thetischen Genusses)、〈移情作用的本質與地位〉、〈心領神會的
問題〉(Zum Problem der Stimmungseinfuhlung)、〈藝術經驗中
的淺涉玩賞〉、〈藝術的深淺作用〉、及〈藝術的心靈意義〉。

　　值得注意的是，蓋格在他的《美學入門》(*Zugänge zur
Ästhetik*) ——一本上述幾篇論文的選集——的導論裡寫道：
「美學的門徑終究是在於我們自己的美感經驗」；這種論點有
時卻發展得不大得體：「唯有淨化經驗，吾人始能開啟通往美

學之門徑。」唯獨在他的論文〈藝術的心靈意義〉(Psychische Bedeutung der Kunst) 及一篇標題為〈現象學美學〉的論文裡，蓋格才清楚提及藝術作品，並專究有關藝術作品及美學價值本質的問題，當它們是美學研究的主題。在這些文章裡，他認為內在於作品本身的美學價值正是勾勒出美學探究範圍之統一性的東西。但是文章的重點也放在經驗上，而且經常提到心理的美學，並認為不必為此學說作任何論證，道理即能自明。在其他幾篇文章，例如討論到美學快感的論文裡，蓋格強調說，這種「品賞」的美學快感總是指向某物（某一對象）。在文中，他提出「對象美學」(Gegenstandsästhetik)。因此，在這篇文章裡，我們極其清楚看到在這兩線美學探索之間的擺盪，而很明顯的，這兩者之間的關連卻沒作說明。這種情形居然會發生在美學領域裡最著名的現象學探究者的著作，也教人訝異不已，因為蓋格在他的文章〈藝術經驗中的淺涉玩賞〉裡便十分意識到美學畛域的分界了。

在 1929 年《胡塞爾紀念集》中所收錄的較晚期美學現象學論著裡，克勞斯 (L. F. Clauss) 的〈語言藝術作品的理解〉(Das Verstehen des sprachlichen Kunstwerks) 及考夫曼 (F. Kaufmann) 的〈藝術情緒的意義〉(Die Bedeutung der künstlerischen Stimmung) 偏向主觀，而貝克 (O. Becker) 的〈美的衰弱性與藝術家的冒險性格〉(Von der Hinfälligkeit des Schönen und die Abenteurerlichkeit des Künstlers) 則傾於客觀，他主張說現象學是「美學問題範圍裡的本體探究」。

因此，在這一方面，現象學美學和較早的研究並無不同之處。由於康拉德的著作並沒有太大的影響力，現象學似乎也仍然流於主觀導向的美學。配合了那時日益成長由心理學所帶動

的美學，這一情形導致某些哲學家與藝術史家的反動。這些人包括德薩瓦 (Max Dessoir) （1907 年） 以及烏提茲 (Emil Utitz)。烏氏的思想接近現象學，並於 1914 年呼籲「藝術的一般科學」，主張將這種科學立於與美學平行的地位，正如德薩瓦幾年前出版的季刊的標題所示：《美學與一般藝術學期刊》 *(Zeitschrift für Ästhetik und allgemeine Kunstwissenschaft)*，這個雙重的標題顯示出有兩種不同的探究方式，一個方式是運用到其普遍結構、特性亟待闡明的藝術、藝術作品上，而另一個方式則關切美感經驗，但實際上卻變成非常分歧的探究的焦點。兩種探討線索的關連卻是不明。題目作「藝術的一般科學」也會造成誤解，使人誤以為是強調出它的與美學哲學方法互相對立的立場。但是從一開始，便不清楚這種藝術的「一般科學」到底是什麼樣子：它真的是科學，還是哲學的一支？ 在實際上，它給我們的印象是它像是哲學的探討，唯一的不同點在相對於這一範圍內的其他哲學研究，它指涉到實際的藝術作品。但是這個口號好像是把重點放在「科學」(Wissenschaft) 一詞上。然而，科學並不對其題材的歷史感興趣，其旨趣只是在一般範圍內求系統化（如藝術理論）。從幾乎是同時出版的著名藝術史的論著看，這種印象更得到強化：烏佛林 (Wölfflin) 的《藝術史原理》及渥林格 (Wörringer) 的《抽象與共鳴》，均企圖透過探究實際的藝術作品，發現視覺藝術裡種種藝術運動中的作品通性。瓦捷爾 (Walzel) 的《內容與形式》*(Gehalt und Gestalt)* 一書裡對文學的分析便明白顯示相同的傾向。我們從此開始聽到「文學通論」(allgemeine Literaturwissenschaft)，並於波蘭聽到「文學理論」的說法。就我所知，德國只有厄馬丁格 (Ermatinger) 在《文學的哲學》*(Philosophie der Literatur,*

1930) 的論文集裡用到「文學的哲學」的表達法。

我們不清楚如何來詮釋這三個概念，而且那種通泛的概括性的意義也不明白，尤其「普遍」性的斷言要如何才能達到呢？是根據對特殊作品的經驗所得出的實證通則？那它是什麼樣的「經驗」呢？它會不會是以與比較文學相同的方式來達成，還是以其他方式，如透過對特殊作品的探討，透過對一藝術作品概括內容所作的分析，一如現象家們本身想做到的？

當我在 1927 年開始寫作第一本探討這個題材的書籍時，我很明白：美學理論無法運用實證概括化的方法，而是要就一文學藝術作品或作品全盤的觀念作本質 (eidetic) 的分析。因此，我認為將兩線探索的方式相互對立、水火不容是項錯誤，這兩線分別是：(a)對藝術作品的概括探究；(b)美感經驗，不管是作者的創作經驗或讀者、聆賞者的領受經驗。所以，我適切地發展著作的論點，雖然它的標題為《文學的藝術作品》(*Das literarische Kunstwerk*)，而在三十年後出版的德文《藝術存有論的探索》(*Untersuchungen zur Ontologie der Kunst*)，題目也暗示出一種純然客觀導向的美學探討，全無一字提及美學。但這是因為這本書的用意在探討幾個基本哲學問題（尤其觀念論與實在論）的緒論，因此美感問題反而比較次要。不過，實際上，我們探討方法及呈現問題的方式將此一情況帶至另一個不同的境地。從一開始，藝術作品被認定是藝術家創作活動的純粹意向性的產品。同時，作為一個擁有某些可能性的圖式性實體 (schematic entity)，藝術作品與它的「具體化」(concretions) 相對照。從一開始，作品得有一個作家，而且也要有讀者或聆賞者再創作式的聆賞經驗；由於藝術的本質及其存在形式，藝術作品指向在本質上迥異的經驗歷史，不同的心靈主題，作為

它存在及呈現方式 (Erscheinungsweise) 的必要條件，而在它的存在年記裡（亦即我以前說過的「生命」），指向那些讀者、觀賞者、聆賞者的整個團體。相反的，這些經驗只能以在本質上指向某一對象的方式問世：藝術作品。而且它也揭露出此一事實：為了存在，它不僅需要這些不同的經驗，也需要物質材料如書、大理石、畫布；此一物質材料須由藝術家適當地賦予形象，被聆賞者所觀看、領會，以便透出此背景，讓藝術作品得以顯現，並在一段時期內保持不變的情況下，幫助許多聆賞者認出此作品。以這種方式，外加以各種人身體、意識的行為以及藝術本身，我們也探討到某些真正的物質對象，亦即藝術作品的物質性存有基礎。而且，藝術家的創作行為不僅包含創作經驗，還囊括了某些物質性的動作，以適切地賦予某一特殊事物、過程以形象，以便成為繪畫、雕刻、詩、奏鳴曲之存有基礎。另一方面，已經製作出的藝術作品（圖式性實體），一定要讓聆賞者以許多方式加以完成（「具體化」），而且在它獲致在某一特殊方式上具有價值的美感對象之形象以前，實現其可能性。為了達到這個，作品需要一個聆賞者來完成某一特殊經驗，亦即美感經驗。依這種方式，藝術作品與其創造者、聆賞者（完成美感經驗者）之間的內在關係遂變得明顯。物質世界進入作為背景，並以藝術作品之存有基礎的形象呈現其本身。所有這些成分形成一個較高秩序的單一真正整體，賦予此範圍一統一性——此範圍包含作品及與之共鳴的人類。因此，我們可給它定一個標準一致的哲學方法：美學。

在我研究的過程裡，美感價值的問題開始加重和變得不容忽視時，所有問題的內在統一性也漸漸變得清晰，同時我也了解到，必須找出能確證那種統一性的美學概念才行。

　　所以，在 1956 年，於威尼斯召開的第三屆國際美學會議裡，我便主張我們應拿藝術家或聆賞者與某一對象（尤其是藝術作品）產生接觸（或共鳴）的根本事實，作為美學定義探討的起點：這種接觸是一種極其特殊的接觸，它在某些情況裡，一方面導致美感對象之藝術作品的問世，在另一方面則使創作的藝術家或產生美感經驗的聆賞者（或批評家）得以誕生。一如所料，會議的領導 —— 我們那組主席門羅 (Thomas Munro) 及會議主席蘇里奧 (Etienne Souriau) —— 都對這種建議有幾分輕蔑，尤其因為我在演講裡提到我們應視此接觸為重大問題，而門羅卻表明比較喜歡拿經驗心理學作為解決美學問題的方法。那時，西方只知道我的《文學的藝術作品》一書而已，因此，我嘗試由另一個導向來界定美學便顯得離經叛道。我希望現在的情況較有改善，會有人贊同我所採取的方法，以下我將略述其梗概。

　　首先得強調，我們不應認為所有藝術作品創造湧現的經驗及行為是主動性的活動，但卻認為那些僅對藝術作品作美感聆賞或認知的經驗及行動是被動、純屬領受性的活動，因為在兩種情況裡，均有被動與領受（理解與接受）面、主動（超越所予的運動、創造前所未有且是藝術家或聆賞者真正產生的新事物）層面。在第一個情況裡，這個過程並不因藝術家的創作活動而告罄：它以某種主動的身體行為抒放自己，於其同時，藝術作品的物質性存有基礎也被賦予形象。這種賦予形象是由創作經驗及藝術作品所引導 —— 作品開始將本身的梗概指出，並透過那個經驗凸顯出來，而此經驗則似乎體現於作品裡。這導致一些由藝術家來操縱的成果，而且如果藝術家要成功實現他的意圖，這些成果就必得受到那種方式的操縱。因此導致了以

下幾個後果。

　　第一，物質基礎的塑造成形有幾個特殊面，而這在每一場合裡均會發生。第二，在藝術家為藝術作品的物質基礎塑造結構時，他會悟到作品逐漸發展出的結構，雖然作品起初是以原生質的狀態緊緊裹住。最後，在物質基礎的塑造期間，其效果也隨著產生——此一效果瞬即完成了體現、呈現藝術家心目中的藝術作品的作用。藝術家控制、檢查這些成果，這種操縱控制是發生在領受的經驗（對藝術作品對象特質的理解）之中。例如，畫家一定要看到自己活動的特殊層面的成果（在畫布上的、及它所具有的藝術效果）。作曲家在將自己的作品組合起來時，可能會把它記錄成樂譜，他也得聽到這些特殊部分的聲音，因此他通常使用樂器，以便聽到這些特殊的片斷。正是這種「看到」或「聽到」，使得藝術家不斷工作，塑造其物質基礎，引導他作修訂甚至完全重新改定。只有偶而在詩歌裡，我們才聽說有詩人「一氣呵成」振筆直書，不用再看過草稿，也不作修訂或改易。這與創作過程密切相關連，但本身卻是一種聆賞的活動、一種美學理解。在這種情況裡，我們可說藝術家變成是自己那逐漸成形的作品的觀賞者，但即使如此，它也不全然是被動的理解，而是一主動性的聆賞行為。在另一方面說，觀賞者也並非以全然被動或領受的方式來反應；暫時處於聆賞作品或再創作的情況，不僅是活動，而且在某一意義上，至少也是創造性的。從自始為領受的經驗層面裡，此刻出現了創造面——當這個已經被理解、重新組構的藝術作品刺激欣賞者，要他由觀賞進至美感經驗層面，在此經驗裡欣賞理解的主體超越了作品本身，並以一種創造性的方式將它完成。他以由作品所暗示出在美感上富有深意的性質，將作品圍起，然後促

成作品之美感價值的組構。（未必都是這種情況。有時，這些
性質是由觀賞者自己加上去的，全無任何暗示或來自作品本身
的充分暗示。就是在這些種種不同的情況裡，我們找到一個基
礎，可用來解決每一特殊情況裡價值客觀性的問題。）這是創
造性的行為，不僅被藝術作品中已被理解的東西所刺激、引
導，而且還要聆賞者能有創造性的契機，以便他不僅可以猜想
藝術作品是拿何種美感上有深意的性質來填補作品中的尚未決
定的地帶 (area of indeterminatedness)，而且也能在現下的觀賞
裡想像：出現於作品中的重要美感成分之組合是什麼風貌（作
品是由仍未體現於其中的新成分的完成加以具體化）？通常要
促成這種把具體化了的作品帶入即時的直接觀照（其中瀰漫美
感上具深意的性質），還得相當仰賴聆賞者的活動始能產生，
若無此活動，一切將變得淡然寡味而且了無生趣。美感塑造與
美感價值的活生顯現層面則又會導致對已組成的有價值的美感
對象之本質的理解層面，在這個理解聆賞中，逐漸綻放開來的
對象（作品）形相則刺激聆賞者對已被理解的價值作一主動反
應，並對此價值作一評估。

這個過程，不管是㈠主動／被動（或領受），或㈡主動創
作性的過程，都不是人純然有意識行為的產物，而是整個賦有
特定心靈與身體力量的人，這些身心力量在此過程之中，歷經
某些特色分明的變化，依接觸如何發生、藝術作品（或被創出
的相關的美感對象）是何種形相而變化亦有所不同。如果這個
過程導致一真實純正的藝術作品得以創生，此過程及作品的明
顯面貌勢必會在藝術家心底留下永恆的印記。在某一程度內，
當聆賞者接觸到一件偉大的藝術作品，從而促使組構一價值極
高的美感對象，也發生同樣的情況。他也經歷一種永恆而富有

深意的變化。

　　不僅藝術家或聆賞者歷經種種過程及變化，美感對象本身也發生適切的變化。在藝術作品的創生過程裡，這種情況非常明顯：藝術作品逐漸成形。在這期間（此期間也可能被延長），呼應作品成形的種種特殊層面，逐漸顯現的作品其形相、特質會發生一些變化。同樣地，正如藝術作品創生問世的方式可能各自有異，它也可能歷經種種不同的變化。整體上看，很難說到底是否有（而且在那些限制裡）統轄控制藝術作品成形過程的某些規範存在著。在一些特殊的情況，是很難發現到這些變化、證實它們的存在，尤其當我們看到的是已完成的作品，已看不出塑造過程的痕跡。不過，毫無疑問的，藝術作品在塑造成形時所歷經的這些變化確實存在，而且與作品創生問世的過程相互呼應。

　　要證明聆賞者在理解欣賞已完成的藝術作品時是有著類似上述的變化，可並不容易。在聆賞者對作品的理解產生偏差的情況裡，這個過程似乎是可能而且也可以為我們所了解，不過我們通常的確要求、期望在理解聆賞藝術作品的過程裡，不致有不足之處，且能以正確的方式來理解它，或將它忠實地重新組構，使它展現在聆賞者眼前。在那種情況裡，我們只能劃歸給理解作品的特殊層面：特殊部分、作品特點、及它們在當下觀賞中的顯現等的發現過程，如此一來，我們又有了兩個交織的對應過程：在這一方面是理解聆賞的過程，在另一方面，則是當下觀賞藝術作品的顯現過程，兩者搭配遂產生聆賞者與作品的接觸（或共鳴?）現象。然而，接觸很少採取這種方式，以致僅僅產生對藝術作品的純粹重新組構，而且萬一採取此方式（總是發生在某一特殊的藝術作品情況裡），也意味著：作

為作品，它已了無生意，在美感上死氣沉沉，因此並不真正發
揮作用。除純粹性的重新組構之外，直到賦予藝術作品的空洞
形式以豐富的美感性質及美感價值的美感具象化達成之時，理
解聆賞作用的過程（於其性質較能契合）才會出現。這個過程
包羅籠罩了美感對象，直到聆賞者最後有某種完成和組構，才
會復歸平靜。

他現在感覺到，自己已經達成完成美感對象、組構對象的
工作。現在他只要對美感對象已經構成的價值作恰適的反應，
以便允當地對待它。對美感上具體化了的藝術作品作評估工作
（與對價值所作的反應一致），也許會產生，而且一定要以那
種在已經具體化了的對象之中沒有東西被更動或受擾的方式去
解決，因此評估的過程才不致在對象裡產生進一步的變化。為
了公正且保住被評估對象的無以觸及性，這個評估不能是主動
的。我們當然可以想一想這是否可能，但它確是評估的要旨和
作用。

我得再強調：同一藝術作品之具體化過程及有價值的美感
對象的組構，可能會以迥異的方式進行，因為實際的組構經驗
與環境可能不同。這種變化更由於藝術作品本身的眾多個別
性，和各種藝術的基礎均極不同，而更加厲害。所以它們可能
藉著它們的藝術活動以不同的方式來影響聆賞者，也許會在他
聆賞作品時，偶而激發他相當歧異的美感經驗。因此，要描述
這些變化，可相當困難。暫時，我們只能說在這兩個對應的過
程之間存在著一種「聯繫」及彼此的依賴——在產生經驗的主
體身上及在對象身上，此對象將自己顯現給聆賞者，同時也藉
著這種顯現成形誕生。這些過程無法分隔，而且也不能將之完
全孤立起來研究。這乃是美學的基本原則，這個美學已經體認

到它一開始便應加以研究闡明的根本事實：人與他不同、暫時獨立在他之外的對象之間的接觸。

這個對象、東西、過程或事件可能是某種純是物質的東西或是人生中某一種事實、聆賞者的經驗或音樂主題或一小段旋律、眾音的和聲、色彩的對比、或某一特殊的形上特質。這全都來自外在，以一種極其稀罕的直覺的展現，將一特殊壓力加諸藝術家身上，即使它僅是一種想像的直覺。這個「對象」是要用來以一特殊的方式打動藝術家：逼他超出自然平常的態度，步入全新的處境。

這個「對象」可能是某一具有特別吸引人性質的東西，如色彩飽和、「燦爛生輝」的顏料或一個特殊形相。不過，它必須是一種能吸引我們注意到它本身的特質，因為它以極其特殊、深入的性質，在我們身上喚起一種感情上多彩多姿的經驗及某種驚奇的氣氛。德文 reizend（驚喜迷人）便勾勒出這種特質。它也許是如此：對它的注意，可能會變成是對它的特殊性的「品味」；透過它的存在顯現，它也可能滿足觀賞者或聆賞者想與之產生共鳴的願望。如果此一特質能達成這種效果，它便創出某一種原始而簡單的美感對象。產生美感經驗的聆賞者一接觸到這種特質，便會造成某種驚奇、興趣、愉悅，後來甚至是與那種特質產生瞬即共鳴的快樂。

然而，這種特質看來在素質上顯得不完整、隨外在起變化，沒有自主性。因此，它可能需要完成其完整性，並透過它蘊含（含苞待放）的顯現成形，使聆賞者意識到某種匱缺，這種匱缺有時會變得十分令人不快。這種匱缺會勸誘聆賞者去尋覓其他的性質，以補足第一個特性，將整體現象帶到一個飽和與欣賞上的最後完成，藉以去除那個令人不快的匱缺。所以，

聆賞者會發現自己經歷一個漫長的過程，直到他最後找到那個補足的性質，此一特質不僅會與第一個性質構成關連，而且還擁有一個綜合性的餘韻，能發揮其作用，以一「形相」輪廓包羅了整個現象。這項尋求完成的舉動構成創造過程的開端，此一過程不僅仰賴發現這個餘韻，而且也創出有特質的實體——在這個實體裡形相輪廓找到它的存有基礎，且具體呈現其本身。

這個實體（如某些聲音的組合、三度空間的結構、由句子組成的某種語言整體）一定要適當地被塑造成形，以便在這個實體上，那個綜合性的形相會在現下的觀賞中呈現其本身。我們稱這個形相為藝術作品。它好像是由藝術家在那個尚未完全顯現在美感上富有深意的綜合餘韻之上創造出來的。自然的，藝術作品本身是在特質上受到決定。如果那個在美感上活躍、主動的形相想要顯現其本身，這只能透過一種「和諧」來達成——形相與作品在特質上的限定相互調配，好讓以這種方式產生出來的整體本身變得完足，並將那個在美感上活躍主動的綜合形相完全自我呈現出來。已經組構好的整體也有可能導致藝術家始料不及（雖然對它們並非漠不關心）的一、二全新的美感活躍特質在當下的觀看裡顯現。塑造藝術作品的過程因此又更進一步。不過，如果新創出的整體能圓滿達成藝術家心中的直接心領神會，及對最後由於過程產生的自現整體所享有的快感，這便帶給他滿足與寧靜平和感。無止息的追求與創造遂變成為全然平和的觀賞和冥思。帶來圓滿及平和感的事物具備有價值的特性，但並不是因為它是我們嘗試要達到的某一事物，而是因為它本身便是完整而圓滿的。

此時，這個在意圖上剛新產生的對象也許只是「畫」在想

像裡而已，所以它並沒達到完整的自我存現，也沒產生欲望上真正的滿足或寧靜感。相反的，它激起欲望想「看到」它付諸實現。而且，在想像中設想好純屬意向性的對象很快就和意象本身一起消失，所以也許得在同一個作品產生共鳴之前，完成一新的想像活動，即使是在想像中完成。不過，通常無法順利重複此種創造性的視象而不讓對象經歷一些有深意的變化。因而有此一思想產生：創出的作品一定要以某種方式在比較持久的物質上「固定」下來。所以藝術家一心要在周遭的物質世界裡引起一些變化，不管是在某一物中，或是為了開始展現某一過程，以便讓作品幾乎可見到的風貌及某一種體現（如以一個適恰地雕出的石頭為基礎的體現）和在其上顯現美感上富有深意的一些特質的自我呈現變得可能。因此，藝術家以某種方式去塑造自己的創作經驗，好讓它依某一種心靈或身體上的行為或活動抒解其本身，而這種行為或活動造成一物或一過程的成形，好作為藝術作品存在的物質根據。

　　如果他是個畫家，他就用顏料鋪於畫布上；如果他是個建築家，他便建一幢房子；如果是詩人，便寫一首詩。在這個活動裡，他是被藝術作品諸種特質的結構來推動，這些性質起初只在想像之中出現，或者更有可能是藉某種隱而不顯、尚待醞釀的片斷出現。之後，在塑造創作的過程裡，這幅畫或這首詩會幫助他完成作品的一些細節，這些細節起先是以頗粗略的梗概出現，只能暗示出美感上富價值形相的視象而已。雖然上了顏料的畫布或雕過的石頭，正如我們常說的，永不能完全「實現」藝術作品、在其中將之體現或在藝術作品的基礎上構成可見顯現的充分條件，不過它們確實提供了某種的支助，以便在意向上杜撰或再創作藝術作品（如一幅畫或一首音樂作品）。

當藝術家或聆賞者採取適切的步驟，這些材料便使要具體化的作品，得到幾可觸摸的生動性及完整性，因而使到有價值的美感特質自我存現。如果是一件已經塑造定形的文學作品，我們先默默讀一首詩（當然假定說詩已經「寫」了下來）是不夠喚起有價值的美感特質的自我呈現，於是我們又訴諸大聲讀出、朗讀，或如果碰到作品是戲劇的情況，便在舞臺上演出——舞臺具有更高度的生動性和對觀眾的影響力，因此，我們常談到戲劇在舞臺或電影上獲得「實現」。但是我們可不能忘記有些作品（如抒情詩）在朗誦時（特別是在不適切的「逼真」或「鮮明」性的朗誦），會干擾到在感情上多彩細膩、美感上具有價值的諸多特質的自我呈現。在它們的情況下，讓它們在想像的直覺裡出現，以便以它們細膩微妙的方式顯現其本身，好深深打動我們的心弦，便於願已足。不過，這可能只有對文學才成立，因為對沒繪出的畫、未演奏出的交響曲也許就是另一回事了。

有可能當藝術家在創造作品的物質性存有基礎時，尚未在想像裡完成構思作品，而只是有某一種大略的藍圖在美感上推動他，在這個時候他便對作品的某些風貌有了特別清晰的概念。有時他也意識到其中有些會干擾到美感上富有深意的諸多特質的呈現，或意識到透過不同方式來塑造作品的物質基礎（因而也是對作品本身的塑造），可能獲致更好的藝術效果。於是，藝術家改變作品的構局，使之更臻完美，而有時則因失望、灰心，將之全然捨棄，但是這並非全然棄絕內在的「概念」，認為原先在想像中萌芽的美感上富有價值的形相就毫無價值了。相反的，無論如何，他肯定其價值，繼續期望將之適切地「實現」、體現，並以它全盤的價值將其本身顯現出來，

如果他能利用以不同方式構成的對象（藝術作品）當背景將它
呈現出來的話。因此，他又組構出一個對象：一幅畫、一座教
堂、一首交響曲、或文學作品，或完全改變作品存有基礎的材
料。如不再用黃銅，現在改用大理石，不再用同一系列的顏
料，而改用不同種類但同樣具有美感價值韻味的色彩。在這種
種變化與運作的過程裡，它吐露出：藝術家既未在塑造作品的
物質基礎的期間，也沒在發展原先的構想及完成作品細節的期
間內，以純然創造性的方式去表現、行動。在他的活動的許多
層面裡，他反而是以聆賞者的身分來看藝術作品物質基礎上業
已顯出的細部，及作品本身襯著這個背景所顯現出的各個部分
和特徵。

以前我已指出，不同藝術種類的基本結構乃是千差萬別，
因此藝術作品的創作過程（其性質乃是要作為美感上具有價值
的諸多特質及其特質基礎塑造的根據）遂以迥異的方式來進
行。這兩個元素其中任何一項都引進了亟待克服的種種難題。

在一方面，它可能是藝術實體本身對物質材料的抗拒或美
感上無法達到理想效果，要作者以各種技巧、活動去控制種種
技藝或別創「新」裁，而推陳出新尤其難以臻於完美。在另一
方面，在這個與材料交鋒的技術之戰裡，藝術家得有能力掌握
住美感上主動綜合形相的基本直覺，以便引導他「實現」作
品。原創直覺的才分及苦心的經營兩者要相輔相成才行；兩者
不調諧時，我們便得到技巧失敗的成果，不過它卻使我們猜測
它到底要呈現什麼意義？或者是根本的直覺迷失了，儘管有超
絕的技巧，塑造成形的作品中美感上具有價值的諸多特質卻無
一受到那個直覺的啟發：作品實體也許「匠意」完美，但卻死
氣沉沉，並不對我們訴說任何訊息。儘管藝術家在其創作行為

上有這些變化，作品在每一情況裡卻具有屬於其本質的同樣基本結構。

我深信從我文中想說出的，這種結構的某些細節已愈來愈明顯，不過我得不再作更深入的分析，因為本文的旨趣並不在此。本文的論點只在說明這種結構是通常會經歷好幾個層面的過程，在這個過程裡產生活動的、經驗的藝術家與某一對象有一種經常的接觸、交會，或者毋寧說是藝術家與兩個對象的交會：與創作過程中的藝術作品及由於他的影響而歷經變化的物質基礎。何況，這兩個因素都歷經彼此關連相互依賴的種種變化。它並不是兩件死寂的東西撞在一起，而是充滿活動的活生接觸。

為了更清楚地闡明我的中心論點，也許有必要簡單勾勒出藝術作品之觀賞者的行為：其觀賞領受的經驗及某些身體上的行動。我們慣稱的「美感經驗」是指一種剎那而同類的經驗：20 世紀的美學裡有許多這樣的理論。以前，我曾嘗試指出它是由許多在理性上相關的因素所組成而且佔了許多層面。此處我只補充一點：這可以兩種不同的方式發生。這個經驗的一種發生方式是以感官觀察到藝術作品的某種物質基礎（塗上顏料的畫面、石塊等），其中某些細部能使觀賞者「讀出」作品的形相，於是作品便在他的領受觀賞的經驗中完成組構，或換另一個方式，觀賞者立即看到藝術作品本身，也就是他看到一幅繪刻再現出某人的繪畫或雕像。在此過程接下去的幾個層面裡，被看到的繪畫卻對觀賞者發揮其美感上的作用，而觀賞者則持美感態度將作品暗示給他的美感上富有價值的諸多特質加以實現，並構成整體的美感價值。為了強調出當觀賞者觀看藝術作品時以觀賞者行為的方式所表現出的這種不同點，以下我

將拿他與印象派繪畫的心領神會一經驗為例，來探究其行為。

在第一個階段裡，觀賞者暫時看到一片色彩瀰漫的畫面或畫紙。有些色彩交織，有的則以更鮮明的對比凸顯出來，駐足更仔細端詳這些色彩時，觀賞者的反應正如同我們今日看純粹抽象畫一般（抽象畫裡種種色彩麕集，看起來似是自我完足）。不過，很快的，由於本身的布局或透過其色彩，有些色彩開始對觀賞者產生作用，激喚他採取某一美感態度：現在，他不僅看見，更「意會」到由這些色彩的布局、色彩、形相所暗示出的某些美感上富有深意的特質。在某一時候，他專門注意這些色彩，全神貫注，並於其中得到樂趣。最後，他以正面或反面性的感情對它們起反應，這種情感正表示他對這些對比色彩在美感上具價值的布局所起的反應。但有時也會發生這種情況：某些色彩會顯得完全缺乏任何關連，以至於令他因不解而感到訝異。這導致他問：「這到底是什麼?」或「這到底表陳描繪出什麼呢?」這種不平和、不解的情況可能會化為一種嘗試，想去了解這幅畫到底是什麼意思。然後，觀賞者突然領會到他是以錯誤的方式去看畫，誤將色彩視為客觀的確定物、沒有明顯理由便被塗滿色彩的畫布或木頭本身所擁有的特性，雖然他應利用這些色彩去領受某種分量的經驗素材，這些素材似乎出於自動，將本身安排好，成為是在某些光照的情況之下從某一觀點可以看到的一物的某一面。

觀賞者讓自己被牽引，然後突然一切變得「可以理解」了。從色彩駁雜中，人的臉孔凸顯出來：如在雷諾瓦 (Auguste Renoir) 的「愛書女郎」畫中讀書女郎的面孔、或西斯萊 (Alfred Sisley) 的「霧」、或畢莎羅 (Camille Pissarro) 的「園圃中的女郎」及其「開花的樹木」，一道活潑的光線照亮了許多色

彩繽紛的東西。從那一刻，在另一方面來說，繪畫也改變了面貌❶。只有到了現在，這幅畫才開始像是「表陳描繪」出某一事物，在畫裡景物及人物看起來是被躍動生輝、變化多端的光所照明，變得亮麗，而作為繪畫基礎的各種色彩則並未從視野中消失掉，雖然它們並不是我們所看到的，而且也非我們的興趣所在。

但，在另一方面，觀賞者的行為也歷經變化。現在，他完成一種「看到」的活動（幾乎像一般的視覺觀照）——看到表現在「畫中」的景物。在莫內 (Claude Monet) 的「競舟」一畫中，他看到海邊的船隻，及它們在波浪中划行的迴影。同時，根據那個「看到」的活動，他完成一種理解活動，理解到畫中要表現出來的（以適切的方法去看畫時彷彿體現存在其中的景物）。因此，我們不應說只是「觀」、「看」畫而已，因為雖然我們確實是「看到畫」。我們只看到上述的景物，這些景物是我們透過理解漸漸悟出以前在色彩駁雜的畫布上所沒看出的。因為如果我們早就知覺到畫中的這些布局，我們會看到一幅塗鴉的畫面（或一幅抽象畫），而且我們便看不出划行中的船隻或白帆映著藍海波瀾的波狀迴影。

但有另一種特殊的事會發生，而我們通常卻不大意會到它有任何特殊之處，因為我們習以為常，視這種經驗為完全「自然」，並不以為意，這種特殊經驗就是在一片光彩中看到人的臉孔凸顯出來的同時，我們又看到：友善的笑靨、滿足、喜悅

---

❶ 此處我並不是說畫本身起變化，只是說它的樣子（或者也許該說是「外觀」）起了變化。我用字遣辭十分小心，因為我不想在這個階段便對一幅畫被用各種方式看到是否有其一貫的不變實體這個難纏的問題作論斷。

或沉鬱的哀傷。畫中所呈現的人物「表情」會賦給我們有力的印象，這不僅對觀賞者是如此，對畫家本身及批評家來說，也是如此。這種情況主要是發生於絕妙的肖像畫中（如倫布朗 (Harmensz van Rijn Rembrandt) 或梵谷 (Vincent van Gogh) 的畫）。「表情」則可有兩種不同（雖然相互關連）的意義：某種真正的心情、激盪或心靈狀態，或人物性格的某種特徵、心理上的成熟或善良——如我們在倫布朗晚期的自畫像（如收藏在紐約費里克畫廊的自畫像）所看到的。這兩個表情要素並不會以一樣清楚的方式出現於所有的肖像畫中。觀賞者對一幅畫面的特點有了這一類型的理解勢必會導致畫的外觀產生變化。觀賞理解的內容所產生的心靈意境要素會以某種特殊的方式使整幅畫變得生意盎然，且經常賦予此一幅畫以深刻而細膩的神韻，因為它揭露了人類靈魂的深處，使通常無以得見，無法到達的部分展現眼前，但是這又導致聆賞者的行為起變化。現在，他終於了解畫布人物「臉部表情」的涵義，或者正好相反，在某些情況裡，他對那個表情百思不得其解（其實這也是一種正面而積極的現象），無法明白這個令人困惑的微笑或表情到底蘊含什麼意思？不過，在第一種情況裡，這種理解會導致積極的活動，而在第二種情況裡，不解則令觀賞者感到多少受了打擊，心裡不是滋味。當觀賞者理解到畫中的心理要素時，通常會有某種情感共鳴：和善會引生溫和的心情，而人物臉上的敵意或惡意則令觀賞者產生相當負面的態度。

　　不過，這些似乎都是在觀賞者所產生的美感經驗外緣的要素。更重要的是這種經驗對美學而言有那些後果？如果畫中人物的心靈狀態或個性表現得十分鮮明有力，一點也不含糊，人物似乎栩栩「如生」，那這個觀賞者便歷經另一種不同的經驗

了。這是對畫家匠心的崇慕感，敬佩他竟能透過純是繪畫用的器材、某種布局與形相、不同色彩的顏料，呈現各形各色的喜悅或人物成熟的表情。觀賞者要問：到底是以何等手法，人物的個性特徵竟會變得如此生動活現，呼之欲出？而且，更進一步，某種東西會強而有力地加在他身上，使他無法脫離這種「感受」❷，一如我們有時常說的。需如何布置色彩和線條，才能呈現出人物看另一個人物時所流露出的脈脈含情或滿懷和善呢？追問這種問題並一心要進一步端詳這一幀畫以尋覓答案的觀賞者則由一個「天真」的觀賞者變為（而且他的行為根本上整個改變）是一個視此幅畫為「藝術作品」的人了，因為他看待它是一特殊的實體，完成了特別的作用；他不只是與畫中的人物產生感情交感，以日常生活中人際關係的行為方式去對他們的行為採取反應而已。現在，他探索畫的特殊形構布局：描繪表陳出什麼？採那些手法？他嚴謹地檢視其作用，評估它們是否具藝術效果。最後，他不是對這個作品予以極高的評價，便是斥之為一文不值。

以這種新態度，他開始以相當不同的方式來理解作品。現在，這種理解不再關切畫到底表現出人物的何種心靈生活，而是要探究：這幅畫的每一形構布局，如何發揮其對整個作品的作用？其影響、整幅畫背後的「巧妙設計」又如何？它在藝術及美學上最重要的是什麼？那些只是要達到這個目的必須採取的手段？從其他作家又因襲了何種特殊的格調（我們有時常說的令人無法忍受的「格調」）？什麼是匠心獨運的別出心裁或新

---

❷ 這並非表現主義者的別出心裁，表現主義的畫家們只是透過瞬間心靈活動的繪畫手法刻意「強調」感受的顯現，著重奇異、驚人、黯淡的畫面，其實這些在早先的畫家（如布魯格爾 (Breughel)）即可發現到。

發現（不管是在表達出的世界或美感上具深意的特質及富美感價值餘韻的範圍內）？以這種方式來行動，觀賞者便是繪畫藝術的「鑑賞家」，能品賞繪畫的各種效果及其藝術和美學上的成就。觀賞者有了這種行為也會賦予被觀賞的畫以一新的特點：現在，它是以「傑作」的姿態展現在他眼前；同時也是大師的作品，要表明他的才能和意境、他的評價模式及他與之產生共鳴的價值世界；這些價值正是藝術家企圖要顯現給他的觀賞者看，並透過作品使觀賞者得以共享的。這一切導致：在一方面，藝術作品被公認為藝術作品，被人依其適切的作用及實現於其中的價值來掌握、理解它；而在另一方面，觀賞者則與藝術家（大師）更接近一步，甚至產生某種的「神交」，雖然大師並不在眼前而且也許早已作古。

對觀賞者與一幅畫所產生的心領神會作以上如此粗略的簡述，當然得再拿許多其他的例子來印證，以新的細節加以補充，使之更為深入 ❸。本文主旨只在替我對藝術家（或觀賞者）與藝術作品產生接觸的主要論點作證實，並提供一個較穩固的理論根據。如果此論點沒錯，也得到適切的證實，它便可拿來做美學探究時定界線的原則，賦予它某種統一性——這是所謂的「主觀」或「客觀」的美學所無法做到的。此論點指向某一根本事實，從整體性的分析此一事實，我們可依兩個方向

❸ 本文所作的描述當然是加以抽象理念化過了的。其功用是要大略勾勒出接觸的「可能」與「典型」程序及其發生過程。這些描述是加以系統化了。或者也許是理性地將其程序排定。實際上，我們的經驗與此程序有些出入，因為通常這些過程會受意外加入的變數條件所影響。不過，這些是心理學該研究的，與美學無關，美學實際上是要重新組構這個接觸過程程序的種種層面。一方面，美學探究其作用是為了得到美感對象與適切的藝術作品的交感的組構，另一方面則要對那個對象及在其基礎中的藝術作品兩者均獲致一認知。

邁進。

　㈠朝向分析逐漸成形或已經完成的藝術作品；㈡朝向探究
藝術創作者的活動與觀賞者、再創作者、批評家的行為。因
此，在對藝術作品做結構分析探究時，我們不應忘記藝術作品
是由藝術家的特定創作活動所產生，所以作品是以某種具目的
性的方式去加以塑造，也就是說一心要實現某一藝術或美感的
構想與成就；作品也是行為活動的產品，在這個活動裡，有意
識的意向性經驗扮演了基本而主要的角色，同時在其作為那種
產品的地位裡，這些經驗可能只獲致存在與（衍生地）在各種
人類團體中演出行動的某一特殊模式。由於它們的存在模式，
在觀賞者加以理解思索時，這些經驗便要被觀賞者帶至現象感
官的現下觀照，將美感上富有深意的諸多特質及其上的美感價
值加以具體化與自我呈現。在我們探究藝術家的創作活動中，
也得記住這些活動的目標為何、它們能達成什麼？在概括研究
觀賞者的行為裡，我們得記住：藝術作品的觀賞者該強調的是
什麼，以什麼方式他才可以允當對待藝術作品，藝術作品的價
值（或沒價值）如何方能顯現給其他人明瞭，他可以而且應該
如何進行評估，還有最後一點，作為藝術作品的觀賞者（而不
是理念人或以公益為重的市民），什麼是他不做而且不該做
的？

　在指出藝術作品與和它們產生共鳴或創作它們問世的人兩
方面的密切關連，我並沒有改變自己在許多著作中不斷發展、
證實的信念。雖然藝術作品只是純然意向性的對象（無可否認
是建基在物質性存有基礎之上），畢竟是作品才形成了特殊的
存在領域，其特點及特殊資質是在任何探究之中均要加以保留
的，因此，絕不能用不相干的假說去冒犯、歪曲這個特殊的存

在領域。藝術作品有權期待欣賞者（和它們產生共鳴的人）好好地理解它們，允當地對待它們的特殊價值。

　　如果我現在以上述所界定和了解的方式去深入發展哲學美學的問題，未免會離題太遠。不過，我想補充一點，在現象學美學中可能是自明的，在本文裡一定要加以探討，以表示我絕沒捨棄這個信念：藝術作品（美感對象）及其創作者和欣賞者，及兩者的關連，一定要以現象學的方式去探究。這方法主要是將探究對象適切地置於當下直接呈現的經驗，並對那經驗的材料作忠實的描述。我也依然確信在這些探究裡不但可能而且可以證實達成一種安排，可將事實的本質及對進入研究對象裡的一般觀念內容的探尋予以排定。據我看，這種方法可能產生一些結果，若用不同方式組構成的探究方法則可能難以達成。我可以拿數十年來自己的研究成果來支持此一論點，雖然我並不否認這些研究成果一定要時時加以印證、補充，它們也須由新的研究去更深入地探討。在聲明立場的同時，我絕沒想要主張說唯有現象學方法才是美學探究中真正有效的，而其他任何一種方法則勢必徒勞無功。我也無意要強制別人接受這個方法。每一個研究者都應該吸取適合他個人的才分與科學信念的方法，以便達成誠實（至少是可行）的結果。我個人也如此。

文學批評與現象學

杜夫潤(Mikel Dufrenne)　著

岑溢成　譯註

現象學是當代哲學史上的眾多學說之一，它所遭遇的困難窒礙，大概與其他的學說並無二致。然而，它究竟有什麼建議呢？它提出了一套把一種新風格引進哲學論說的方法。無怪乎它可以給一些不太屬於哲學範圍的學科，如文學批評等，帶來一些啟發。為了方便說明，我們立刻就提出現象學的口號：回到事物本身。可是，為什麼還要說回到事物本身呢？事物不是確確實實地存在著嗎？難道觀一景、用一器、讀一書，還得待哲學來教我們嗎？況且，胡塞爾 (Edmund Husserl) 明白地說過，中止我們對世界之實在性的粗樸信念乃所有哲學反省的條件；這不就是叫我們轉離事物嗎？如今，這口號卻叫我們回到事物，不是很奇怪嗎？其實，現象學的所謂「還原」(reduc-tion)❶，只是在不損事物分毫的情況下把我們的粗樸信念加以

---

❶　所謂還原，是胡塞爾現象學最重要的方法學概念。簡略地說，還原是把我們帶到一「超越界」、令我們可以不帶任何偏見地如其所如地認識事物的方法。還原又可分為「本質還原」(eidetic reduction) 和「現象學還原」(phenomenological reductions) 兩大類。簡言之，本質還原是把我們的知識從事實層面提昇到「理念」層面的方法。現象學還原則至少可分成三個方面：一、這是嚴格意義的現象學還原，其作用是中止我們對存在的粗樸信念，使事物作為純粹現象地呈現於我們。二、把文化世界還原為直接經驗所形成的「生活世界」(Lebenswelt)。三、把現象界的我接引到超越的主體性的「超越還原」。

消解。嚴格地說，實在性、非實在性和理念性，各按照「意所」(noème) 之置定特徵，仍舊分別屬於感知的對象、想像的對象和構思的對象❷。假如我們的態度經過這樣的徹底逆轉之後，就會把實在的事物化為非實在的，那麼，非實在的事物又能化成什麼呢？其實，正由於我們不採取那種足以妨礙思維的實在論態度，還原作用才會使對象、對象之本質及對象之一切特徵，更清晰地呈現出來。在這種公正無私的、新穎的眼光下成為意向的對象 (l'objet intentionnel) 時，事物是沒有任何消損的。

　　然而，現象學是否只對這種意向的對象有興趣呢？對於「意所」的描述，乃引往意向分析 (l'analyse intentionelle)❸的線索；而意向分析所探討的，就是「意能─意所」的對聯關係 (la correlation noéticoénoematique)，也就是說，表明對象之特性對應於那些意識活動或意向。這便凸顯出現象學的主要課題：能構成的主體性 (la subjectivitè constituante)。這個課題不但使唯心論重新成為問題，而且能引領我們進入形上的玄思，斐因克 (Eugen Fink) 就是一個具體的例子❹。我們先看看一種

❷　胡塞爾認為意識之特徵就是它總是「對於某某的意識」。任何模態的任何一個意識活動，總有一個「某某」與其相對相聯。作為意識特徵的這種「對聯關係」(correlation)，胡塞爾稱之為「意向性」(Intentionality)；構成這個意向性的兩端：意識活動與此活動所指向的「某某」，胡塞爾分別稱作「意能」(noèse) 和「意所」(noème)。意能和意所是不可或分的，不同的意所有不同的意能與之相對聯，不同的意能置定不同的意所，例如，感知這種意能有感知的意所，想像這種意能則有想像的意所。

❸　理解對象時，把它放到意向性之中，換言之，放到意能與意所之對聯關係中去，然後進行描述和分析；這樣的處理，叫做意向分析。

❹　斐因克，曾任胡塞爾的助教，後來是整理胡塞爾遺稿的骨幹人物；他對現象學的理解，曾得胡塞爾的認許。後來的興趣偏向形上學。除了是胡

拒絕把主體性視為孤離的或超驗的主體性的思想，對這課題所作的回響。假如超越的事物具現於經驗界之中，假如主體性乃等同於人類在世界中的存在，那麼，構成之課題便等於說，要看出能構成的主體性之形相，唯有以世界為根據，以這主體性所生活的世界或這主體性所創製的品物為根據。是以沙特 (Jean-Paul Sartre) 乃嘗試依據想像出來的事物之形相來揭示想像意識之活動，或嘗試依據事物對於一個人所呈顯的意義來揭示這個人的基本設計。不過，重點並不能只放在主體性上面。在考慮落實於世界中的主體時，我們便會一併考慮到這主體的意向性生命；而這意向性生命也是落實於世界之中，並且被世界所相對化。對於意識活動的分析，把胡塞爾引領到邏輯思想方面的工作，把他引領到一種要發現這種思想的潛隱基礎及描述這種思想的發生的、考古學式的現象學觀念。當然，這所謂發生是指被構成者之發生；可是，它卻使構成之觀念轉為主體與對象相親相和之觀念，使構成之觀念的唯心論成分有所減弱。追源溯始，返歸當下，回到人與世界最原始的關係中，似乎也是現象學的基本課題。我們固然可以像海德格 (Martin Heidegger) 那樣，在另一種意義下發展這課題，那就是：在人與世界的相互關係的基礎上，尋找那事事物物之基源；這基源可能就是「自然」，並且在人與世界的原初關係形式中展現。但無論如何，即使對於起源之起源不加思辨，我們還是可以說，一旦返歸當下，現象學仍然是忠於其原初的口號的！它所

塞爾思想之闡述者和高明的現象學家外，更是一位獨立的思想家。他著作極多，有學術性的，如：《現象學研究》(*Studien zur Phänomenologie*)、《存有、真理、世界》(*Sein, Wahrheit, Welt*) 等。思想性的著作則有《一切與空無》(*Alles und Nichts*)、《作為世界符象的遊戲》(*Spiel als Weltsymbol*) 等。

描述的事物，乃與人渾然一體的事物。一種具有客觀化作用的思想，往往將事物推置於外，並將此事物予以約化和解釋；現象學正要在這種思想發揮作用之前，使這渾然一體的事物呈顯於人。這些，暫時必須緊記。

另一方面，文學批評有什麼功能呢？換言之，人們對批評家有什麼期望呢？這兩個問題是不可分割的，因為批評和批評家實在無法分割。藝術和哲學各有其王國和歷史；藝術家和哲學家就是這兩個王國的子民，他們各自合成一個號召他們、認可他們的開放整體。批評卻沒有自己的王國，有的只是一些批評家、專家和風雅之士，而他們只是大眾的代表和報導員。那麼，這些批評家面對作品時會怎麼辦？假如他們的說話對象是作者，他們採取的便是一種裁判或顧問的態度；初期的法蘭西學院 (l'Acadeémie Francaise) 所表現的正是這種教授式的姿態❺。今天的藝術家較能認清他們的天職，較能看出批評家只不過是一些從批評的功能中給自己的無能尋求補償的失敗藝術家，並非至高無上的裁判。於是，對大眾有影響力，尤其是有鉅大影響力的批判家，才會得到藝術家的尊敬。因此，批評家比較樂意以大眾為說話對象。那麼，他們的任務便有三個：說明、解釋、評斷。但這三者之間竟然沒有必然的關係，這是很值得留意的。

所謂說明，就是指導讀者大眾去得出作品的意義。這便已設定讀者大眾並沒有批評家的才能，單靠他們自己的本領，是無法理解作品的。因為這已設定作品——這裡只就文學作品來

---

❺ 這是法國人文學科最高組織，成立於 1634 年，至今仍然存在。會員的名額限 40 名，大多是法國文壇的精英，是歐洲聲譽最隆，歷史最悠久的人文組織。

說——是有待理解的；作品具有意義，但或是曖昧不明，或是隱晦不彰。批評家的工作，就是用一種比較清晰的語言，將作品的意義譯述出來，以饗大眾。

解釋與說明是兩回事；所謂解釋，就是將作品視為一物體，視為創造活動的產物，文化世界中的成品。那批評家，剛才還是一位博學之士，現在卻變成科學家了。他援用因果關係來解釋作品；於是，作品或由心理歷程決定，或由歷史環境決定。不過，除了這種意味較強的因果關係外，我們還可援用一種只講究條件或影響、區別遠因和近因的、意味較弱的因果關係；依此，要解釋作品，肯定不能通過作品本身，只能通過作者之性格或決定這種性格的環境。

最後，評斷又與前二者截然不同。作品就如同一物體，如同一切成品和消費品，是有價值的；批評家就是鑑別作品價值的專家。然而，批評家以什麼身分來評斷作品的價值呢？批評家是謙厚的：他們不以定律之發言人自居，不以美之典則之認識者自許。他們有開放的心靈：接受一切的創新。他們甚至準備引退：很樂意地說，作品往往自作評斷，他們只是證人而已，稱不上是評斷者。不過，他們要盡心盡責，做個公正而有識見的好證人，使美學判斷能在他們身上達致康德 (Immanuel Kant) 所要求的普遍性。然而，怎樣才能如此呢？

讓我們看看，現象學能夠教我們些什麼。批評家可以把現象學的口號取為己用。回到事物本身就等於說回到作品本身。為什麼要這樣做呢？為了要描述作品，說出它是什麼。這樣一來，便把批評家的任務局限於以上三項的第一項。解釋和評斷兩項任務，由於夾雜著外在於作品的東西，即使不加以排除，至少也要暫時擱置一旁。但另一方面，文學批評雖然從現象學

得到不少啟發，但只可能取法於現象學的某些方面，不可能全
盤接受。例如，對胡塞爾來說，回到事物本身就是好好地把握
統合主體與對象間的意向性聯繫；但從事文學批評的研究者所
感到興趣的，只是對象。況且，能與作品發生對聯關係的是什
麼主體？是閱讀作品的批評家，還是創作作品的作者？事實
上，現象學的文學批評，少不免兩者都要涉及；在審查作品
時，便須要涉及這兩者了。

我們且想想一個要去面對作品的批評家。他這樣的決定，
已具有現象學的性質。還原作用和審美態度之間，有些類似的
地方。實行「中止判斷」(l'epoché) ❻，就是中止自發的信
念，以便將注意轉到對象呈現的方式。審美的態度，也隱含著
一種消解作用：我開始閱讀的一刻，似乎便以某種方式把外在
世界廢除了；另一方面，我所透入的作品之世界，本身似已經
歷過消解作用，與外在世界之存在無關。當我觀看奧賽羅
(Othello) 扼殺德絲狄蒙娜的一幕時 ❼，我絕不會向醫生或警察
求援。巴歇拉爾 (Gaston Bachelard) 說 ❽：與讀詩者相關的，
不是事物而是文辭。這兩種態度相仿而不相同：因為，一方
面，審美態度完全指向對象，並不指向主體之構成活動；另一
方面，外在世界已被消解，但作品之世界卻不然，這個與外在
世界的存在無關的世界，是不可能加以第二重的消解的。只有

---

❻ 所謂中止判斷，就是最嚴格的現象學還原（即註❶中所列述的第一種現
象學還原）。
❼ 參看莎士比亞 (Shakespeare)《奧賽羅》之第 5 幕。
❽ 巴歇拉爾，當代法國哲學家，著作等身，著述內容幾涉及哲學的每一部
門。對當代法國哲學界影響最大的，卻在科學之哲學方面，尤以《新科
學精神》(Le Nouvel esprit scientifique) 與《科學精神之形成》(La forma-
tion de l'esprir scientifique) 最為著名。

現象學家，在他轉而觀察批評家時，才會使用還原方法。批評家並不是現象學家，但他們可以向現象學家學習。

　　向批評家展現的作品，本身具有兩個特點：作品是供人閱讀的，是由文字寫成的。首先，作品是待人閱讀的。為什麼呢？當作品被放置在圖書館的書架上時，不是已圓滿的存在著嗎？當作者寫下文稿之最後一個句號時，作品不就已獲得其明確的存在了嗎？我們且不要操之過急，太早斷言。戲劇是待人演出的，劇本乃為演出而寫，演出賦予它以生命，成就它的存在。讀者之吟誦詩詞，翻閱小說，也有同樣的作用。因為書本本身只是白紙黑字，只有一種沉滯混濛的存在而已；而其中的意義，在意識予以實現之前，仍停留在一種潛能狀態。殷格頓 (Roman Ingarden) ❾ 說過，文學作品是他律的：它等待主體的活動來使它實現。殷格頓又區分了「作品的四層次」：實質的符號、文詞的意義、表現的事物與想像的目標；這四個層次，各有一些意識活動與之相應，而這些意識活動所組成的系統，則構成閱讀。閱讀即「具體化」，使作品成為真正的作品：成為美的事物，成為與活活潑潑的意識相對相聯的事物。在這種意義下，批評家——所有的讀者亦然——是足以自豪的；他們促成作品的真正存在。他們與作者合作，但又和作者對敵；因為他們在使作品存在的同時，又從作者手中奪去這存在。在苦痛中誕生，帶著纍纍傷痕的作品，在讀者的接受中得到安寧，怡然開展。布朗素 (Maurice Blanchot) 說 ❿，讀者的嘉許之所

<hr/>

❾　殷格頓，當代波蘭哲學家。他是胡塞爾的弟子，也是現象學的美學和現象學的文學批評的先驅。他在這方面的著作，以《文學的藝術作品》(*Das literarische Kunstwerk*) 與《文學的藝術作品之認識》(*Vom Erkennen des literarischen Kunstwerks*) 為代表。

❿　布朗素，當代法國思想家和文學批評家。思想傾向於黑格爾 (Georg Wil-

以輕描淡寫，儼然不負責任似的，正是這個緣故。

可是，這種不負責任的態度，卻是毫無虛飾地擔承起讀者責任的真正方式。讀者要專心誠意地閱讀作品，不可胡鬧⑪。面對著一本新作品，批評家應形成一種嶄新的、沉醉的、無拘無束的眼光來看它。一方面，他要讓自己全幅挺現，給作品提供一個寬闊的居停，向作品發出深刻的回響；另一方面，他又要使自己徹底收斂，令作品和他自己不致有所混合。因為若在作品上添上自己的記憶，或以自己的經驗作為衡量作品的準則，便是背棄了作品。可是，把作品變成對象，不就是背棄了作品嗎？正如沙特所說，在他人或上帝的目光下，我變成一個對象⑫；在讀者的閱讀下，作品亦會同樣暴露於變成對象的危險。它將會在對象之世界、文化價值之世界、消費品之世界中佔有一席位，它將會進入歷史，面對其他作品，銜接過去，孕育將來；作品之歷史乃歷史中的歷史；人們也許並不尊重這種歷史之原創性，而作品似乎只是歷史因緣的產物。如此急於去解釋作品，批評家簡直是存心替作品尋死路。

難道作品所要求的不是這種處理嗎？正如對主體或「準主

---

helm Friedrich Hegel)，最著名的作品有《無限的對話》(*L'entretien infini*)、《文學空間》(*L'espace littéraire*)。

⑪ 〔原註〕依巴歇拉爾的看法，忘記這個責任無疑是拿作品開玩笑。有時會出現一些過於仁慈的讀者，我以為該說是過於無知的讀者。他往往發出最慷慨而又最不認真的讚美，作為對作品的反應。這往往都是做夢的託辭。不過，他的夢卻是形象所引起的共同的夢。巴歇拉爾對待詩歌還算公平，因為他知道要穿過這些「具體想像」之夢境，去找尋世界的真面目。但當他把自己的童年加進世界之開端時，他便流於狡猾了。

⑫ 沙特，當代法國著名的文學家、哲學家。最著名的小說有《嘔吐》(*La Nausee*)、《牆》(*Le Mur*) 等，哲學名著有《存有與空無》(*L'Etre et le Néant*)、《想像力》(*L'Imaginaire*)、《存在主義是一種人文主義》(*L'Existentialism est un Humanisme*) 等。

體」(quasi-subject) 的處理一樣，這種處理之地位是模糊不清的。作品真的會變成客體，它肯定自己的冥頑而封閉的物性。它同樣真的具有歷史性，因它是時代的見證。可是，它亦確實在抗禦一種任憑讀者擺布的客觀化作用：就好像一些畫像目送在它們前面走過的觀眾一般，文學著作也同樣對抗讀者；它肯定自己有保守秘密的自由：作品的意義總是那麼遙不可及。馬格尼 (C. E. Magny) 寫道：「（當他尋找那呈現此小說的世界之聯貫性時），批評家所尋求的直覺，便近乎現象學中的本質直覺 (Wesensschau) 了。」❸ 精確地說，本質不是時常都能一目瞭然；只有在一種不容概念化的感情之中才可能如此。現象學不但籲請批評家要小心謹慎，查問作品怎會在閱讀中被客觀化；更籲請批評家要虛懷若谷，尋問這對象之真實何在。

批評家也許須要從作品的另一特點出發：它是由某人寫成的，它有一位作者。現象學在這方面又能教批評家些什麼呢？文學批評似乎只能構成一種創作現象學：它對作品有興趣。然而，當批評家要去解釋作品時，自然會牽涉到作者：文學批評既是傳記，又是心理學與心理分析，正如文學批評之為史學或社會學一般；在紜紜文學批評巨著之中，以作者的名字為題的，實遠多於以作品為名的。但文學批評在致力於恢復其科學知識之尊嚴時，卻不把這種知識用於理解作品。他加強作品與作者之間的聯繫，他在作品以外蒐集有關作者的資料，最後，他保留作品中那些使讀者可以了解作者、可以驗證創作之一般理論的地方。

作品無疑堪稱是作者的化身，它載有作者或喜或憂地簽下的、或深或淺的署名；它帶著創作歷程的烙印；它指定它的作

<hr>
❸ 〔原註〕參看馬格尼，"Les sandales d'Empédocle," p. 28.

者。但作者到底是誰呢？對現象學來說，作者也是現象，他呈現於讀者眼前。作者不在任何地方，唯有在作品之中。讀者固然可以在作品以外蒐集一些作品所沒有顯示的、有關作者的資料；但這些資料只是有關作者的一些實況，並非作者本身的真實。作者之因隱致顯，正是這個緣故；所以那些在其生活及人格都經過大眾的渲染之後才為我們認識的當代作家，反不如荷馬 (Homer) 那麼為人熟悉。正如上文所言，讀者乃在作品之前，作者卻在作品之中：作者於其「不在」(absent) 之時，方為其「存在」(present) 之極。當作者禁止人們談到他時，他的世界才向我們展現；假如他談及自己，他所用的「我」，已不再是我，而變成了一個他；這個「我」只是像一項任務或一場美夢那樣地存在。試想，把《懺悔錄》中的「松・雪克」(Jean-Jacques) 和盧梭 (Jean-Jacques Rousseau) ❶ 的生活加以比照，有什麼用處呢？我們可以要求倫布朗 (Harmensz van Rijn Rembrandt) 或梵谷 (Vincent van Gogh) 的自畫像酷似他們自己嗎？毫無疑問的，倫布朗或梵谷的自畫像與畫家自己的確酷似：作品酷似畫家所居住的世界，畫家酷似他們的作品。作家也十分酷似他們的作品；由於這樣的酷似，我們才能清楚地看到作品貢獻給我們的世界。這是一個獨特的世界，當我們透入其中時，我們唯一能做的，就是賦予它一個能表明其獨特性的名字：我們把作者的名字賦予它，我們稱之為巴爾扎克 (Honoré de Balzac) 或魏爾綸 (Paul Verlaine) 的世界。於是，巴爾扎

---

❶ 盧梭，生於 1712 年，死於 1778 年，是 18 世紀法國著名思想家，對當世及後代的政治思想、社會思想和教育思想，都有莫大的影響。著名的作品有：《懺悔錄》(*Les Confessions de J-J Rousseau*)、《社約論》(*Du Contract Social*)、《愛彌兒——教育論》(*Émile ou de l'éducation*) 等。

克或魏爾綸便成為承載著他們所有作品的名字 **⑮**。

　　是的，這個想像中的作者，才是作者之真實。要替他寫傳記，難道還得訪問他的房屋管理人、醫生或編輯，才算對他公平嗎？甚至作者本人也不必詢問。在作品以外所找到的，已不再是想像中的作者，不再是在作品的形象中的作者，他已被一個經驗世界中的人物所取代。如此一來，難怪人們都會感到驚訝——這樣的人物，怎能寫出如此的作品！可是，這只是一個有趣的心理學問題，而且已遠離文學批評。此外，也有用一個一般地說的人物或作者來代替這作家的；但由此只能建立一套創作理論，而文學批評卻隨之遠去。無論布朗素的眼光有多尖銳，不管他怎樣不必求助於作者的軼事，只要他引用卡夫卡 (Franz Kafka, 1883–1924) 的「日記」或里爾克 (Rainer Maria Rilke, 1875–1926) 的信札 **⑯**，那麼，他的主要興趣便非在於卡夫卡或里爾克，而是在於他們所提出的創作形上學。同樣地，當沙特替波特萊爾 (Charles Baudelaire, 1821–1867) 或紀涅作存在的心理分析時 **⑰**，他深深知道，要了解一個人，必須通過這

---

⑮ 巴爾扎克，法國偉大的小說家。1799 年生於法國南部，1850 年死於巴黎。卷帙浩繁的《人間喜劇》(*La Comédie humaine*) 是他的代表作。魏爾綸，生於 1844 年，死於 1896 年。他是一個精於音律的法國詩人，是促成浪漫主義詩歌過渡到象徵主義詩歌的關鍵人物。最著名的詩集有《詩藝》(*Art poétique*)、《去年與昨天》(*Jadis et naguere*) 等。

⑯ 卡夫卡和里爾克都是出生於布拉格、主要用德文寫作的 20 世紀大文學家。卡夫卡是個小說家，但生前所刊行的全是短篇，以《蛻變》(*Die Verwandlung*)、《判決》(*Das Urteil*) 最著名，死後才有長篇小說如《審訊》(*Der Prozess*)、《城堡》(*Das Schloss*) 等刊行。里爾克是個偉大的抒情詩人，其詩集之中，以《杜英諾哀歌》(*Duinesere Elegien*)、《給奧菲斯的十四行詩》(*Sonette an Orpheus*) 最受人推重。

⑰ 波特萊爾，法國詩人，也是文學批評家，更是艾德格・愛倫・坡詩歌的法語譯者；可是，由於不合乎流俗，這個生於 19 世紀的作家要到 20 世

個人的世界，必須「從聯結獨特的個人和不同的存在符象的個
別關係出發，以決定這特殊個人之自由設計」**⑱**；那就是說，
必須在充滿著作為膠黏劑或潤滑油的形上學成分的世界形象中
了解這個人。他更知道，必須在作品中認識作者。但由於他所
關心的，只是那個身為作者的人物，所以永遠無法真正把作品
連接起來；他談論波特萊爾的話，無一不是與人類學有關的，
但這卻不能給我們提供任何關於波特萊爾的《惡之華》的訊
息。我們所以會假定對其人的研究把作品連接起來，甚至解釋
了作品，那是因為批評家會利用他的設計來作弊，因為他已預
先讀過作品，並且憑藉作品以見其人。在所有對作品作客觀解
釋的嘗試中，也許還有另一種作弊。〔那就是，隨意援用心理
學或歷史來進行解釋。其實，〕我們所能援用的心理學，只有
一種根據作品之實在性來說明人的創作能力的心理學。同樣
地，我們所能援用的歷史，只有一種在說明事件的同時也說明
作品的歷史；對這種歷史而言，一個民族的真面目，唯有在其
文化證據裡才能找到，而發展之意義，則在其世界觀之辯證歷
程中。故此，這條由作品而作者、由作者而歷史人物的路線，
只可以隨順以往，絕不能倒逆而行：唯有在作品之中發現其
人，才能找到作者，直接從其人出發，必定徒勞。

作者之真實，存於作品之中；作品之真實，卻不在作者之
內。那麼，作品之真實又寄於何處呢？寄於作品之意義中。在
這裡現象學對我們又有所指示：一切現象都具有意義；這一方

紀才得到應有的重視。《惡之華》(*Les Fleurs du mal*) 是他的詩集之中最
膾炙人口的一部。沙特對他和紀涅很感興趣，所以分別撰有專書來討論
他們的作品、思想和性格；這兩部書就是：*Baudelaire* (1947) 和 *Saint
Genet, comédien et martyr* (1952)。

⑱　〔原註〕見《存有與空無》，p. 706。

面是因為主體常在與料中出現，組織及評釋與料，另一方面是因為與料並不如經驗主義所想像的，以一種感覺與件的姿態，粗樸而無意義地呈現。所以，作品總是具有意義的：作者說話，目的是要說出一些東西，而作品的價值即在於其言說能力。至於依不依一般之真假尺度來衡量其所說，實在無關重要；因為作品之真實，恆在於說出這種意義。而批評家的基本任務，大概就是闡明這意義。

這任務應該由意義的兩種性格來指定方向；現象學認為這兩種性格就是：它是內在於感性的，它是一特殊意識所親驗的。讓我們考察一下這兩點。事實上，語言是意旨的負載者；由此可見，文學作品是具有意義的。可是，語言如何成為意旨的負載者呢？在這裡，必須引進語言的兩種形式和兩種用法之間的區別：散文和詩歌。在散文語言之日常應用中，思想似乎是先於語言的；於是，語言遂被人視為一種毫無拘束而又相當有效的工具，以至於在人們的使用中消失。一個人在說話或聽他人說話時，絕不會想到辭典或語法；他會穿越文辭，直達觀念；這時候，他心目中的文辭，不過是一種離散的、透明的、不定的存在。然而，對一個閱讀詩歌的人而言，說得更正確一些，對一個懷著敬意朗誦詩歌的人而言，忽然之間，文辭已變得穩定堅實，光華四射。於是，人們之賞玩文辭，或是為了文辭本身，或是為了文辭給朗誦的聲音帶來的幸福。文辭回歸自然，充滿感性的性質，重新獲得自然的存在的自發性：文辭擺脫了通俗的規例，交織互合，組成不可預見的形狀。同時，意義亦發生轉化：它不再是「穿越」文辭方能理解的意義，它是在文辭之「上」形成的，就像一動盪的水面上形成的映像。這是一種不確定而又懇切的意義，它是人所不能主宰的；但只要

我們拋開思想，訴諸感受，自能覺察其富潤豐盈。這種意義內在於文辭之中，作為這現象之本質：意義就在那裡，凝附於文辭之中，無論加以翻譯或概念化，都不能使它與文辭割離。於是，我們可以加上一個新的層面：在表象之外加上表達。

以上關於詩歌的論述，在一定程度內，實可應用於所有文學作品。那界定文學作品的，那使文學作品對別於通訊報導、科學著作和哲學論文的，正是那內在於語言之中、內在於作品之形式結構中的意義。由於與文體不可或分，意義不但像實物那樣濃密，也像實物那樣渾然；它像實物那樣鋪展出一個胡塞爾所謂的「內基域」(un horizon intérieur)❿：它撤除了自己的界限，並開出了一個世界。這個世界是人之感受當下即可通達，卻又是反省所探索不盡的。作品之獨特的本質是無邊無際的：凡可用來談論感知對象的，尤其是談論美學對象的，都可用來談論內在於感性的意義；每一次閱讀都是作品的一個同時帶給我們滿足和挫折的側面 (abschattung)。所表象的對象，從此附屬於所表達的對象，並且變成符象 (symbole)，作為發展神話的原型，作為原罪神話中所表達的污點形象，或奧菲 (Orphée) 神話中的詩人形象。每一部偉大的著作都是一部神話，都是某一世界中的某一符象之發皇。正如康德所云，如果符象引發思想，它將同樣排斥思想。意義之滿足，似乎就是意義之

---

❿ 基域是感知之現象學的基本觀念之一。為了易於了解，我們用比喻的方式來說明。譬如，我們正在觀看草地上一間紅磚屋。有兩點必須注意。第一，我們不可能同時看到整座房子，我們只能看到房子的一面。第二，我們不會因為只看到一面而認為這一面就是房子的全部。這一面是在其他方面所組成的背景上呈現的，事實上，每一面都必定以所有其他方面為其背景。故此，一個對象以某一面呈現時，其他不顯的方面就是呈現的一面之內基域。

空無，正如意義在撤除自己的界限之中，已趨向自我取消。

　　不知為什麼，有些批評家，如布朗素等，要根據海德格的思想來重新建立黑格爾關於「存有與空無與藝術死亡的同一」的主張。作品似乎要自我超越，昇向自身之否定；假如它逆此道而行，為了發展出一實質的對象而安住於存有之中，那麼，它就可說是出賣了自己，至少這種對象化作用不再能夠像僵直之證明死亡那樣證明空無之能力。作品之意義就是不具有意義；它的存有是超乎一切限定的，它的存有並非在於輝煌的肯定，而在於對一切肯定的不斷否定。歷史從人的死亡生起，同樣地，藝術從藝術作品的死亡生起。至於作品之現象學，則致力於呈顯空無在作品中活躍地存在著。這項奇特的事業有許多理據。例如：美學對象之準主體身分——對這準主體而言，所有對象化作用同時是成就，也是喪失；或意義之不可通達——意義之圓滿渾然，遏止了一切的注釋。然而，我相信只有把意義不問情由地潤滑鬆動一下，才能使難以掌握的肯定性與否定性混同起來。我又相信我們應當在感性之光照下欣賞作品之圓實性本身，而不可視之為死亡之訊息。因為作品之詮釋及變化所以能夠成立，乃一種具有默然的力量的可能所導致的；這種可能並非源出於空無，它是內在於存有之中、向讀者呈現的潛能。

　　然而，美學的空無主義之主要理據，乃在於它對寫作活動的概觀。事實上，意義是作者在其精神歷險中所體驗到的，而作品總帶著這歷險的痕跡。此處所說的作者，並非用心理學便能說明的、經驗世界中的人物，他是我們曾經祈求的、是作品使我們對之有所經驗的「現象的作者」(auteur phénoménal)。至少有些作品是這樣的，從布朗素在一些有特殊地位的作品

——卡夫卡、賀德齡 (Hölderlin)、馬拉美 (Stéphane Mallarmé) 和里爾克等的作品——之基礎上建立一套寫作理論，可見一斑。然而，作品對於空無的渴望，並非以其地位為基礎，而是以作者之空無體驗為基礎。今天，作家已知道作品是一種失敗，而他們也希望如此，因為當語言只是一種不實現的可能時，他們將會安住於一切東西由此開始的語言基點上。於此，乃有一些動人的、但是分明的課題穿插進來，如：語言之返本歸源——詩的言語即其根源；對於作為一種近乎神秘考驗的靈感的經驗——在這考驗中，必須度過一個意義和精神完全乾枯的黑夜；死亡的糾纏——於此，一切皆在某種恍恍惚惚的狀態中消磨淨盡，只留下沉重充實的事物；對於成為「非有」(non-être) 的形象的經驗——於此，必須在「非有」消失時，事物才能成就，似乎要在「不實在」(l'irréel) 之魔法下「實在」才能出現。這些課題乃由閱讀一些破碎的、激烈的、未完成的作品所引生。這些作品的作者，似乎有意不要完成他們的作品，免得失去深度，恰似奧菲選擇晚上去觀看烏梨迪 (Eurydice)，但結果就是永遠失去它。我們可以說，所有的當代藝術，對於死亡都表露出過分的欲求；當代藝術在反省中走出自己，它渴求一種極度的純粹性，它深信自己是不可能成立的。不過，它亦會自欺欺人。作家追求在精神上有所歷驗，他們為此操心，結果使自己陷入最深的危險中。為了自救，為了維持作者的地位，這些所謂作家，竟不惜以空無來作弊。然而，靜默之暈眩將在言說之愉悅中消失。最後，一旦穿越了沙漠和黑夜——如果這種考驗是必須的——那時，給作者帶來靈感的，往往不是空無之「永不窮竭的沉吟低語」，而是白晝之清言浩音和「自然」之光榮形象。這就是里爾克所說的：當下的存在是壯美的。

　　於是，作者在作品中取消了自己，作品告訴我們他是誰。以我們看來，這正是向一種使他展露出一個世界的呼喚所作的回應；這個世界決定了他的存在之先驗成分 (a priori existentiel)，因為它表達出作者所感受到的世界面貌。作者之體驗並不重要——不管這對於體驗者或以此為研究對象的心理學而言有多重要，因為若無作品之保證，這種體驗將是非常含混不清的。最重要的是作品所說出的東西。嬰孩之意義，並非在於生產之痛苦，況且有些分娩是沒有痛苦的。同樣地，作品之意義，乃在其所說之中；因為它所說的實較諸作為它的起源和歸宿的體驗更為豐富：它說出了一個世界。

　　這是怎樣的世界呢？在這個地方，現象學或一種現象學的存有論又可以幫助我們去理解。這些學問可以顯出，一個得到靈感的意識如何開出一些可能——不是邏輯上的可能，而是屬於「自然」(La Nature) 的潛能。所有由作者署名的可能世界都不是由一個創造的想像所發明的不實在的世界；它是「自然」之一種可能，是那在作品中實現的、永不窮竭的實在之一個方面。每部作品都說出關於「自然」之某些事物。如果一定要區別詩歌與散文，我以為詩歌正道出了那些不可言喻的事物；「自然」具有人物、深度、密度和存有之能力；而散文作品則只有在人乃「自然」的一部分時，那就是說，當存有之力量在人的體內呈現時，才能談及人；但這已經不是一個實在的人，也不是想像的人，而是一個可能的人，而他的可能性則存在於作為一切可能者之祖家的「自然」之中。這種對於有鼓動力的「自然」的歸向，使作品之真實得到了保證。

　　然而，批評家的任務，主要是說明意義，而不是對意義之真理作哲學性的思考和研究。可是，如何去說明意義呢？如何

把作者所想說的，說得比作者更好呢？批評家是否絕不會被駁
回呢？他是不會被駁回的，因為即使不能對作品有所增補，他
至少能談論自己的心得。讀者可以把他的閱讀經驗傳達給我
們。儘管這種經驗只是個人的，亦無大礙，馬格尼有充分理由
去宣稱「絕對觀察者之虛妄」，據此，「真實的批評是客觀而普
遍的」**⑳**，只要批評家說出他的靈感乃得自作品，便對作品十
分公平了。因為一部作品之所以得到靈感，只因它本身能給人
帶來靈感；梵樂希 (Paul Valéry, 1871–1945) 最愛說：「詩之境
界，是為讀詩者而不是為詩人而立的。」**㉑**因此，只要批評家
說出他是從作品得到靈感的，他便沒有出賣作品。他會怎樣說
呢？

　　這實在最簡單不過。如果他閱讀一首詩，他就隨此詩作出
種種夢想。他讓形象佔滿自己，他把詩當作一種與科學家絕緣
的果實來品嚐，他說出詩的魅力怎樣影響自己。他若滿足於夢
想，就會自止於沉默；但他卻說出自己的夢境，說出世界向他
展現那些形象；他的現象學是一種夢想的宇宙論，是對於一個
在詩的羅網中的世界的描述。

　　假如批評家把夢想者和思考者截然劃分，他就能凸顯潛存
於作品中的世界觀。可是，作者是不會從事於這種抽象地制訂
意義的工作，因為他不會去構想意義，他只會感受意義，他讓
意義在游動不定中表現——因為意義實在過於豐沛了。在反省
一部作品時，對一種意義賦予特權及加以發展，並不等於出賣

---

⑳　〔原註〕 "Les sandales d'Empédocle," p. 11.
㉑　梵樂希，法國著名詩人和文學理論家。著名的詩集有《年輕的命運之神
　　帕爾卡》(*La jeune Parque*)、《古詩紀念冊》(*Album de vers anciens*)；在
　　文學理論方面，則以《達芬奇方法導論》(*Introduction à la méthode de
　　Léonard da Vinci*) 最為有名。

了此作品；因為正如我們所說過的，作品在落實於讀者身上的過程中，使本身客觀化，並且向一種歷史開放。每個讀者都會將作品保持在這種歷史中，而意義即在此歷史中不斷地豐富起來。說得更精確一些，每一個讀者都能局部地發現此意義之豐盛。故此，批評家雖然不能自附於作品，但卻可把作品增附於己。

最後，散文作品也可能在我們身上發生作用。不過，散文所提供給我們的，並不只是一種想像的、無根的經驗而已。我們都知道沙特多麼堅決地主張這一點：作者是不會向不可靠的後人說話的；他是一個自主自由的人，他要與其他自主自由的人溝通，號召他們參與一項共同事業；他能夠在人心中喚起一種新的世界觀，使人感到要投入世間，使人自覺到一己的責任，並且為個人以至全人類之解放而努力。批評家將會說出他如何聽到這種呼喚、如何看出作者之世界便是讀者的工作目標、如何感到這項工作正向他招手。然而，不待實行，單單觀看已經是一項工作：批評家可以說作品讓他有所觀看，而且可以說出這次觀看怎樣導引和刺激他的意志。

故此，現象學實不至於令到批評家完全失業。我們曾經區分三種任務：說明、解釋、評斷；現象學只是證立了第一種，因為這種任務確定其他兩種的方向。但現象學並不否定第二種任務，它只是要人們區別出具有主觀化作用的解釋和具有客觀化作用的解釋。前一種解釋試圖從已被作品界定的作者探出作品之根源，而後一種解釋則把創作歸諸心理學和歷史學。對於後一種解釋，現象學也不會完全否定，因為作品本身雖傾向於被主觀化，不過它同時顯出了這種傾向的不足之處。最後，評斷又怎樣呢？批評家並非自願放棄這種帶給他權威和聲譽的任

務！現象學不會禁制這種任務，它只是限制其運用及緩和其假定罷了。

事實上，要進行評斷，首先要掌握到作品所以形成的形式。於是有這樣的問題產生：作品是否名副其實？劇本是否真能上演？一首詩是否真有詩意？在這裡便會出現這樣一種危險：我們既以一種預先設定的格套來衡量作品，便往往會誤解和非難所有的新作。批評家應該承認，作品即為其自身之規範，而他提問題的目的，應是想要知道作品有沒有真確地實現它的獨特本質，尤其是有沒有說出它所要說的；想要知道作品之形式是否足以達意，以及意義之內在性是否在作為藝術作品之特質的感性中實現。事實上，一種獨特的本質常被收編入一種普遍的本質之中，例如紅色之本質就被收編入顏色之本質之中；故此，小說、戲劇或詩歌等的本質，都會給作品規定一些普遍條件。不過，我們必須承認，這些普遍條件實在過於普遍，以致無法釐定一種確定的技術或風格，也不能開展出新穎的形式；它們只決定了一個文類之本性，以及確立了令作品得以通達於讀者之意識的方法。假如我是個批評家，我就會指出，「新小說」正冒著失去目標的危險。此中第一個原因就是它無法如其所願地實現出來，換言之，它不能成為一個世界之客觀關係，而這種客觀關係的唯一意義就是不要具有意義。第二個原因就是對於那些對記述之結構缺乏敬意的讀者，它只會令他們感到煩厭和困擾。

然而，評斷也可以是將作品加以比較和分類。其困難之處，則在於要在尊重「作品乃其自身之規範」以及作品應互相比較之原則下，建立一個層級體系。照我看來，在此處唯一能成立的判準，就是作品之深度和高度。一齣喜劇、一首小調、

一段輕音樂，也許在形式和格調上都頗為不錯，但卻不見得能
達到偉大作品的水平。因為偉大作品是有深度的，一如意識之
有深度；這種深度的來源，就是作品與一個本身有深度、亦即
充滿存有和意義的世界之關係。無論是作者或讀者，都要透入
此世界，在其中體會一番艱苦的歷驗。這種體驗之性質，讀者
當下就可試驗：說明作品，便已評斷作品，根據它是什麼作品
來評斷它；假如他能向作品開放，他便能於一己心中評斷這作
品。讓作品如其所如，正是批評家的任務—— 一項不簡單的任
務。

譯者按:

　　本文作者杜夫潤 (Mikel Dufrenne) 乃當代法國著名的現象學
家、哲學家，他的著作牽涉的方面頗廣，但貢獻最大的卻在美學
方面，允稱現象學的美學之巨擘。他的《美感經驗之現象學》
(*Phénoménologie de la l'Expérience esthétique*) 已成為當代美學的經
典著作。此外，他還著有《先驗之觀念》(*La Notion d'A Priori*)、
《詩學》(*La Poétique*)、《論人》(*Pour l'homme*)、《人格之基礎》
(*La Base de la Personnalité*)、《哲學與美學論文集》等，卓然成
家。他的美學著作，主要在研究美感對象與美感經驗之相關性。
他認為兩者是相輔相成、不可分離的。不過，他比較強調美感對
象，因為他以為美感對象顯出充分的自律性，足以成為美感經驗
之規範。就美感經驗方面，他的起點是觀者的經驗，這並不表示
他把作者的經驗放在次要的地位，而是他相信觀者之經驗對了解
美學現象比較重要。他的美學見解，從本文可見一斑。本文原
名："Critique Littéraire et Phénoménologie"，原載於 1964 年出版的
《國際哲學評論》第 18 卷 (*Revue Internationale de la Philosophie*,

閱讀過程中的被動綜合

烏夫崗・衣沙爾(Wolfgang Iser)　著
岑溢成　譯

作為呈象作用之基本特色的精神的形象

篇章 (text) 和所與的對象 (given objects) 實不相同。所與的對象一般都可以整全地視之或思之；但我們卻不能同時看到整個篇章，只能通過不同的、連續的閱讀階段，才能想像得到作為「對象」的篇章。我們通常都是站在所與的對象之外，卻居於文學篇章之內。篇章與讀者的關係，並非一種介乎對象與觀察者之間的主客關係；讀者以一種游動的觀點在篇章「之內」行進。這種掌握對象的方式，是文學獨有的。

由這種游動觀點所引生的理解活動，促成了把篇章傳遞到讀者有意識的心靈。觀點的轉動，每每把篇章拆散，再形成一種「延展」(protention) 與「存留」(retention) 的結構❶；而通

---

❶　譯者按：這兩個觀念是胡塞爾 (Edmund Husserl) 時間理論中的重點，出現於 1928 年出版的《內在時間意識講課錄》。在這本書裡，胡塞爾處理的主要課題是時間意識之現象的本質結構。他認為記憶和期望是不足夠的，因為通過記憶和期望的時間便不再是一種直接的呈現 (presentation)，而只是一種再現 (representation)；這是第二義的，不是第一義的。於是，胡塞爾提出了三個觀念：「初始印象」(primal impression)、「存留」(retention)、「延展」(protention)。它們是意識的意向性模式；初始印象是對於現在的根源意識，存留是對於過去的根源意識，延展是對於未來的根源意識。這三者合成意識本身之「時間性」，也就是一切

過預期與記憶，這些觀點乃可互相投射到其他觀點之上。然而，篇章本身既非預期，亦非記憶——要把他的游動觀點拆開來重新整合的，是讀者。由此形成了一些綜合；通過這些綜合，乃可識別出記號之間的關聯，以及表示出它們的等同關係。不過，這些綜合並非通常的綜合。它們既非呈現於刊印的篇章，亦非單由讀者的想像所造。形成這些綜合的那些投射，本身便有雙重性質：它們出自讀者，但它們卻受到把自己「投射」給讀者的信號的支配。要衡量在這個投射過程中信號何時停止和讀者的想像何時開始，是極端困難的。「嚴格地說，我們看見在這裡出現的是一種十分『複雜的』實在；在這樣的實在中，主客的分別便告消失」❷。這種實在之所以複雜，不僅因為信號要經過一個主體的投射才能顯現其完全的意旨（附帶一提，這些投射是在陌生的環境中形成的），更因為這些綜合是在意識的門限以下發生的（雖則要把它們變成考察的對象，便必須先把它們明確地展示出來，但除非我們為了加以分析而把它們提昇到意識的門限之上，否則它們總是潛存於意識之下的）。由於它們的形成，乃獨立於意識的觀察之外，所以可用胡塞爾的術語，稱它們為「被動的綜合」，以別於通過謂述和判斷而達成的綜合。被動的綜合是先於謂述的 (pre-predicative)，而由於它們是潛意識的，所以在整個閱讀過程中我們都在不斷製造這種綜合。若能描述出它們的製造過程，便有可能對於經驗和理解文學篇章的方式有所洞察。

被動綜合的基本元素就是形象 (image)。杜夫潤 (Mikel

時間現象之本質結構。

❷ 參看 Jean Starobinski, *Psychoanalyse und Literature* (《心理分析與文學》) ,tr. by Eckhart Rohloff (Frankfurt, 1973), p. 78.

Dufrenne) 寫道:「形象本身是一個介乎兩端的中項。一端是純然的存在,於此,對象為人所經驗;另一端是思想,於此,它變成觀念,讓對象顯現,讓對象作為一被表象者地存在。」❸故此,形象照顯了某種東西;而這種東西既不同於所與的經驗對象,因為它超越了感覺的範圍,也不同於所表象的對象之意義,因為它還不曾完全概念化。許多小說的意義就是不能局限於某一特殊的信息,而只能呈現於一形象之中,如「地毯上的圖形」。被動綜合之精神的形象只是伴隨著閱讀,它本身並非我們注意的對象,即使形象聯成一完整的全景。

賴爾 (Gilbert Ryle) 在分析想像時,曾經描述這些形象的構成條件。對於「一個人何以會幻想自己看見某物,而又不知道自己並沒有看見此物呢?」這問題,賴爾答道:

> 看見黑爾維連山 (Helvellyn) 和看見黑爾維連山的快照,都必然蘊涵著對此山有一種視覺上的感覺。但以心靈的眼睛看到此山並不蘊涵這種感覺;不過,它卻包含看見黑爾維連山之思想。所以,它是一種比較看見黑爾維連山更為複雜微妙的作用。它是對於黑爾維連山該是什麼樣子的知識之一種使用;或在思想一詞之某種意義下,它是思想此山該是什麼樣子。有一些期望,在親見黑爾維連山時將會得到實現,但在摹想 (picturing) 此山時卻不會得到實現;不過摹想此山就像要把這些期望實現的演習。可是,摹想總還包含一點微弱殘存的感覺,它卻完全缺乏我們在看到此山時所得到的感覺❹。

---

❸ 參看 Mikel Dufrenne, *The Phenomenology of Aesthetic Experience*（杜夫潤,《美感經驗之現象學》）,tr. by Edward S. Casey, et al. (Evanston, 1973), p. 345.

　　賴爾的分析，實質地修正了傳統的、經驗主義的形象概念。在經驗主義者心目中，形象只是使外物把自己印在心靈之蠟上的方式得以具體化。對他們來說，形象只是觀念，一如事物只是感知的對象。直到柏格森 (Bergson)，形象才被視為「一種內容，記憶只是它的容器，決不可視之為精神活動之活的元素」❺。但賴爾正是把形象視為這樣的一種活的元素，由此去除把形象視為「機器中的幽魂」❻（賴爾對那些除了心靈之玄想外別無歸宿處的現象的稱謂）的疑慮。依照形象主義者的觀點，想像並非對象在休謨 (Hume) 所謂的「感覺」之基礎上形成的印象，也不是親眼所見的景象；其實，它是要呈象 (vorstellen)❼我們永遠看不到其本身的事物的試圖。這些形象之真正性格，乃在於它們照現出對象之直接感知所無法呈顯的那些方面。「形象化」依賴於在形象中出現的東西原先的不存在。那麼，我們顯然要把感知和呈象分為兩種不同的通向世界的方法：感知需要對象之實際存在，而呈象則依賴對象之不存在❽。在閱讀文學篇章時，我們常要形成精神的形象，因為篇

---

❹　參看 Gilbert Ryle, *The Concept of Mind*（賴爾，《心靈之概念》）(Harmondsworth, 1968), p. 244, 255.

❺　參看 Jean-Paul Sartre, *Die Transzendenz des Ego*（沙特，《自我之超越性》）,tr. by Alexa Wagner (Reinbek, 1964), p. 82.

❻　參看賴爾，《心靈之概念》, p. 17ff.

❼　「呈象」或「呈象作用」是德語 "vorstellen" 之中譯，英文本譯作 "ideation"，反不如中譯之貼切。

❽　參看 Jean-Paul Sartre, *Das Imaginare. Phänomenologische Psychologie der Einbildungskraft*（沙特，《想像力》）,tr. by H. Schöneberg (Reinbek, 1971), p. 199ff., 281. 又參看 Manfred Smuda, *Konstitutionsmodalitäten von Gegenständlichkeit in bildender Kunst und Literatur* (Habilitationsschrift Konstanz, 1975). 此書闡述沙特所提出的區分，並進一步發展它們，以說明現代藝術中想像的對象之創製。

章那些「已圖式化的方面」(schematized aspects) 所能提供的，只是有關想像的對象之產生條件的知識。這種知識雖然發動了呈象歷程，但它本身並非我們要觀看的對象；它是內在於與料之尚未明確顯現的結合之中。所以，賴爾說得不錯：與料之嘗試性結合會使某些非所與的東西存在於形象之中。

那麼，對呈象來說，形象是基本的。它關聯於非所與者或不存在者，並賦予它們存在。它更使那種起於排拒所與的知識或起於記號之不尋常結合的革新，成為可思議的。「最後，形象黏附於感知，以構成對象。它並非意識裡面的一塊精神裝備；它是意識讓自己向對象開放的方式。向對象開放的意識，在自己的深處預見對象，作為它的潛隱知識的一種功能」❾。當觀看一部由我們讀過的小說改編而成的電影時，形象這種奇特的性質就會明顯地呈現。這時，我們所得到的，是在自己所記憶的形象之背景上產生的視覺感知。我們通常都會感到失望，因為電影中的人物總及不上我們在閱讀時所創造的形象。形象雖然隨人而異，但我們普遍都有「這並不如我所想像的」這樣的反應；而形象的特殊本性，亦在這樣的反應中得到反映。看電影和閱讀的分野，乃在於電影是視覺的，提供所與的對象，而想像則完全不受束縛。對象不同於想像的東西，它們是相當確定的；而使我們感到失望的，正是對象這種確定性。例如，我看了「湯姆‧瓊斯」❿這部電影，並嘗試去喚起「湯

❾　參看杜夫潤，《美感經驗之現象學》，p. 350。

❿　譯者按：《湯姆‧瓊斯》是 18 世紀英國著名小說家亨利‧菲爾丁 (Henry Fielding) 最成熟的長篇小說；「湯姆‧瓊斯」是故事主人翁的名字，書名原是《棄兒湯姆‧瓊斯的歷史》(*The History of Tom Jones, a Foundling*)，簡稱《湯姆‧瓊斯》。菲爾丁一生寫過四本傑出的現實主義長篇小說；除了《湯姆‧瓊斯》之外，還有《約瑟‧安德魯斯及其友亞

姆‧瓊斯」這個人物過去在我心目中的形象；這些形象卻似乎
有點散漫，但這種印象並不一定會使我選取視覺的映象。假如
我查問到底我所想像的「湯姆‧瓊斯」是大塊頭還是小個子，
是藍眼睛的還是黑頭髮的，那麼，我的形象在視覺上的貧乏便
十分明顯了；但使我埋怨電影版本過於確定的，正是形象這種
開放性。我們的精神的形象並非用來使人物角色成為物理地可
見的；這些形象在視覺上的貧乏，正表示它們所照現的人物角
色，並非作為一個對象而是作為一個意義的持載者地呈現的。
即使我們得到了一個人物角色的外貌的詳盡描述，我們也不會
視之為純粹的描述，而會嘗試去構思，透過這詳盡的描述來傳
達給我們的人物角色到底實際是怎樣的。

　　物理上的存在或不存在並非感知的東西和想像的東西的唯
一差異。正如賴爾所指出的，在對於一個對象所形成的形象
中，我們「看見」一些當對象實際存在時所看不見的東西。在
閱讀《湯姆‧瓊斯》這部小說的過程中，想像「湯姆‧瓊斯」
這個人物，我們把他在不同時候向我們展露的方面整合起來；
但通過電影，則不論在任何情景之中，我們所看見的總是整全
的「湯姆‧瓊斯」。然而，這個整合過程並非把互不相干的東
西加在一起。因為這些不同的方面總是指涉著其他方面的；這
個人物角色的不同方面或許互相交疊、互相限制、互相變化，
而任何一個方面，都只有在與其他方面的聯結之中才會有意
義。正由於每一個方面都會為其他方面所變化，所以我們的

伯拉罕‧亞當斯先生之歷險記》(The History of the Adventures of Joseph
Andrews and his Friend, Mr. Abraham Adams)，這是菲爾丁第一部的長篇
小說，簡稱《約瑟‧安德魯斯》，以及《阿美麗亞》(Amelia) 和《偉人
莊納頓‧威爾德》(Jonathan Wild the Great)。四部都是反映社會，諷刺
時弊的作品。

「湯姆‧瓊斯」形象是不可能固定下來的。我們的形象恆常在變動中。每一形象都會被繼起的形象重新組織。當這個人物的行徑出乎我們的意料之外時，我們最能覺察這種歷程；這人物的不同方面一旦似有衝突，我們便得把這些新的環境併入原先的形象之中，由此給過往的形象帶來追溯的改變。想像一個人物，並不要緊抓著他某一個特殊方面，而是要視他為所有方面的綜合。故此，所產生的形象每每都超過在某一特定閱讀時刻出現的方面。那麼，「湯姆‧瓊斯」之形象並不可能等同於任何一個方面；每一個方面只是提供了關於這人物的知識的個別項目，把所有這些知識項目綜合起來，才形成這人物的全面形象。在所有這些方面的聯結之中，完全沒有評價或預測的成分，因為這是在意識之門限以下進行的；就此而言，這綜合過程是被動的。

這種過程帶來兩個後果。第一，它使我們得以製造想像的對象之形象，離開了形象，這對象便沒有自己的存在。第二，正由於這對象並沒有自己的存在，並由於我們想像和製造它，所以我們實際就在它的存在之中，而它亦實際就在我們的存在之中。基於這種緣故，我們才會經常對小說的電影版本感到失望，因為這導致「剝奪了人的再製造工作……一張照片中的實在出現在我的眼中心中，但我卻不會出現在它之中；一個我認識的、看到的、但（不是因為我的主體性有什麼毛病而）不在其中出現的世界，只是一個過去的世界」❶。照片不僅再製造了一個存在著的對象，更把我排推到一個我只能觀看而無能創造的世界之外。我們所以感到失望的真正理由，並不是我們感

---

❶ 參看 Stanley Cavell, *The World Viewed*（卡維爾，《眼中世界》）(New York, 1971), p. 23.

到電影版本不像我們所想像的；這毋寧是一種附帶現象。真正的理由是我們被排除了，而我們所抱怨的是：我們製造了形象，而形象使我們得以恍如面對自己實在的所有物那樣地面對自己的製成品，但我們卻不許保留它們。電影呈顯出「攝影機乃外在於它的世界，以及我之不在其中」**⑫**。

影響讀者的精神的形象

視覺上的豐富，如小說的電影版本等，當視為精神的形象之貧乏；引致這種悖論的，是那令尚未明確顯現的東西成為可思議的呈象作用之本性。威廉·詹姆士 (William James) 寫道：「心中每一確定的形象都是在周圍的自由的流水中漂染的。伴隨著它還有它的遠近關係之意義、它的所自之臨終的回響、它的所往之初起的意義。形象之意義和價值全在於這包圍著和保衛著它——甚至與它合而為一，並成為它的骨肉——的邊暈；給它留下一個關於同一『物』的以前面貌的形象，但使它成為關於此物的嶄新面貌的形象。」**⑬**這段頗為雕飾的描述很正確地強調形象之變動的本性及其重要的結合功能。它把篇章的信號所引起的多樣指涉凝聚起來，而在形象中顯現的，就是這些多樣的指涉之互相關聯性。

形象與閱讀主體是不可分的。然而，這並不意味著在形象中出現的記號之結合是這主體隨意引致的——即使這些形象之內容可能染上他的色彩；這其實意味著讀者被吸納到他自己通過形象製造出來的東西中去；他不得不受自己的製成品的影

---

⑫ 同上，p. 133。

⑬ 參看 William James, *Psychology*（詹姆士，《心理學》），ed. with an Introduction by Ashley Montagu (New York, 1963), p. 157f.

響。非所與者或不存在者進入他的存在之中，而他亦進入它們
的存在之中。可是，假如我們被吸納到一個形象中去，我們便
不再存在於實在之中──其實，我們是經驗著一種「非實在
化」過程 (irrealization)❶；所謂「非實在化」就是說全神貫注
於某些我們脫離自己已然的實在的東西。因為這個緣故，人們
談到文學上的逃避主義時，其實只是用語言文字來表達他們所
經歷的特殊經驗而已。當非實在化過程過後──那就是放下書
本的時候，我們應當會經驗某種「覺醒」；但這只是邏輯的結
果。實際上可能只是非實在化之放緩減弱，尤其是當篇章真正
吸住我們心神的時候。但無論這種覺醒之性質如何，它總是對
於我們在形象建立歷程中脫離了的實在的覺醒。我們曾經暫時
脫離了自己的實在世界，並不表示我們會帶著新的指示回到這
實在世界。這只表示至少在一段短暫的期間內，實在世界顯得
是可觀察的。這過程的意義乃在於形象之建立去除了所有感知
必具的主客之分，所以當我們對於實在世界有所「覺醒」時，
這種主客之分似乎會更加受到重視。在這過程中，我們忽然發
覺自己脫離了那個不能擺脫而又可以當作對象來感知的世界。
即使這種脫離只是頃刻的，但已足以讓我們去應用那種由推定
語言記號之多樣指涉而獲得的知識，因而使我們可以把自己的
世界視作一「新近理解」的東西。

形象之建立

　　形象是想像的對象之顯現。然而，文學中的形象建立與日
常生活中的形象建立卻有基本的差異。就後者而言，關於實在
世界的知識自然會預先決定了這世界的形象；就前者來說，便

❶　參看沙特，《想像力》，p. 206。

沒有任何經驗的、外在的對象要與形象拉上關係。文學形象表現出我們現有的知識之擴展，而現存對象之形象則只能使用已有的知識來創造不存在者之存在。因此，文學形象是不受操縱的，以至於只有「不存在」的對象才能操縱它在精神中的反映。對於有關整個閱讀過程的理解而言，操縱文學形象的方式是最重要的，故此，現在是進一步檢討建立形象的不同階段的時候了。

我們把維根斯坦 (Ludwig Wittgenstein) 的一段評論作為起點。他說：「在命題之中，一事態為了實驗的緣故而聚合起來」❶，若有「事實」與之相對應，對真理的聲言便得到實現❶。對於文學篇章來說，就不會有這樣的事實；我們只會有一系列的圖式。這些圖式 (schemata) 由「背景資料」(repertoire) 和「組織策略」(strategies) 所建成，它們具有激發讀者自行建立「事實」的功能❶。篇章之圖式，無疑是關聯於「事實」的，但這些事實並非「所與」，我們必須去發現它們，說得更準確些，製造它們。就這方面來說，文學篇章利用了理悟之基本結構──那就是說與事實之對應，而且擴大了這種結構，以包羅這些事實之實際製造。這些圖式引生了一種隱藏的、不曾用語文表達的「真理」的一些方面，而這些方面必須由那不斷通過調整焦點以呈象出一整體的讀者來加以綜合。他

❶ 參看 Ludwig Wittgenstein, *Tractatus Logico-Philosophicus*（維根斯坦，《邏輯哲學論》）,with an Introduction by Bertrand Russell (London, 1951), Section 4.031, p. 69.

❶ 同上，Section 2.11, p. 39. 這個論證的起點，是得自這篇論文的：Karl-heinz Stierle, "Der Gebrauch der Negation in fiktionalen Texten,"（〈否定在虛構的篇章中的使用〉）in *Positionen der Negativitat* (Poetik und Hermeneutik VI), Harald Weinrich, ed. (Munich, 1975), p. 236f.

❶ 參看〈否定在虛構的篇章中的使用〉，p. 237f。

的觀點是「在所有看到的事物的這一邊」❶——換言之，在篇章之外，但他同時又受到圖式的塑造，以致失去他在實在世界所擁有的全面選擇自由。那麼，形象建立歷程乃由篇章之圖式開始，而這正是讀者必須加以結集的整體之方面；在結集的過程中，他要站在被分派的位置上，創造一系列的形象，最後構成篇章之意義。

這種意義的本性十分奇特：它一定是製造出來的，即使它的結構早已由篇章中的記號預先決定。根據定義，記號指涉著一些在它們本身以外的東西，而如果篇章是有所指謂的 (deno-tative)，它們的意旨便顯然會限於經驗對象。然而，在文學篇章中，記號是沒有這樣的界限的，所以具有某種超越的性質。李克爾 (Paul Ricoeur) 對這過程有如此的描述：「……每當語言躲避它自己和躲避我們的時候，它其實是在相反的方面自覺其自己，恍惚使自己實現為『言說』(saying)。不管我們是否明瞭心理分析家或宗教現象學所謂的『顯示』和『隱藏』的關係（我認為今天我們必須把這兩種可能合在一起），在這兩種情況之中語言都把自己建立成一種『開顯』(uncovers)、展示和照現的能力。它的真正的元素就在這裡——它成為它自己；在它有所『言說』之前，它把自己包裹在沉默之中。」❶ 唯有通過呈象作用，這種「有開顯能力的沉默」才能存在，因為它製造了一些非語言所能展示的東西。就文學而言，文學作品之意義並不同於明確地展現的方面，這意義只能通過這些方面之不

---

❶　參看 Maurice Merleau-Ponty, *Phenomenology of Perception*（梅露彭迪，《感知現象學》）,tr. by Colin Smith (New York, 1962), p. 92.

❶　參看 Paul Ricoeur, *Hermeneutik und Strukturalismus*（李克爾，《詮釋學與結構主義》）,tr. by Johannes Rutsche (Munich, 1973), p. 86f.

斷轉移和互相限制，在想像之中建立。語言所「開顯」的超越所「言說」的；它所「開顯」的表現了它的真正意義。故此，文學作品之意義仍舊與刊印的篇章之所說保持關係，不過還需要讀者之創造的想像來把它們合在一起。有一次，杜威 (John Dewey) 在談論藝術時曾描述過這種創造活動及其制約因素，他說：「要感知某物，觀看者必須『創造』自己的經驗。而他的創造又必須包含一些可以與原製造人所經歷者相比擬的關係。兩者絕不會完全相同。但不論在感知者或藝術家之創造之中，他們對作品全體元素的安排，雖然不是在細節上，至少在形式上，是同於作品之創作者有意識地經驗過的組織歷程。沒有再創造的活動，對象便不會作為藝術作品地被感知。」❷⓿

　　以下的例子，是用來說明形象建立歷程的一般本性的；在這個例子裡，作者明顯地指引他的讀者去想像一些東西。在菲爾丁 (Henry Fielding) 的《約瑟‧安德魯斯》的開端，有這樣的一幕：布比夫人設法使僕人約瑟坐到她的床上，並千方百計去誘惑他。這些示愛舉動使約瑟大吃一驚，最後只好以道德作為防禦的資具。在這高潮之際，菲爾丁並沒有描寫約瑟的驚懼，反之，他向讀者這樣說：

> 讀者們，你曾經聽過詩人們談及驚奇之神蘇爾普利斯 (Surprise) 的雕像；同樣地，除非你聽過的東西實在太少，否則你應聽過蘇爾普利斯如何使克利薩斯 (Croesus) 的啞巴兒子開口說話。你曾經坐在每票十八便士的低廉席位中，觀看恐怖劇；比利德治瓦特先生 (Mr. Bridgewater)、威廉米爾斯

---

❷⓿　參看 John Dewey, *Art as Experience*（杜威，《藝術經驗論》）(New York, 1958), p. 54.

先生 (Mr. William Mills) 或其他貌似鬼魅的人物，在觀眾安
靜下來之後或在沒有音樂伴奏下，穿過舞臺的地板門登
場，蒼白的臉孔撲滿白粉，血紅的襯衣配著飾帶；這時，
你會看到觀眾臉上的表情，可是，這並非真正的驚奇。你
若能親眼看見布比夫人聽到從約瑟口中吐出的最後幾個字
時的表情，你才會知道什麼才是真正的驚奇，這是菲迪亞
斯 (Phidias) 或普拉西泰勒斯 (Praxiteles) 再世也雕不出，我
的朋友賀格斯 (Hogarth) 的生花妙筆也畫不來的 ❷。

　　在這段說明中，作者並沒有提出自己所意想的驚奇形象，
他留給讀者自己去補上。然而，他向讀者提供了一些圖式，並
把這些圖式明確地展現成一系列的方面。這些圖式給讀者提供
了一些有助於想像布比夫人的驚奇的特殊知識項目。故此，讀
者的觀點是受到制約的；無論他個別的具體形象是怎樣，形象
的內容總受著篇章的圖式的支配。實際的過程也沒有不同；不
同的讀者對菲迪亞斯、普拉西泰勒斯或賀格斯的藝術自然有不
同的觀念——一如阿爾拔斯 (Josef Albers) 的學生，雖受過準
確的顏色感知方面的訓練，對於可口可樂標籤上的紅色，卻各
有不同的描述 ❷。不同的人以不同的方式感知相同的對象，是
最平常不過的事；在形象建立歷程中，這些不同比日常的感知
更為顯著，雖然這不一定是缺點。然而，對於當前的分析來
說，我們所要討論的，是過程上的相同，而不是實現上的不
同。篇章推動了存在於各種各類的讀者的主觀知識，並將這種

❷　參看 Henry Fielding, *Joseph Andrews* I, 8 (Everyman's Library; London, 1948), p. 20. 又：參看 ❿ 。

❷　參看 Josef Albers, *Interaction of Color; Grundlegung einer Didaktik des Sehens*, tr. by Gui Bonsiepe (Cologne, 1970), p. 25.

知識導向一個特殊的目的。無論讀者的這種知識有多少不同，他們的主觀貢獻是受到既定的架構的控制的。圖式恍如虛空的形式，等待讀者把自己豐富的知識灌注進去。故此，社會的規範與當代的和文學的典故，一起構成那些塑造所喚起的知識和記憶的圖式——這同時顯出「背景資料」對於形象建立歷程的極度重要性。

所有的圖式都是從一個特殊觀點呈現出來，所以，這些圖式都是不充足的，像菲爾丁的例子那樣；然而，形象建立歷程所以會有美感的性質，正是由此引起。圖式所喚起的高度各別的知識所以重要，就在於此；因為這時每個讀者都會看出，他自己的知識與圖式的聯結將要失效。篇章按照自己的條件去使用讀者的個別經驗，而這些多半會變成否定、中止、分割或全盤駁回等條件。圖式喚起知識，而當它一旦成為讀者所具有的知識時，就會被撤消。不過，失效的知識同時可用作類比，使讀者能夠構思所意想的「事實」；換言之，這失效的知識是圖式所受的限制所預示的背景，真正的意義在這背景上才能挺現出來 ㉓。

在前面所引錄的一段文字中，菲爾丁並沒有描述布比夫人的驚奇。他提供了圖式，圖式喚起描述之種種可能，然後再駁回它們。最後，把被駁回的描述圖式擺在我們面前，使我們明白描述其實不可能。故此，去構思不可思議的東西，不僅是要

㉓ 殷格頓 (Roman Ingarden) 認為篇章握有準備就緒的圖式，通過這些圖式便一定會對準意向的對象。這種看法必須訂正。因為唯一能發動這樣的歷程的圖式，在變成類似觀念構成物的東西之前，已先在我自己身上引發一些事物。篇章的背景資料的圖式，以一種否定的模式出現，這否定模式把喚起的現有知識邊回到過去，從而使這些知識失去效用；但這卻又激發起讀者的警覺。

建立一個形象，恍如要與失效的描述相競賽；反之，這種去構思不可思議者的不合理要求會變成一根毒刺，激發起我們高度的驚覺。我們不再單純地要去完成某一幕的形象。如今我們已為一種層次上的變化作好準備；於此，那一幕不再是情節的元素，成為通到一個比較寬泛的主題 (theme) 的媒介，而這主題就是：我們要構思那些可以從這種「不可思議性」挺現出來的東西。這主題之新奇，使我們不得不面對它——因為圖式已被否定，而這種失效的過程正標誌著一個必定超出圖式之範圍的主題。故此，這主題最初一定是「虛空的」，因為那應當用來充實此主題的不可思議的驚奇，本身仍未有任何意旨 (significance)；所以，我們感到不得不把我們的形象導向某些不在刊印的篇章中顯現的意旨。由於這種意旨是可思議的，所以已被否定的圖式再次有重要的任務要擔當。在這段引文中，圖式來自不同的範域，計有：古典雕塑（菲迪亞斯和普拉西泰勒斯）、古典神話（克利薩斯）、現代藝術（賀格斯），以及現代恐怖劇——更強調座席的票價，以顯出其社會意義。這些圖式展示了一個選擇性的背景資料；隨著讀者的教育程度、對當代藝術及一般藝術的認識、對低級劇院的熟悉程度，這背景資料將會顯出極強烈的社會差異。在這方面，菲爾丁把一個區分納入他的背景資料之中，這就是他在小說開端所強調的「古典讀者」與「純英國讀者」之區分 ❷。這便牽涉到不同的背景，而不同的背景則指向作為種種指涉的出處的不同體系；所以，讀者之建立形象，將會受到他的能力與他對所指涉的體系的熟悉程度所調節。在一種極端的事例中，受過教育的讀者可能對於當世的低級劇院一無所知，而熱愛恐怖劇的觀眾卻可能對於古

---

❷　參看菲爾丁，《約瑟‧安德魯斯》，p. xxviif。

典雕塑等一無所知。於是，對這兩種讀者來說，在他們的形象
建立歷程中，背景資料都有一些元素是沒有發生作用的。

　　對於一個並不完全熟悉上述例子中的背景資料之所有元素
的讀者來說，顯然會有一些縫隙，使主題無法獲致其完全的意
旨。這裡所引及的古典的和當代的資料，不僅具有社會意義，
它們在組織策略上也是很重要的。古典藝術和神話並非單單針
對受過教育的讀者而發。對其他讀者來說，這些同樣會呈現出
像尊嚴或怖懼等性質；只不過隨即受到賀格斯的諷刺藝術的侵
損，最後更被劇院的通俗鬧劇所庸俗化。依據篇章，這些元素
是齊同的，但由於圖式是一個接著一個的，所以它們顯然不齊
同。這些方面的不齊同，不僅與讀者之社會地位有關，而且實
際地影響到主題本身的意旨：所引及的古典資料使布比夫人的
驚奇怪異地膨脹起來，所引及的當代資料卻使這驚奇成為滑稽
可笑、庸俗平凡。布比夫人披著尊貴之斗篷，來覆蓋她的淫
蕩；這兩種資料的混合，卻把這尊貴之斗篷撕得粉碎。

　　這樣，圖式乃可以引導讀者之想像，不是去構思那不可思
議的驚奇，而是去看穿那構成我們的例子之真實主題的虛偽。
至此，意旨還未算固定下來，因為看穿虛偽本身不一定是目
的，而可以是其他東西的記號而已。這「其他東西」，尚未由
主題之意旨所給與，而且唯有把這段文字放回它的全體脈絡之
中去看它，這「其他東西」才會具體地實現。「主題場 (the
thematic field) 顯然是包含在『主題之中』的；主題不可能是
孤立的，它從一個主題場把自己引取出來。在這種意義下，主
題具有一種不變的、恍如『添加的』履歷」❷⑤。在菲爾丁的例

❷⑤　參看 Alfred Schutz/Thomas Luckmann, *Strukturen der Lebenswelt*（舒茲與
　　陸克曼合著，《生活世界之結構》）(Neuwied and Darmstadt, 1975), p. 197.

子中，藉著作者的明顯信號，這「履歷」是聯繫於所引錄的一段文字的。在布比夫人與她的僕人相處的一幕之前數頁，布比夫人家中的女僕施莉普絲羅普向約瑟示愛，在其後的一幕中，作者只向讀者提供少數幾個圖式，以幫助讀者自己去想像這次「進攻」。這些圖式是要激發起基本的形象，例如：施莉普絲羅普繞著約瑟轉動，像一頭隨時猛撲去攫住獵物的飢餓母老虎。在篇章中有一項陳述，表示出這兩幕的聯繫；作者說：「在出身上流、教養良好的布比夫人心中的愛慾，與在修養較為低劣、品性較為粗俗的施莉普斯羅普太太心中的愛慾，是有所不同的。我希望明智的讀者能盡點心力，看出我們竭力去描述的這種差異。」❷❻作者宣稱愛慾是有差異的，情慾的表現隨著戀愛者之社會地位而改變。所以，布比夫人的那一幕開始時，讀者便預期這貴婦的情慾並不同於女僕的情慾；於是潛存於讀者之形象建立歷程底下的圖式，將會與 18 世紀的金字塔式社會結構發生關係。其實，這圖式併取了這社會的一個基本規範；那就是，人基本上依照其社會地位而有所差異。然而，在肯定一種通行的社會慣例的同時，作者還強調了人類缺憾的共通性，藉以表現他有意要立刻粉碎這個肯定。篇章中明顯地表示讀者是具有良好判斷力的，但唯有通過對隱藏的人類共通性而不是對社會差異的覺察，讀者才能夠證明自己有多「明智」。因此，他必須自行廢止供作建立形象之用的圖式；只有在這個時候，主題之意旨才固定下來，因為看穿社會的偽裝，他便發現人性的基本傾向。

　　雖然撤除社會差異是要達到使讀者進一步把注意集中於人性的策略性目的（尤其是讀者曾被告知要去尋找差異），但由

❷❻　參看菲爾丁，《約瑟‧安德魯斯》，p. 15。

於讀者到目前為止所發現的人性特徵似乎都只有反面的偏向，所以他會嘗試把人性的種種顯現加以分化，因為人性的顯現顯然超出動物的情慾。故此，主題之意旨雖由它的脈絡所固定下來，但固定本身又創造了新的問題，因為相對於直到目前所遇到的反面特徵，我們現在必須尋找人性正面的特徵。只有把這種表面的對立逆轉過來，明智的讀者的識別力才會受到考驗。這樣一來，我們便再一次地只有一個「虛空的」指涉；但這卻會像滾雪球地制約未來的形象。

這些反省的起點，乃在於用文字寫成的篇章包含著一系列的方面，而這一系列的方面又蘊涵著一個整體；不過這整體並沒有明確地展現出來，雖然它制約著這些方面之結構。整體是要結集而成的，而只有在結集成整體的時候，這些方面才會呈現它們的全部意旨，因為只有這時候，所有的指涉才會發揮它們的全部影響。故此，讀者必須構思這些方面所預先構成的整體；而篇章正是在讀者的心靈中前後一貫地凝聚起來。布比夫人那一幕與此幕之全體脈絡的關係，使這點更加清楚；當我們所關心的並非詮釋本身的時候，則成為最重要的，就是我們對於形象建立歷程之結構所獲得的洞察。

我們已知道這過程的基本特徵，就是需要通過種種範域的指涉而固定下來的主題和意旨。不過，千萬不要以為先有主題之形象，接著是意旨之形象，最後是脈絡關係之形象；也不要以為這些形象總是一個接著一個的。主題和意旨之正常關係是一種互相作用的關係；這是有待固定的，所以推動了後繼的形象建立歷程。用沙特的話來說：「我們永不能把形象化約成它的元素，因為形象就如同所有的心理綜合體，是不同於而且超

過它的元素之總和的。這裡最重要的是瀰漫著全體的新意義。」❷在形象之「新意義」中，主題和意旨連結在一起。在閱讀的過程中，我們的形象所具有的特殊混合性格：它們有時是圖象的 (pictorial) 而有時則是語意的 (semantic)，亦同樣展示出這點。

那麼，主題和意旨就是形象之構成分子。主題是通過那種在背景資料所援引的知識成為可疑的時候所激發的警覺性而建立起來的。由於主題本身並非目的，而只是其他東西的記號，所以它製造了一個「虛空的」指涉，而這指涉之充實，便構成意旨。呈象作用就是這樣生起想像的對象，而這正是在篇章之中沒有明確地展現出來的東西的一種顯現。然而，沒有明確地展現出來的東西卻出自明確地展現出來的東西；所以用文字寫成的篇章一定要運用一些模式，才能使沒有寫出來的東西成為可思議的，才能引導讀者去構思這些東西。其中一個基本的模式就是對於背景資料的潛在否定；如此，其「平面的」組織（即：慣例之違犯破壞及其不尋常的結合）❷便實現了它的終極功能。對呈象作用來說，「否定的活動是有構成作用的」❷。在菲爾丁的例子中，我們看到兩個這樣的否定活動。布比夫人那一幕的背景資料之圖式，表面上是給形象作類比之用的，但篇章本身卻顯示它們是不充足的；至於脈絡之圖式，作者雖明顯地把它聯繫於布比夫人那一幕，但它的組織卻叫讀

---

❷　參看沙特，《想像力》，p. 163。

❷　譯者按：根據本書的第二部分「小說之實在」(The Reality of Fiction) 中的第三章「背景資料」(Repertioire) 所云，所謂平面的組織就是把真實生活中距離頗遠的不同的體系之規範，加以拉平和結合；這是小說創作中常見的藝術手法。

❷　參看沙特，《想像力》。

者要自己去廢止其效用。故此，在篇章中明白顯示的否定性，更得到讀者自己一定會產生的否定性的助長而加強。據此，則想像的對象所以要建立，並非為了要清楚地把某一幕的景象描繪在心裡，而是為了實現小說本身的意向。這不可能在一刻中或在短短幾頁內完成；它在這幕中顯現為一「虛空的」指涉，由此推動後來的形象。因此，建立形象的活動是一種多樣綜合的活動；但它也是連續的活動，因為它相當依賴閱讀過程之時間性方面。

由形象建成的想像對象形成一個系列；這系列的延伸，不斷地展現不同的想像對象相互間的矛盾和對比；閱讀之時軸 (time axis) 就內在於這樣的事實之中。故此，這些對象必須在相互的照射中確立它們的身分，雖然並不能保證它們能和諧共處。相反地，正由於時間的因素，我們才能記下不同的差異。我們這樣做，形象便失去它們的自足性，而我們就會覺察到分化過程之反面，那就是結合的過程，因為我們感到必須調和這些差異。用胡塞爾的話來說：「這是一條普遍的定律：每一所與的呈象都自然地連接於一連續系列的呈象；此系列中的每一呈象都會重現前一呈象之內容，於是，過去之要素總附隨於新的呈象。故此，想像在這裡以一種特殊的方式顯出它是有創造力的。在這個事例裡，想像確實創造了一種新的呈象要素，那就是：時間要素。」**❸⓿**

故此，每個個別的形象都是在過去的形象所形成的背景上挺現的，由此得到它在整個連續系列中的位置，並展露出在它

---

❸⓿ 參看 Edmund Husserl, *Zur Phänomenologie des inneren Zeitbewusstseins, Gesammelte Werke* X（胡塞爾，《內在時間意識之現象學——胡塞爾全集》第 10 冊）(The Hague, 1966), p. 11.

初建成時不顯的意義。所以，時間基本上制約及安排全部意義，使每個形象沒入過去之中，由此使它們無可避免地有所改變；這又會引生新的形象。結果，通過指涉之不斷累積（這就是我們所說的滾雪球效果），所有的形象便在讀者之心靈中前後一貫地凝聚起來。因此，把這歷程之個別階段孤立起來，並稱它們為篇章之意義，即使不是不可能，至少是相當困難的；因為意義其實伸展到整個呈象過程。那麼，意義本身是具有時間性的。游動的觀點把篇章表現成過去、現在和未來，但這並不會導致消褪的記憶和任意的期望，而只會導致所有時間階段之毫不間斷的綜合；這樣的事實，正展示出意義之獨特的時間性。由於形象有時間性的一面，而且通過呈象作用轉化成變動不居的對象，所以當這些對象沿著時軸形成時，便有一種傾向要把它們互相關聯起來。由此導致的同一化過程最後將引生一種全面的意義；但由於這並不能脫離過程之不同階段，所以這意義之構成和理解是相繫相聯的。故此，想像之時間性把意義展露出來，而由於意義在讀者自己能夠統制的階段中出現，所以可以為讀者所理解。時軸把意義表現為它的不同階段之綜合，並顯示意義乃出自篇章本身所產生的實現要求。

意義之時間性還有其他的涵義。由於意義沿著時軸發展，時間本身並不能發揮其作為參照系 (the frame of reference) 的功能；於是意義的每一次具體化都會導致對這意義的極度個別的經驗，要完全相同地重複這樣的經驗是絕不可能的。同一個篇章，第二次閱讀的效果絕不會與第一次的完全相同；理由很簡單，只因為在第一次閱讀中結集的意義一定會影響到第二次閱讀。由於我們擁有原先沒有的知識，沿著時軸積聚的想像的對象，便不可能完全相同地互相追隨。這是因為讀者自己的環境

有所改變的緣故，況且篇章必定容許這樣的改變。首先產生的意義，顯然會影響到一系列的形象建立，因為這種意義難免會影響形象在我們閱讀之時間流裡互相限制和約束的方式。對於那些懂得在事後去分析引生這種「原初意義」的技術的文學批評家來說，這事實是十分重要的。這種研究途徑，使讀者更能覺察到書本是一種藝術作品。它的藝術性最初之所以顯眼，乃由於它要讀者去結集一特殊的意義；但當我們從已結集的意義之立場去研究作品時，讀者自然會覺察到使他投入這構成歷程的方法。

每一次新的閱讀中，只有時間的方面是有所變動的；但單是時間上的變動已足以改變形象了，因為引致分化和結合歷程的正是形象在時軸上面的位置。這種位置賦予形象以它們所有的指涉，並使它們能夠確立自己個別的穩定性。正如胡塞爾所說的，時間上的位置乃「個體性之泉源」 ❸ 。這種位置絕不隸屬於任何參照系，因為它只在想像的對象之互相照射中出現。由於時間位置本身並不確定，所以給每一已實現的意義之個體性提供了必須的基礎。這種結構與這種歷程總是相同的 —— 它是獨一無二、不能重複的實現歷程之產物。然而，意義這種由結構決定的不可重複性，卻反過來成為同一篇章之一而再、再而三出現的新面目之前提條件。它是不可能重複出現兩次的。

通過被動的綜合，篇章之意義在讀者之心靈中自我形成；而閱讀歷程之時間性，就是被動的綜合之催化劑。我們曾經指出，被動的綜合所以不同於謂述的綜合，乃在於它們並非判斷。判斷是獨立於時間之外的，被動的綜合卻沿著閱讀之時軸

---

❸　同上，p. 66。

發生。然而，假如「被動的綜合」這個詞語只是指那些在意識之門限以下自動發生的接受歷程與合成歷程，那麼，它就是一個自相矛盾的詞語。我們對於構成歷程的圖式描述已說明讀者如何把篇章的不同方面開展成一系列的呈象，以及沿著閱讀之時軸把得出的產物加以整合，由此顯出在把篇章之不同方面合成形象的過程之中，讀者投入的程度。故此，篇章與讀者是相繫相連的、互入互攝的。我們讓自己的綜合能力聽從一種陌生的實在的差使，產出此實在之意義，並因而進入一個單憑我自己是無法創造出來的處境。故此，文學篇章之意義只有在閱讀的主體身上才得到實現，而且不能離閱讀主體而獨立存在；但另一方面，在構成意義的同時，讀者本身也被構成。所謂被動綜合之全部旨趣，就在於此。

這種經驗潛伏在讀者要理解意義之意旨的欲求底下。對於意旨的永無休止而且無可避免的探求顯示出，在結集意義時我們自己覺察到在我們身上發生了一些事情，而我們要嘗試找出其中的意旨。意義 (meaning) 與意旨 (significance) 並不是同一樣的東西，雖然古典的詮釋規範使我們以為如此。「掌握到意義並不能確保已掌握到意旨」**㉜**。當意義與一特殊指涉發生關聯，使意義能夠翻譯成常見的用語時，我們才能確定意義之意旨。李克爾論及費格 (G. Frege) 與胡塞爾所提出的觀念時說：「理解有兩個階段：『意義』階段……與『意旨』階段；這表示讀者主動地接收了意義，也就是說，意義在存在之中發生作用。」**㉝**

㉜ 參看 G. Frege, "Uber Sinn und Bedeutung," （費格，〈論含義與指涉〉） *Zeitschrift fur Philosophie und philosophische Kritik 100* (1892): 28.

㉝ 參看李克爾，《詮釋學與結構主義》，p. 194。

　　於是，意義結集之互為主體的 (intersubjective) 結構，可以依潛伏於意旨之形成底下的社會及文化慣例或個人規範，而有多種形成的意旨。然而，在這種互為主體的結構之每一實現中，主體的性向都扮演最重要的角色；不過，每一主觀的實現都以這相同的互為主體的結構為其基礎，所以，主觀的實現總保持著進入互為主體性之通道。然而，除非引導意義之詮釋的慣例和習俗得到展露，否則對出於意義的意旨及繼而被吸收到讀者之存在之中的意義，便不能加以互為主體的討論。前者（產生意義的互為主體結構）關聯於文學效果理論，後者（出於意義的意旨）則關聯於接近社會學多於文學的領受理論 (a theory of reception)。

　　在這兩者之中的意義與意旨之區分，清楚地顯出古典詮釋規範之視意義和意旨為等同，實泯沒了閱讀經驗的一個最重要的方面。除非我們認為藝術是表現全體之真理的，而讀者的任務，只是靜觀和欽敬，然後把意義和意旨視為等同才會是適當的。古典的詮釋規範所引起的對意義的追尋（這對於古典時期以後的文學亦採取頑固的研究方法）曾引致許多的混亂，因為這忽略了意義與意旨之區別。批評家在特定的作品中發現的「意義」會有那麼多的爭論，實不足為怪，因為他們所說的「意義」其實是「意旨」，而意旨是受到許多不同的慣例和習俗的支配的。結果，他們互相責難對方所發現的、錯誤地冠以意義之名的意旨。故此，堅持這兩者之區別是十分重要的，因為正如李克爾所云，它們是理解之兩個分離的階段。意義是篇章所包含的各個方面所蘊涵的指涉全體 (referential totality)。意旨是讀者之把意義吸收到他自己的存在之中。這兩者合起來，才能保證令讀者藉構成一個以前完全陌生的實在來構成自

己的那種經驗之效能。

有什麼事情發生在讀者身上？

實物本身是什麼就是什麼，與指涉它們的主體並無關係。文化產物則是主觀的；它們源出於主觀的活動，另一方面，又向具有人格的主體展示自己，把自己呈現為 —— 在適當的環境下 —— 對他們及其他人有用的工具，或可以給他們提供美感享受的東西。它們具有客觀性 —— 一種對「主體」而言的及在於主體之間的客觀性。它們與主體的關係，是屬於它們的實際個別內容的，而我們對於它們的理解和經驗，通常都是通過這些關係。基於這個緣故，客觀的研究必須部分集中於文化意義本身及其有效的形相，以及部分集中於文化意義所預設和不斷指涉的、實在而多樣的人格❸。

雖然讀者必定會通過現實內在於篇章的結構來參與意義之結集，但千萬不要忘記，他是站在篇章之外的。所以，他的觀點若要得到正當的引導，他的地位便必須由篇章操縱。這種觀點顯然不能完全由個別讀者平生的私人經驗所決定；不過也不能完全漠視他平生的經驗，因為只有當讀者被帶到他自己的經驗之外時，他的觀點才會改變。故此，當一些事情在讀者身上「發生」時，意義之構成才會真正出現。所以，意義之構成與閱讀主體之構成是互相影響的作用，它們同樣由篇章之各個方面所構建。然而，讀者的觀點必須預先安排得使他不僅可以結

❸ 參看 Edmund Husserl, *Phänomenologische Psychologie, Gesammelte Werke* IX（胡塞爾，《現象學的心理學——胡塞爾全集》第 9 冊）(The Hague, 1968), p. 118. 譯按：本段乃據胡氏德文原本翻譯。

集意義，而且可以了解他所結集到的東西。在實踐這樣的意圖的過程中，沒有任何篇章可能包羅所有可能的讀者之所有可能的規範和價值。一個篇章若預先設定了他所意想的大眾之現存的規範和價值——例如，中世紀後期的狂歡劇和今日的社會主義歌曲——因而預先決定了讀者的觀點，那麼，對於那些並不分享這些特殊的規範和價值的讀者來說，便會產生理解上的問題。假如讀者是某一特殊的歷史大眾之既定看法所塑造的，則對這樣的篇章而言，只有給當時流行的價值作歷史的改建，這種觀點才能恢復。另一種想法就是對觀點採取一種批判的態度，於是讀者便不再去結集那意圖用來影響歷史的大眾的意義；反之，他要把那個使這種意向得以實現的組織策略展露出來。

從 18 世紀的小說，我們可以清楚地看到，作者對於預先安排讀者觀點的關切，是日益增強的。當時的小說是新興的文學體類，得不到傳統詩學的承認，因此，它只好嘗試去確立自己的合法性；它主要的方法就是與讀者直接對話。這便引生了今天大家都熟悉的「虛擬讀者」。虛擬讀者只是當代特殊的傾向的體現；他並不是一個人物，他只是一種觀點，與作者、角色和情節之觀點並肩而立（並與它們合併）。他收納特殊的歷史觀點和預期，使它們受到其他所有互相的觀點的影響而有所改變。在這種意義下，虛擬讀者只是展示了當時的流行規範，而這些規範形成了一個有問題的溝通基礎。換言之，虛擬讀者所提出的觀點，可以引起真實的讀者的注意，使他發覺自己以前在不知不覺間視為當然的相反態度和觀念。由於虛擬讀者的觀點使他採取的觀點變成批判性考察的對象，所以他之認識那使他改變方向的東西，一般都經過一個否定歷程。這種情況從

18 世紀一直延續到 20 世紀的貝克特 (Samuel Beckett)。貝克特早年的小說依然表現出虛擬讀者的痕跡；在一部名叫《莫非》的作品中，他告訴我們：「以上的一段，是刻意用來腐化有教養的讀者的」 ❸ ── 這顯然是要喚起有教養的讀者的期望，然後加以粉碎，開敞他的眼界，使他接觸得到以前以為不可能在小說中出現的事物。

　　浦萊 (Georges Poulet) 關於閱讀的評論，對於掌握那潛伏於讀者觀點底下的結構，是有相當幫助的。他也指出書本在讀者心內才能完全地實現其存在。雖然這些書本是由他人的思想構成的，但讀者本人卻變成這些思想的主體：「我所思維的東西，都是『我的』精神世界的一部分。可是，我這時候卻在思維一種顯然屬於另一個精神世界的思想；這思想在我心內被思維著，恍惚我並不存在。這種想法，越想越覺得不可思議。因為任何思想都一定有一個主體去思維它；這種既是外在 (alien) 於我、卻又內在於我的『思想』，也一定在我之內有一個外在於我的『主體』。……每當我閱讀的時候，都會說出一個『我』，但我所說出的這個『我』，卻不是我自己。」 ❸ 在這歷程中，所有認知和感知所必需的主客之分消失了，這使文學成為通向新經驗的獨一無二的手段。讀者所以時常會把他們與篇章之世界的關係誤認為一種「同一化」關係，也是由於這個緣故。

　　浦萊這樣鋪展他的評論：那在讀者心內思維、外在於讀者思想的外在主體，指示了作者潛藏的存在；讀者所以能夠把作

---

❸　參看 Samuel Beckett, *Murphy* (New York, no date), p. 118.
❸　參看 Georges Poulet, "Phenomenology of Reading,"（浦萊，〈閱讀之現象學〉）in *New Literary History*, Vol. 1 (1969), 56.

者之觀念「內在化」，正因為他把自己的心靈供給作者之思想使用。「這就是每一部我通過把自己的意識供它使用而喚回其存在的作品之特有狀況。我不僅給它存在，更給它對存在的覺悉」❸⃝。故此，意識是作者與讀者之匯合點，而這一點正是讀者思維作者之思想時出現的暫時性「自外」(self-alienation) 過程的終點。在浦萊心目中，這歷程就是溝通。不過，這必須先符合兩個條件：作者之生平事跡必須從作品中隱沒，同等地，讀者個人的性向亦必須從閱讀活動中去除。這樣，作者之思想才能在讀者之心中找到它們的主體，而這主體所思維的卻不是它自己的思想。這就意味著必須把作品本身想作「意識」，因為只有這樣才可以給作者與讀者的關係——一種主要由作者個人的生平事跡及讀者個人性向之否定所決定的關係——提供一個充足的基礎。這其實就是浦萊所達致的結論，因為他把作品視作意識之自我呈現或實質化；他說：「我毫不遲疑地承認，文學作品，由於在閱讀活動的興發下成為有生命有活力，所以變成某種人類（不過卻付出了暫時擱置讀者的生平之代價），成為一個心靈，不但意識到它自己，而且在我心中把它自己構成一個相對於它自己的對象的主體。」❸⃝

可是，麻煩亦由此開始。我們要如何構想這樣一個實體化的意識在文學作品中顯示它自己呢？在這裡，黑格爾的思想 (Hegelianism) 又再抬頭。將意識視為絕對，其實已經把它實體化。然而，意識必定是對於某些東西的意識，因為「離開了作為對某些東西的直接而有所發現的知識之嚴格責任，意識便無存在可言」❸⃝。假如意識只有通過這種發現過程才能獲得內

---

❸⃝　同上，p. 59。
❸⃝　同上，p. 59。

容，那麼，純粹意識便是虛空的。然而，作品既然就是純粹意識，它所發現的是什麼呢？按照浦萊的看法，它只有可能發現它自己，因為它不可能發現讀者那些必須隱沒的個人性向。如果作品乃意識之自我呈現，讀者便只能加以靜觀；但這只是用現代的材料來恢復古典的理想，不同的是，我們用意識來取代美。除此之外，我們唯有把這實體化的意識視作一個相應結構 (homologous structure)：作者不斷被譯成作品，而作品又不斷被譯成讀者。但這樣的概念實在太過機械了，絕不可能是浦萊的意思，因為相應性 (homology) 只是有解釋的需要之指標，而不是解釋之原則。

　　雖然浦萊關於意識的實體觀並不能使我們更進一步，但他所提出的一些要點，若循其他路線加以發展，對我們將會有所幫助。閱讀去除了主客之分別，於是，讀者變成被作者之思想所佔有。然而，這卻在讀者身上引起了另一種分別。在思維他人的思想時，他暫時捨棄了自己的性向，因為他所涉及的東西，還不曾納入而且也不可能出自他的個人經驗的範圍。隨著讀者把一些異於自己的東西帶進自己的思想前景 (fore-ground)，便會有一種人為的分別出現。這並不表示他自己的生活取向會完全消失。無論他的生活取向會有多少退入過去之中，它們仍會形成一個背景，讓作者之思想在其上獲得主題的地位。於是，閱讀之中通常都有兩個層級；這兩個層級的互相關聯有各式各樣的方式，總之，它們是絕不可能完全分離的。其實，他人的思想若與我們的生活取向所形成的實際背景發生關係，我們便能把它們帶進我們的思想前景（要不然它們就是

---

❸　參看 Jean-Paul Sartre, *Das Sein und das Nichts*（沙特，《存有與空無》）,tr. by K. A. Ott et al. (Hamburg, 1962), p. 29.

完全不可理解的)。

我們閱讀的每一個篇章,都把它自己關聯於我們的人格的不同部分;每個篇章都有不同的主題,所以一定與我們的經驗所形成的不同背景相聯繫。由於每個篇章只牽連到我們性向的某些方面,而不致涉及我們的生活取向之整個體系,所以這種體系所呈顯的色調,會隨著我們所閱讀的篇章而有深淺明暗的不同表現。只有通過與我們舊的、作為背景的經驗(無論這背景是由我們性向的那些方面所形成)之關係,新的、作為前景的主題才可以被理解;那麼,我們把非自己所有的經驗加以同化,一定會反過來影響原有的經驗。故此,這個分別並非介乎主客之間,而是介乎主體與他自己之間。

在思維非自己所有的思想時,主體要使自己當下存在於篇章之中,因而捨棄了以前使他成為他自己的東西。卡維爾 (Stanley Cavell) 在討論《李爾王》時,曾經描寫這種「當下存在」或「現在」(Presence) 之本性;他說:

> 要看懂此劇,所必需的感知或態度就是對每一件發生於此時此地的事情保持連續不斷的注意,恍惚所有重大的事情都在此刻發生,雖然任何事情一旦發生總要佔去一些時間。我視此為一種對於「連續的當下存在」或即「連續的現在」的經驗。它的要求與任何精神活動的要求同等嚴格:讓過去消逝,讓未來降臨;所以我們不能讓過去決定現正發生的事情之意義(其他事情可能由此事情引生),而且不可預想已發生的事情所將會引生的事情。這並非因為任何事情都可能發生(雖然事實上是如此),而是因為我們不知道接著發生的事情是和不是什麼 ❹。

「當下存在」或「現在」意指從時間提昇出來 —— 過去沒有影響力，未來則無法想像。當下存在或現在已從它的時間脈絡中滑出來，而對於捲入其中的人來說，它有了事件之性格，但要真正捲入這樣一個現在之中，就必須忘記自己。從這個條件，就引出讀者有時會得到的印象：在閱讀中經驗一種轉化。這種印象早已得到承認，而且有很好的證明文件。在 17 世紀小說出現的早期，這樣的閱讀被人視作一種瘋狂，因為它意味著讀者要變成別人 ❹。兩百年前，亨利・詹姆士 (Henry James) 把這樣的轉化描述為短暫地經驗另一人的生活的奇妙經驗 ❹。

主體與自己的分裂，導致人格在閱讀之中的對偶結構；這不僅使主體得以當下存在於篇章之中，而且引生一種緊張，標示出主體受篇章感染的程度。胡塞爾認為：「感染力 (affection) 是『作為』合一之條件的活力。」❹ 這意指感染力刺激起重獲

---

❹　參看 Stanley Cavell, *Must We Mean What We Say?* (New York, 1969), p. 322. 又，杜夫潤於《美感經驗之現象學》中 (p. 555)，亦就此有所評論。他說：「觀者也在美感對象中自外於己，恍惚要犧牲自己，以迎接它的降臨，這就好像是他必定要盡的義務。可是，觀者在這樣失去自己的同時亦找到了自己。他對於對象一定有所貢獻。但這並不表示他應當給對象加上由形象或表象所合成的評釋；如果這樣，反而會把他帶離美感經驗。他不必強使作品之沉默的圓實性外現，也不必從這寶藏抽取任何表象；他把自己結集成一個整體，於是，他必定完全地成為他自己。通過注意之歷程，觀者發現他自己投身其中的美感對象世界也是『他的』世界；而觀者之自外於己，只是這種歷程之顛峰狀態。他安住在這世界之中。他領悟到作者所流露的感染性，因為他自己『就是』這感染性，一如藝術家就是他自己的作品。」

❹　參看 Michel Foucault, *Wahnsinn und Gesellschaft*, tr. by Ulrich Köppen (Frankfurt, 1969), p. 378ff.

❹　參看 Henry James, *Theory of Fiction*, James E. Miller, Jr., ed. (Lincoln, Nebraska, 1972), p. 93.

主體因與自己分裂而失去的凝合性之欲望。然而，單單恢復自己那些暫時歸入過去的習慣性生活取向，並不能使這種重合出現，因為現在我們還須要併入一種新的經驗。那麼，「感染力」並不會重新喚起過去的生活取向，它策動了主體之自發性。至於所發動的是那一類的自發性，則視乎我們使自己當下存在於其中的篇章之本性。它會把所放出的自發性鑄成某種形狀，然後開始塑造它所喚起的東西。因為自發性有種種模式，有「情感和意志之自發性，有自發的評價和自我之自發的實際行為，評價上和意願上的決斷——每一個都屬自發性之不同模式」❹。這些不同模式的自發性乃閱讀主體之態度，通過這些態度，他試圖去調和目前尚未認識的篇章和他自己所有的過去經驗。

由於篇章之個體性支配著放出的自發性之本性和程度，所以讀者人格中一個向來潛藏於暗晦之中的層面乃得到披露。藝術的心理分析理論十分重視這個問題。在討論藝術對有意識的心靈的影響時，沙赫斯 (Hanns Sachs) 主張：「通過這種歷程，一個內在世界乃暴露在他眼前……這是他自己的內在世界，但沒有來自這特殊的藝術作品的幫助和刺激，他便不可能進入其中。」❺那麼，作品之價值並不在於閉藏於篇章之中的意義，而在於這意義帶出了先前閉藏於我們心中的東西。主體與自己

---

❹ 參看 Edmund Husserl, *Analysen zur passiven Synthesis, Gesammelte Werke* XI（胡塞爾，《被動綜合之分析——胡塞爾全集》第 11 冊）(The Hague, 1966), p. 388.

❹ 同上，p. 361。於此，胡塞爾更強調自發性與領受性 (receptivity) 之密切關係。

❺ 參看 Hanns Sachs, *The Creative Unconscious: Studies in the Psychoanalysis of Art* (Cambridge, Mass., 1942), p. 197.

分裂時所引致的自發性受到篇章的支配和塑造，結果把主體轉化成一嶄新而真實的意識。因此，每一個篇章都會構成它自己的讀者。「我們可以說，我之作為一個我，通過原初的決斷不停地發展自己，而且總是各式各樣實際決定的極點，以及是由正反態度之可實現的潛能所形成的、慣常的放射體系之極點。」 ⑯ 這種結構明顯地指示出介乎意義的構成與（那種在閱讀過程中沿相同的路線、在相同的極點之間發展的）自我覺悉的提高之間的相互作用。它不是發自讀者之過去習慣的單向的投射歷程；它是一種辯證的運動。在這辯證運動的過程中，讀者過去的經驗成為邊際的，而他則變成可以作自發的反應；最後，他這種由篇章所喚起和釐定的自發性更滲透到他的意識之中。

　　哈定 (D. W.Harding) 關於閱讀之本性的評論，跟這個歷程很有關係；他說：「小說和戲劇中的所謂願望之實現……稱作願望之列述或欲望之定義似乎更有道理。它在什麼文化層次上發揮作用有很大的變化；而歷程則是相同的。……宣稱小說有助於界定讀者或觀者之價值，或刺激他的欲望，較諸設定它們通過一些恍似身歷其境的經驗而滿足了讀者的願望，似乎更為真確。」 ⑰

　　這便意味著思維非己所有的思想，是不足以使我們理解這些思想的；當這些理解活動有助於在我們之內明確地呈顯某些東西時，它們才算是成功的理解活動。只有當篇章在我們之內

⑯　參看胡塞爾，《被動綜合之分析》，p. 360。

⑰　參看 D. W. Harding , "Psychological Processes in the Reading of Fiction," in *Aesthetics in the Modern World*, Harold Osborne, ed. (London, 1968), p. 313 ff. 又，Susanne K. Langer, *Felling and Form: A Theory of Art* (New York, 1953), p. 397.

發動的自發性獲得自己的形相 (gestalt) 的時候，非己所有的思想才能在我們的意識之中把自己明確地呈顯出來。這形相不可能由我們自己過去的、有意識的生活取向所形成，因為這些不可能激起我們的自發性；故此，有決定性影響力的必定是我們正在思維的非己所有的思想。所以，意義之構成不僅蘊涵著一個出自互相作用的篇章觀點的整體之創造——這點我們已經知道，而且通過呈顯這整體，它使我們能夠呈顯自己，並由此發現一個我們向來沒有意識到的內在世界。

在這一點上面，閱讀之現象學與現代對主體性的熱中合流。胡塞爾指出「我思」(cogito) 之確實性程度與有意識的心靈之不確實性程度的差異，由此給笛卡兒 (René Descartes) 的「我思」——自我在自覺其思想中作自我肯定——作出了重大的修正❹。心理分析教導我們，主體有很大的部分是通過各類的符象來顯現它自己，而這部分對於有意識的心靈是完全封閉的。對於主體的這些限制，乃出於對佛洛伊德 (Sigmund Freud) 的格言之涵義的信任；這格言就是：「那裡有『它』(It) 或『伊底』(Id)，便要成為『我』」。用李克爾的話來說，佛洛伊德用「『成為有意識的』」來取代『意識』」。於是，始源變成了任務或目的」❹。

可是，閱讀並不是一種治療法，專為恢復那些把自己和有意識的心靈分開的符象之溝通而設。不過，閱讀卻使我們看到主體只有那麼小的一部分是已知的實在，即使對於它自己的意

---

❹ 參看 Edmund Husserl, *Cartesianische Meditationen, Gesammelte Werke* I（胡塞爾，《笛卡兒沉思——胡塞爾全集》第 1 冊）(The Hague, 1973), p. 57f., 61ff.

❹ 參看李克爾，《詮釋學與結構主義》，p. 142。

識來說，也是如此。然而，假如主體之確實性不再能夠徹底地
建基在它自己的意識上面——笛卡兒的「我思故我在」也是無
濟於事的，則作為自發性之發動的閱讀，便在「成為有意識
的」之過程中扮演一個並非無足輕重的角色。這種自發性乃在
現存的意識之基礎上發動，所以這現存的意識在閱讀過程中的
邊際處境之作用，只是給意識帶來這種自發性；使這種自發性
興起和定形的條件，是不同於塑造原初的意識的條件的。由於
併入新的意識需要重塑舊的意識，所以原初的意識顯然不會不
受到這個過程的影響。

譯者按：

　　本文作者衣沙爾 (Wolfgang Iser) 是德國著名的美學家和文學
批評家，也是德國「領受論美學」(reception-aesthetics) 的奠基者
之一。他在這種美學的基礎上，發展出一套以讀者為核心的文學
理論，成為新興的文學批評理論：「讀者反應論」(Reader-response
Criticism) 的核心人物之一。他的理論以讀者在文學意義之創造中
所擔任的角色為中心課題。環繞著這個課題，他寫了三部最重要
的名著：*Die Appellstruktur der Text* (1970), *The Implied Reader*
(1974), *The Act of Reading: A Theory of Aesthetic Response* (1978)，
本文就是從第三部著作《閱讀活動》選錄出來的。此書原以德文
寫成，1978 年出版，兩年後，作者出版英文本；但其中的參考書
目仍保留德文原著或德譯本為主。這本書取材甚廣，但其中的理
論根據，則以胡塞爾的現象學為骨幹，尤其是胡塞爾的時間理
論。本文出自此書的第三部分：「閱讀之現象學」，是全書之第 6
章。作為一部完整著作的一章，難免會有參照其他章節的地方；
但為了保持本文之獨立和完整，遇有牽涉其他章節，在不影響內

第 II 部分

中西文學理論綜合初探

劉若愚　著

杜國清　譯

　　任何一位認真從事文學研究的人以及認為自己是文學批評家的人，一定會遇到一些問題：在理論上，有關於文學及文學批評之性質與功用的問題，而在方法論上，有關於解釋與評價❶的問題，因為追問自己所研究的是什麼，是為了什麼，以及該怎麼研究它，以及研究它希望達到什麼目的：這是極其自然而且值得的。在試圖回答這些問題時，批評家必須（除非他從來不讀別人的著作）從千頭萬緒的各種文學理論和批評方法中做一抉擇，或者將其中一些試加綜合（除非他能發明一套完全獨創的體系）。當批評家所關心的文學，既不使用他本國語言也不產生於他本身的文化背景，或者當批評家試圖將他本國語言的文學以外國語言解釋給外國讀者時，這些問題更為尖刻

❶　〔反白註碼指原註〕我使用「批評」(criticism) 一詞，像通常的用法一樣，包括理論探討與實際批評兩方面，而不跟從威立克 (René Wellek) 與華倫 (Austin Warren) 在《文學的理論》(*Theory of Literature*) 一書（第 3 版，紐約，1962 年，pp.38–54）中所提議的，將文學的研究分為文學理論、文學批評，與文學史三部分。我也沒跟從赫思 (E. D. Hirsch, Jr.) 將「批評」一詞限於評斷或評價，而與「解釋」(interpretation) 形成對比的區別（《解釋的正確性》(*Validity in Interpretation*), New Haven, 1967），因為我認為解釋與評價是實際批評的兩個主要部分。而且，我使用「批評家」(critic) 一詞，有時候指理論家，而有時候指實際的批評家。

而且更加複雜。更糟的情形也許是：有人（像我自己）試圖向西洋讀者解釋傳統的中國文學，因為以英文寫作的法國或德國批評家，能夠假定與他的讀者共有的一種共同的文化遺產，而不必感到與他本國的文化斷絕，然而以英文寫作的中國批評家卻無法在他試想解釋的作者、作為批評家（兼為讀者與作者）的自己、以及他的讀者之間，假定有不僅關於文學，甚至關於人生、社會和現實的共同知識、信仰和態度；而且由於過去數十年來在中國發生的社會、政治和文化劇變，他也不能自認為是當代中國現象中的一部分。然而，這樣的批評家仍然能夠享有當然的入場權 (entrée)，進觀中國過去的文化，而且，由於融會了一些西方的文化，其立場反而可以闡明前者而對後者有所貢獻。

作為一個向西洋讀者介紹中國傳統文學的解釋者，我一向認為中國的文學批評 (Chinese literary criticism) 與對中國文學的批評 (The criticism of Chinese literature) 之間的關係是一個最重要的難題，而且一直致力於中國和西洋的批評概念、方法和標準的綜合。我過去在這一方向的一些努力，在此不妨稍加回顧，以便表明我目前的方向和意圖，儘管這樣做可能給人一種印象以為是受了寫自傳慾的驅使。

在《中國詩學》(*The Art of Chinese Poetry*) 中，我略述了作為境界與語言之雙重探索的詩的理論❷。這個理論一部分來自我那時稱為「妙悟派」(Intuitionalists) 的一些批評家 —— 嚴

---

❷ 見《中國詩學》(*The Art of Chinese Poetry*, London and Chicago, 1962. 此後引稱「劉著，1962 年」；pp. 91–100)。事實上，我在這之前曾在〈中國詩的三種「境界」〉(Three 'Worlds' in Chinese Poetry) 這篇文章中使用過「境界」(World) 一詞，見香港大學《東方文化》(*Journal of Oriental Studies*)，香港，1956 年。

羽（約 1180–1235）、王夫之 (1619–1692)、王士禎 (1634–1711)，以及王國維 (1877–1927) —— 而一部分來自象徵主義以及象徵主義後的西洋詩人批評家，像馬拉美 (Stéphane Mallarmé, 1842–1898) 和艾略特 (T. S. Eliot, 1888–1965)。同時，在方法論上，我對中國詩的討論受了一些「新批評家」(New Critics)，主要的是李查茲 (I. A. Richards, 1893–1979) 和燕普孫 (William Empson, 1906–1984) 的影響。後來我在〈中國的詩論試探〉(Towards a Chinese Theory of Poetry) ❸ 這篇論文中，對這個理論稍加澄清和發展，其中我論及（不一定同意）不同的批評家，像柯靈伍德 (R. G. Collingwood, 1889–1943)、李查茲、威立克 (René Wellek, 1903–1995)、奈特 (G. Wilson Knight, 1897–1985) 以及溫薩特 (W. K. Wimsatt, 1907–1975)。在這以前，我對現象學的批評 (phenomenological criticism) 或美學 (aesthetic) 毫無所知，直到之後在閱讀一些現象學理論家，尤其是法國美學家杜夫潤 (Mikel Dufrenne) 以及波蘭哲學家殷格頓 (Roman Ingarden, 1893–1970) 時，我才發現到他們的一些觀念和我自己的之間的類似點，雖然他們的觀念的發展，其精微和複雜遠非我所及。例如，當我寫道：「每一首詩表現它獨自的境界」，而這境界「同時是詩人的外界環境的反映與其整個意識的表現」❹，或者當我寫道：「當詩人尋求表現一個境界於詩中，他在探索語言的種種可能性，而讀者，依照詩的字句結構的發展，重複這過程而再創造了境界」時 ❺，我並

---

❸　見《比較文學與一般文學年鑑》(*Yearbook of Comparative and General Literature*, Bloomington, 1966)，後收入《李商隱的詩》(*The Poetry of Li Shang-yin*, Chicago, 1969), pp. 199–206，稍加修改；此後引稱「劉著，1969 年」。

❹　見劉著，1962 年，p. 96。

不知道殷格頓和杜夫潤在描述文藝作品的境界時表現了多少類似的見解。進而，我寫道：「在我看來，一首詩一旦寫成，在有人讀它，且根據讀者再創造那首詩的能力而多少加以實現之前，只具有可能的存在」❻，而不知道杜夫潤已經一再認為：只有當被讀者所認知，且被讀者的認知所神聖化 (consecrated) 時，一首詩才真正地存在❼；而且殷格頓，雖然強烈反對心理主義 (psychologism)，卻承認：「任何〔文藝作品的〕具體化都屬於相應的主觀經驗，且當，而且只當，這些經驗存在時才存在。」❽又，當我建議一首詩的結構稱為「複調的」(polyphonic) 較之「層疊的」(stratified)❾更為妥當時，我對殷格頓的文藝作品層疊結構的理論並無直接的認識，除了威立克關於它的簡短說明（韋氏的說明，後來我才知道，殷格頓曾斥為誤解）❿，我也不知道殷格頓本人曾用過 "polyphonic" 這個詞，雖然指的是他所謂的「有審美價值的性質」(aesthetic value qualities)，而不是一篇作品的結構。

---

❺ 見劉著，1969 年，p. 202。

❻ 同上。

❼ 見杜夫潤著，《詩意》(*Le Poétique*, Paris, 1963)，p. 6；《語言與哲學》(*Language and Philosophy*, H. B. Veatch 英譯, Bloomington, 1963)，p. 80；《審美經驗的現象學》(*Phénoménologie de l'Experience esthétique*, 第 2 版, 巴黎, 1967 年；此後引稱「杜夫潤, 1967 年」)，p. 679 (Edward S. Casey 等英譯, Evanston, 1973, p. 554)。

❽ 見殷格頓著，《文藝作品》(*The Literary Work of Art*, George G. Grabowicz 英譯, Evanston, 1973；此後引稱「殷格頓, 1973 年」)，p. 357。類似的看法見於其他作者，例如 Georges Poulet 在〈閱讀的現象學〉(Phenomenology of Reading) 一文中，《新文學史》(*New Literary History*, 此後引稱 *NLH*)，第 1 卷第 1 期, 秋季, 1969 年, pp. 53–68。

❾ 見劉著，1969 年，p. 202。

❿ 見殷格頓著，1973 年，pp. 74–83。

　　這些類似點，我覺得並非純粹是偶然的巧合，而是（儘管我可能間接地受到這些理論家，或者影響到他們的一些更早的西方理論家的影響）可能部分來自這些西洋理論家與某些中國批評家之間的相似性；而我自己的一些見解自覺或不自覺地來自這些中國批評家（尤其是我從前稱為「妙悟派」的那些，而現在我寧稱為持有形上學觀點的批評家 (critics holding metaphysical views)）。這些相似性也可能來自現象學與道家之間根本哲學的相似性，而後者對上述中國批評家具有深遠的影響。這種相似性是什麼，我在《中國文學理論》(Chinese Theories of Literature) 中已指出一些，在此只能給與很簡短的概要。

　　第一，認為文學是宇宙之「道」的表現，這種中國人的形上學概念與杜夫潤認為藝術是「存在」(Being) 之表現這種概念是可以並比的，而道家的「道」本身的概念，與海德格 (Martin Heidegger, 1889–1976) 所闡明的現象學。存在主義的「存在」概念 (phenomenological-existential concept of Being) 是可以並比的。第二，持有形上學文學理論的一些中國批評家（即使他們可能並非只持有這種理論而排斥其他），主張物我合一和情景不分，正像有些現象學家主張「主體」(subject) 與「客體」(object) 合一，「知覺」(noesis) 與「知覺」對象 (noema) 不分一樣。第三，受道家影響的中國批評家與現象學家都提倡一種二度直覺，那是在對現實中止判斷之後達到的。最後，兩者都承認語言的矛盾性 (paradoxical nature) ── 作為一種不充分而又必需的方式用以表現難以表現者，以及再發現主觀性與客觀性的區分並不存在的、概念之前與語言之前的意識狀態⓫。

───────────────

⓫　見《中國文學理論》(Chinese Theories of Literature, Chicago, 1975)，此

　　的確，主體和客體合一的觀念可能是中國傳統思考的基本，正如文言文的某些特性所暗示的。一則，在文言文裡沒有相當於 "I am" 的語句；最接近的相對語是「有我」；這與「有樹」這種陳述句是屬於同一類的，而與自我中心的 "I am" 形成對照。一個西洋語言的作者如果想表現與這類似的觀念，他不得不打破文法，正像韓波 (Arthur Rimbaud, 1854–1891) 說 "Je est un autre"（我是別人）一樣。當然，嚴格說來，「有」的意思是 "have"，可是將「有我」解釋為 "Someone or something has me" 那就太荒謬了 ❷。甚至在現代中文裡，"I am" 的相當語句，「我是」，通常需要一個補語：得說「我是什麼什麼的」，除非是西洋語言的直譯。表現 "I am" 或 "I exist" 的「我存在」這種句子，是為了翻譯像 "Cogito ergo sum"（我思考故我存在）這種西洋哲學語句而創出的新語。進而，在文言文裡，尤其是在詩裡，動詞的主語經常沒有表明，這暗示著中國傳統的思考是朝向現象學論的，而非起源論的。然而，進一步追求這個論題將超出本文的範圍。

　　在《中國文學理論》的導言中，我表明我的目的之一是「為中西批評觀點之綜合鋪出比向來的更為適當的途徑，以便為中國文學的實際批評提供一個妥當的基礎」❸。現在我想進一步完成這個目的，試圖將中國（尤其是形上學觀的）與西方（尤其是現象學論的）的文學理論的要素綜合起來。我將致力於發展我自己的理論，而不是將中西的觀念並列在一起而以機

後引稱「劉著，1975 年」，pp. 57–62。

❷　更詳細的討論，見葛瑞漢 (A. C. Graham) 的〈中國古文中的「存在」〉('Being' in Classical Chinese)，收入 W. M. Verhaar 所編的《動詞 "Be" 及其同義詞》(The Verb "Be" and Its Synonyms) 一書，Dordrecht，1967。

❸　見劉著，1975 年，p. 5。

械的方式加以統合。由於沒有人能夠意識到他所有的想法的來
源，也沒有人能夠確知類似於自己的想法，別人（他沒讀過
的）沒有表現過，因此我並不自稱我的理論代表中西理論各佔
一半的完美混合，或者它是百分之百的獨創。然而，在我受這
兩方面傳統影響的範圍內，我的理論建設即是綜合的工作；而
且只要我的一些想法不是自覺地借自其他任何人，而我的綜合
方法也不是借自他人，我的理論可能具有一些獨創性。在本文
中，我將只論文學的基本性質和功用（或本體論），而不討論
像體裁 (genre) 和風格 (style) 這種論題：後者我認為是屬於
「文學分論」(literary theory) 方面，而不屬於「文學本論」
(theory of literature) ⓮。我也將不討論文學批評的方法論；這
個問題我希望將來再處理。

　　雖然我目前的主要關心是在文學的本體論，我的探討將涉
及對創造行為以及閱讀經驗的一些考究；因為我雖然同意殷格
頓認為創造的心理學與文藝作品的本體論是不同的兩門學問，
對於他的主張：「作者在創造作品時的經驗並不構成創造品的
任何部分」⓯ 這點，卻抱有疑問。總之，假如文藝作品是，一
如殷格頓所定義的，互主觀的 (intersubjective)，純粹是意識的
對象，它起源於作者方面的意識的創造行為⓰，那麼完全基於
以閱讀為一種審美經驗的現象學，而排除對創造行為之任何考
慮的文學本體論，似乎都是片面的。因此我將從作者與讀者的

⓮　「文學本論」(theory of literature) 與「文學分論」(literary theory) 的區
　　別，見同書，p. 1。
⓯　見殷格頓著，1973 年，p. 22。
⓰　見同書，隨處。簡要見譯者對殷格頓著《文藝作品的認識》(*The Cogni-
　　tion of the Literary Work of Art*, Ruth Ann Crowley 與 Kenneth R. Olsen 英
　　譯, Evanston, 1973) 一書的導論，尤其是 p. 15。

觀點來考究文學，即使我對創造經驗的說明難免是揣測的。

　　對文學理論系統化又作一次嘗試，在有些人看來可能是唐・吉訶德式的（不自量力，徒勞無功）。在專論「什麼是文學?」的一期《新文學史》(*New Literary History*) 中，有幾位批評家表示反對這種嘗試，而他們的議論不能被忽視。法國結構主義批評家德多洛夫 (Tzvetan Todorov) 贊成各類不同言辭的類型論 (typology) 以代替概括的文學理論，其結論認為「或許文學並不存在」❶，因為令人滿意的文學定義尚未發現。這種不必要的悲觀結論我們不必同意，因為像語言哲學家已指出「宗教」、「詩」和「貓」這種字眼也不可能有精確的定義❷，但這並不就表示宗教、詩和貓並不存在。而且，雖然德多洛夫可能有正當的理由批評威立克和傅萊 (Northrop Frye, 1912–1991) 沒有闡明文學的結構與其功用之間的關係，他卻沒有理由批評他們至少試圖將結構的定義與功用的定義結合在一起，或對將來任何類似的試圖表示不以為然。即使就像德多洛夫所相信的，文學的結構定義事實上不可能，功用的定義，正像他所似乎承認的，卻仍然可能達到，而排除將功用的定義與結構上的一些考慮結合在一起的可能性，是沒有理由的。同樣地，對於費希 (Stanley E. Fish) 反對「文學語言」(literary language) 與「普通語言」(ordinary language) 之區分所提出的頗有說服力的議論，我們可以這樣回答：錯誤不在於試圖畫出這種區分，而在於根據結構加以區分。換句話說，與其試圖將文學與

---

❶　見德多洛夫，〈文學概念〉(The Notion of Literature) 一文，*NLH*，第 5 卷第 1 期，秋季，1973 年，p. 16。

❷　見阿爾斯頓 (William P. Alston) 著，《語言哲學》(*Philosophy of Language*, Englewood Cliffs, 1964)，pp. 88–95。

另一種（或其他各種）語言分開，我們應該試將文學與達成其他功用的語言分開。總之，即使我們承認文學單純地是「語言，在其周圍我們決心畫出一個框架，一個標示著以特殊的自覺考察語言所經常具有之資源的框架」❶，我們仍然面臨著這樣的問題：「什麼時候我們應該畫出這樣的框架?」顯然的我們不能回答說：「當我們認為一篇語言是文藝作品的時候」（這將陷於循環論法），然而根據這種觀點，不可能有其他的方法區別一件文藝作品。像史坦 (J. P. Stern) 那樣，認為文學是「那堆以字句表現的作品，它的每個主要代表 (example) 決定它本身的解釋與分析的樣式」，且加上「無可爭論的事實：這就是一向所謂文學」❷，這樣的說法也是不行的，因為（且不問非文學的作品，像法律文件以及科學論文，是否也可以決定其本身的解釋與分析的樣式這個問題）這等於是一個套套邏輯 (tautology)：文學亦即被稱為文學的東西。我們不妨再問：被誰? 每一個人? 在「都市重建之文獻 (literature)」或「避孕免費說明書 (free literature)」中使用 "literature" 一詞的那些人可以嗎? 假如不是每一個人，那麼決定什麼作品屬於文學而什麼作品不屬於文學的「文學團體」的會員資格，應該由誰來決定呢? 而且，指著一堆作品回答「什麼是文學?」這個問題，就像回答「什麼是狗?」這問題時說：「狽、長耳狗、德國狼狗、獅子狗等等，都是狗」，這一點兒也沒說出狗像什麼。犬屬動物之特性的概括描述，不管多麼不完全，倒是較為可取的。總

---

❶ 見費希，〈普通語言有多普通?〉(How Ordinary is Ordinary Language?) 一文，*NLH*，第 5 卷第 1 期，秋季，1973 年，p. 52。

❷ 見史坦，〈閉塞、淺露、結論〉(Occlusions, Disclosures, Conclusion) 一文，同上，p. 167。

之，即使我們永遠達不到確定的回答，假如每個批評家都將他自己所謂的文學說明白，倒是有幫助的。其結果不會是另一個套套邏輯（贅述）：「文學亦即我所稱為文學的東西」，但卻具有這樣的形式：「我所謂的文學亦即具有如此功用的東西」，或者「我所謂的文學亦即具有如此如此特性的東西」，或是這兩者的結合。我以下所試圖的，正是這種功用定義與結構定義的結合，這種結合可以稱為「雙焦點的研究法」(bifocal approach)。

我將以兩個假定開始，我想不會有人反對：亦即文學是一種藝術以及文學是語言寫成的，雖然我知道把文學與繪畫、雕刻、音樂等等同屬於「藝術」，在西方其起源是比較近代的事，而在中國其起源更是最近的事；我更知道口傳文學的存在，它可能使以下關於文學的一些說法不能不有所修正。然而，假如這兩個假定得到接受，那麼照理任何妥當的文學理論對於文學當作藝術與語言的雙重性格必須加以充分的考慮。這又使得從功用上與結構上考察文學成為必要的，因為文學與其他藝術享有相同的主要功用，而在結構上與其他藝術不同（因為它的表現媒介是語言），而與語言的其他用途享有共同的語言結構（雖然每一件作品的結構，就與其他任何作品不同這點而言，都是獨特的），可是與語言的其他用途在功用上不同。換句話說，文學可以定義為藝術功用與語言結構的交搭。這並不是說文學不能達成其他（亦即，非藝術的）功用，像社會的、政治的，以及道德的功用；這些功用作者可能自覺地在作品中企圖完成，但是這些功用並非一件作品所以是藝術作品的原因，正像商朝的銅器和希臘的古甕可能具有作為容器完成實用之功用的目的，但這種功用並非它們所以是藝術作品的原

因。相反地，一個作家可能對自己作品的藝術功用並無自覺，但這並不阻止我們討論它的藝術功用。

然則，什麼是文學的主要藝術功用？這點我認為主要的是雙重的：第一，（在作者方面）通過創造想像的境界而擴大現實，（在讀者方面）由再創造想像的境界而擴大現實；第二，作者與讀者雙方對創造衝動的滿足。為了詳細說明這種文學的藝術功用的概念，我們可以一個四元 (tetradic) 的架構加以考察**❹**；那是由一件文藝作品的各種情況必然含有的四個要素間的相互關係所構成的，亦即：世界、作者、作品以及讀者，可用下圖加以說明**❷**：

在這圖中「世界」是指「實在的」或時空的世界，包含自然世界與每個人所生存的人類社會或文化世界（胡塞爾 (Edmund Husserl, 1859–1938) 的 Kulturwelt）。外界與自我的交互作用構成每一個人的經驗世界或生存世界（胡塞爾的 Lebenswelt）。在創造的過程中，作者探索他本身的「生存世界」，以及在他的想像中的其他的、可能的世界，而從這種探索中他創造出一個境界，那是以字句結構表現出來的。這個創

---

❹ 「四元的」(tetradic) 一詞，導源於康恩 (Robert G. Cohn) 的「四極」(tetrapolar)。關於他對這個詞的用法，見〈交點〉(Nodes) 一文，第一部與第二部，*Diacritics* 季刊，春季與夏季，1974 年。

❷ 參照亞伯拉姆斯 (M. H. Abrams) 著，《鏡與燈》(*The Mirror and The Lamp*, New York, 1958) 一書，pp. 6–7；以及劉著，1975 年，pp. 9–12。

境 (created world) 在現實世界中並不、且永遠不存在；它最初存在於作家的意識中，而一旦被創造出來，則可能地存在於時空之外，讓讀者的意識再加以創造出來。如此，從一件作品的字句結構中呈現出來的境界與作家的「生存世界」並不一樣，後者只不過是為作品的創造提供「機緣」(occasion) 而已 ❷；那是他的「生存世界」與創造經驗融合而因此變質。作家的「生存世界」我們是否能夠知道是個問題，但是我們可以假定它的存在，正像我們可以假定別人的「生存」(being) 的存在一樣，即使這是我們不能夠完全知道的。總之，假如一個作家的「生存世界」確實不可知，這將使傳記作家的工作變成不可能的，而不是批評家的工作：批評家所關心的是作品的創境。

由於創境從來不存在於現實的世界中，它是現實的擴展。這點與王國維以及我自己早期的見解不同。王國維說：「有造境，有寫境；此『理想』與『寫實』二派之所由分。」❷ 我從前不同意這一說法，認為那不是「理想」與「寫實」之間的分別，而是大詩人與次要詩人之間的分別 ❷。然而，我現在認為每一件真正的文藝作品都具有它的創境，它構成了現實的擴展，正像真正藝術作品的每一幅畫都具有它的創境一樣。甚至在矇眼畫 (trompe l'oeil painting)① 中的一個蘋果，只存在於藝術家所創造的想像世界中，具有它獨自的時間與空間，而不在

---

❷ 關於「機緣」(occasion)，見祁克果 (Sren Kierkegaard) 著，《或此或彼》(Either/Or) 一書（D. F. 與 L. M. Swenson 英譯，牛津，1946 年），第 1 部，pp. 193–195；史坦所引，見註 ❷，p. 166。

❷ 見《人間詞話》（徐調孚註，北京，1955 年），頁 3。

❷ 見劉著，1962 年，p. 99。

① 〔空心註碼表譯註〕「矇眼畫」(trompe l'oeil painting)：描寫之精密足以矇騙眼睛，誤以為是實物的立體畫法，多為靜物畫。

於現實世界中。因此，它構成了蘋果或「蘋果性」(appleness)
之現實的擴展。當然，作為想像世界之一部分的畫出來的蘋
果，其存在不該與畫布上的顏色物質混為一談，正像一首詩中
的樹與一篇小說中的人物之存在，不能與現實世界中紙上印刷
的有形存在混為一談一樣。

文藝作品的創境，並不是一個新的概念。正像亞伯拉姆斯
(M. H. Abrams) 所論證的，詩中別有天地 (the poem as
heterocosm) 的概念開始於 18 世紀，且已成為西方的一個批評
常識❷。然而，在這兒所提議的，並非像浪漫主義的別有天地
(heterocosm) 的概念，隱含著神、創造主以及藝術家、創造者
之間的類推。倒不如說，「創造的」(created) 一詞是用以區別
「制作的」(made)；「創造」(creating) 與「制作」(making) 之
間的區別，已經柯靈伍德加以解釋清楚❷。因此，認為藝術家
是創造者，並不是說「將藝術的功用提昇到某種神聖的程度，
或者使藝術家變成一種神」❷。我們可以將這種創境的概念與
殷格頓的「表現」(represented) 或「描繪」(portrayed) 的世界
(dargestellte Welt)，以及杜夫潤的審美對象之世界的概念與中
國的一些前例做一比較。

殷格頓對文藝作品之境界的描述，有時候露出藝術模仿觀
的痕跡，例如當他論及「表現」或「描繪」對象 (dargestellten
Gegenstande) 的「代表功用」(Repräsentationfunktion) 時，或
者當他下這樣的評論時：「文學作品中『出現』的人物並非僅

---

❷ 見亞伯拉姆斯，前引，pp. 272–285。
❷ 見柯靈伍德著，《藝術原理》(*The Principles of Art*, Oxford, 1938) 一書，
 pp. 128–130。
❷ 同上。

帶有像『凱撒』(Gaius Julius Caesar, 102?–44 B.C.)②、『華連斯坦』(Albreche Wenzel Eusebius Von Wallenstein, 1583–1634)③、『理查二世』(Richard II, 1367–1400)④等名字，而是在某種意義上也應該『成為』曾經有這種名稱而且曾經實際存在過的人物。」❷❾然而，以我看來，文學作品中的人物是一個真實的歷史人物凱撒，或是一個朦朧的、半歷史人物像馬克白(Macbeth)⑤，或是一個純粹虛構的像大衛 (David Copperfield)⑥，或者甚至是一個神話人物像氣精 (Ariel)⑦，與它的藝術性和價值是無關的；正像一幅畫的題材是一個真實的歷史人物像亨利八世 (Henry VIII)⑧或是一個朦朧的、半歷史人物像荷馬(Homer)⑨，或是一個純粹虛構的像艾多尼斯 (Adonis)⑩，或

---

② 凱撒，羅馬的將軍，政治家。紀元前 66 年與 Pompey, Crassus 行三頭政治，統一羅馬。後以獨裁政治為 Brutus 所暗殺。文藝復興以後，以他為題材的作品不少，主要的有莎士比亞 (Shakespeare) 的 *Julius Caesar*，查普曼 (Chapman) 的 *Caesar and Pompey*，蕭伯納 (G. B. Shaw) 的 *Caesar and Cleopatra* 等。

③ 華連斯坦，奧國的將軍，三十年戰爭的名勇士。最後為瑞典國王 Gustavus Adolphus 所敗 (1632)，為部將所刺殺。Schiller 以其悲劇命運為題材，寫下悲劇三部作 (*Wallensteins Lager*, 1978; *Die Piccolomini*, 1799; *Wallensteins Tod*, 1799)。柯律治 (S. T. Coleridge) 翻譯了其中最後二部。

④ 理查二世，英格蘭國王（1377–1399 在位），金雀花王朝最後的王，廢位後在獄中為刺客所殺。莎士比亞以他為題材的歷史悲劇，出版於 1597 年。

❷❾ 見殷格頓，1973 年，p. 243。

⑤ 馬克白，莎士比亞的四大悲劇之一的主人公。雖然取材於蘇格蘭的歷史，劇中超自然的要素頗為濃厚。

⑥ 大衛，狄更斯 (C. Dickens) 的小說《塊肉餘生錄》(*David Copperfield*) 中的主角。

⑦ 氣精，莎士比亞的《暴風雨》(*Tempest*) 中出現的精靈。

⑧ 亨利八世，英格蘭國王（1509–1547 在位），莎士比亞的歷史劇中的主人公。

者甚至是一個神話中的創造物像聖‧喬治 (Saint George) 殺死的龍⑪，與它的藝術性和價值無關一樣。我並不否認我們關於歷史人物的預先知識，會影響到我們對於出現這人物的作品的反應，但是我認為這種知識並不是不可缺少的。即使從來沒聽過凱撒的人，從莎士比亞的戲劇本身，不會看不出他的死的歷史意義；而且大概馬羅 (Christopher Marlowe, 1564–1593) 的觀眾對於歷史上的帖木兒 (Timur) 毫無所知⑫，服爾泰 (Voltaire, 1694–1778) 的觀眾對於歷史上的「中國孤兒」(Orphan of China) 也一樣⑬。文學作品中歷史人物的描寫與真實的人物（為了論辯，假定這是可知的）具有多少類似，這是關於它的歷史價值的問題，是與它的藝術價值問題不同的問題，正像一幅畫像與坐著讓人畫的人有多少相似，是與它的藝術價值問題不同的問題，即使我們能夠回答前一問題，雖然我們不常有那種根據❸。要之，我相信雖然一件文藝作品的創境與真實的世界具有必然而不定的關係，它的藝術性與價值並不依賴它與真實世

---

⑨ 荷馬，希臘最早的敍事詩人，《伊里亞德》(Iliad) 與《奧德賽》(Odyssey) 的作者。其年代與生地，諸說紛紜，傳說中，是盲目的老人，吟遊四方。

⑩ 艾多尼斯，希臘神話中的美少年，愛與美的女神 Aphrodite 的戀人。

⑪ 聖‧喬治，英格蘭的守護聖徒，第 4 世紀初殉教於巴勒斯坦。傳說中以退治龍知名。嘉德勳章 (the Garter) 刻著他的形象。

⑫ 馬羅，英國戲劇作家。他的戲劇作品《帖木兒大帝》(Tamburlaine the Great)，於 1587 年上演。

⑬ 服爾泰，法國啟蒙期最大的文學家、哲學家。紀君祥的元曲《趙氏孤兒》於 1735 年由 Father Joseph Premare 譯成法文，服爾泰據此加以改編，在歐洲大受歡迎。

❸ 關於文學與現實之關係的進一步討論，以及稍有不同的見解，見林登博格 (Herbert Lindenberger) 的《歷史劇》(Historical Drama, Chicago, 1975) 一書，尤其是 pp. 1–29。

界相似的程度。

然而，殷格頓對文學的基本概念似乎不真是模仿觀，因為他說，在每一件文學作品中有一種「多少確定了的背景，它與表現出的對象，構成一個存在界 (ontic sphere)」 **㉛**。這個「存在界」似乎與王國維所說的「境界」以及我所說的「創境」(created world) 類似。而且，殷格頓盡力地指出：「表現出的對象」(represented objects) 所具有的「現實」的特性，不該「與真正存在的真實對象的存在特性 (ontic character) 視為同一」，而且「認為表現出的對象毫不具有現實的特性，或者認為它們帶有另一種存在樣式（亦即，理想的存在的樣式），那是顯然錯誤的」 **㉜**。在我看來，這似乎比沙特 (Jean-Paul Sartre, 1905–1980) 堅持審美對象之不真實性的主張 **㉝** 略勝一籌，因為雖然哈姆雷特 (Hamlet) 和奧非利亞 (Ophelia) 並非「真實的」人物⑭，他們並非「不真實的」——像夢和幻覺是不真實的那樣。這是我為什麼認為創境是現實的擴展，而不認為是非現實的緣故。

至於杜夫潤對文藝作品之境界的概念，確實不是模仿論的，因為他認為「作者全力以赴的不是描寫或模仿某一預先存在的世界，而是喚起他所再創造的世界」 **㉞**。而且，他認為審美對象的世界是由「代表的世界」(monde représenté) 與「表現

㉛ 見殷格頓，1973 年，p. 218。

㉜ 同上，p. 221。

㉝ 見沙特著，《想像作用的心理學》(*The Psychology of Imagination*, London, 1950) 一書。

⑭ 奧非利亞，莎士比亞的悲劇《哈姆雷特》中的女主人公，哈姆雷特的戀人。

㉞ 見杜夫潤，1967 年，p. 244（英譯，p. 186）。

的世界」(monde exprimé) 所構成的；後者是前者的靈魂，而前者是它的軀體。在說明這種審美對象的世界時，杜夫潤顯示出與某些中國批評家的相似性。第一，當他論及「境界氣氛」(atmosphére de monde)，那是「文字所不能翻譯但在喚起感覺中將本身傳達出來的某種特質」**❸❺**，他使人想起談到「氣象」（可譯為 "atmosphere"）的一些中國批評家。例如，姜夔（1155 左右–1221 左右）論到「大凡詩自有氣調、體面、血脈、韻度。」(In general, poetry must have its own atmosphere, countenance, veins, and tone.)**❸❻** 嚴羽提到「氣象」，認為是詩之法有五之一，且稱讚古詩「氣象混沌，難以句摘」**❸❼**。而王國維以「境界」一詞作為他的批評的主要術語，同時候也談到「氣象」**❸❽**。雖然他並沒有說明這兩者之間的關係，如果我們認為一首詩的「氣象」發自它的「境界」，而前者是表徵後者的一種難以描述的特質，這種推論似乎是合理的。進而，杜夫潤強調審美對象的世界中主觀的一面。他以為，審美對象是一個「擬似主體」(quasi subject)，而且它表現出個人的世界觀(Weltanschauung)，它「不是一種教義，而是所有的人都具有的生命的形而上要素。所有的人在個性中顯露出來的處世方式」**❸❾**。以有點類似的方式，有些中國批評家也強調感受性的個別模式 (personal mode)，而以一種不可名狀的韻味在詩中顯露出來。例如，姜夔說：「一家之語，自有一家之風味，如樂

---

❸❺　同上，p. 235（英譯，p. 178）。
❸❻　見《白石道人詩說》，《歷代詩話》所收，頁 1。
❸❼　見《滄浪詩話》，同上所收，頁 3，18–19。
❸❽　見《人間詞話》，頁 5，18–19。參看涂經詒英譯（臺北，1970 年），頁 7，19–20。
❸❾　見杜夫潤，1967 年，p. 235（英譯，p. 177）。

之二十四調，各有韻聲乃是歸宿處。」(The poetry of each master has its own flavor, just as each of the twenty-four modes of music has its own tone, which is where the music comes to rest.)❹ 王士禎引用這段話，主張神韻；我在別處已指出，它不僅包含對現實的妙悟，且含有個人的韻調❹。然而，我們應該注意到的是，感受性的這種個別模式或者藝術中的人格 (artistic persona)，是作品所內在具有的，不應該與創造作品的歷史上或經驗上的人物混為一談。或者，以雅克‧馬里頓 (Jacques Maritain, 1882–1973) 的術語來說，「創造的自我」(creative self) 不應該與「自我中心的自我」(self-centered ego) 混為一談❹。因此，當杜夫潤將審美對象的境界與作者的世界視為同一時❹，我們應該了解「作者的世界」是指他在作品中所創造的境界，而不是他實際的「生存世界」。將各個作品的境界與作者全部作品 (whole corpus) 的整個境界加以區別，似乎也是適當的；後者是他所創造的所有各個作品的所有境界的聚合。

關於創造活動的概念，雖然中國作家不像西洋作家那樣時常強調，我們在中國詩與批評中卻可以發現到這種概念的一些例子，詩人、批評家陸機 (261–303)，描寫創造的過程時，提出：

課虛無以責有，叩寂寞而求音。❹

---

❹ 見《白石道人詩說》，頁 4；劉著，1975 年所引，p. 45。
❹ 見劉著，1975 年，pp. 43–45。
❹ 見馬里頓著，《藝術與詩中的創造直覺》(*Creative Intuition in Art and Poetry*, New York, 1935) 一書，pp. 141–145。
❹ 見杜夫潤，1967 年，pp. 234, 256（英譯，pp. 177, 196）。
❹ 見〈文賦〉，《陸士衡集》所收 (《四部備要》)，頁 2；劉著，1975 年所引，pp. 72–73。

Tax non-being〔or emptiness〕to demand being, knock on silence to seek sound.

「鬼才」詩人李賀 (790–816)，在讚頌兩位文章鉅公時，寫下這有名的詩句：

> 筆補造化天無功。**⑤**
>
> Their pens supplement creation: Heaven can claim no credit.

批評家謝榛 (1495–1575) 響應陸機，寫道：

> 詩本乎情景。孤不自成；兩不相背。凡登高致思，則神交古人；窮乎邈邈，繫乎憂樂。此相因偶然，著形於絕迹，振響於無聲也。**⑥**

批評家葉燮 (1627–1703) 也闡明創造活動的概念：

> 當其有所觸而興起也，其意、其辭、其句劈空而起，皆自無而有，隨在取之於心；出而為情、為景、為事。**⑦**

關於 "World"（境界，世界）一詞，另有數點可加以澄清。第一，在我從前的著作中，我主要的關心在於中國詩，它大部分是非敘述的與非戲劇的，因此我用這個詞一般是指詩人內在經驗與外在現實的融合。然而，一如前面所指出的，我現在注意到作家本身的「生存世界」與他在作品中所創造的境界不是同一的，而兩者如不加以區別可能陷入「意圖說的謬誤」

---

⑤　〈高軒過〉，見《李長吉歌詩》（上海，1958 年），頁 154。

⑥　《四溟詩話》，見《歷代詩話續編》，卷 3，頁 2；劉著，1975 年所引，pp. 40–41。

⑦　〈原詩〉，〈內篇〉，見《清詩話》，頁 2。

(intentional fallacy) 的老套⑮。第二，雖然我試想將「境界」
的概念擴展到中國戲劇和小說❹，可是我還沒明白地敘述戲劇
或小說的境界與抒情詩的境界怎樣不同。在此加以說明也許是
適當的，即使區別可能看起來很顯然。戲劇或小說創作的境
界，首要地不是由敘述者的內在經驗與外在現實之融合所構
成，而是由想像中的人物、情況、事件、地點等等的綜合；其
次，是由所想像的人物的內在經驗，與想像中的「外在世界」
的融合，因為每一個人物可能都有他自己的「生存世界」，即
使是想像中的，它構成了在首要的創境中的次要創境。可能還
有其他的次要境界，像劇中劇的境界或故事中的故事的境界。
而在理論上，這個過程可以無限地繼續下去：例如，當小說中
的人物做了一個夢時，夢境也就成為第三層境界❹。

　　且再回到從作家的觀點來看文學的藝術功用：作家創造一
個想像境界的過程，是一個語言化 (verbalization) 的過程（或語
言性的具體化 (verbal incarnation)），它包含對作為藝術媒介之
語言的種種可能性的探索與一個獨特的字句結構的創造（獨特
的意義已經指出，亦即，與任何其他作品的字句結構並非同
一，而不是說具有獨特的語言特徵，正像每一個人是獨特的，
是說與其他任何人並非同一，而不是說具有獨特的生理上或精

---

⑮　「意圖說的謬誤」(intentional fallacy)：新批評家溫薩特與比爾茲利 (M.
　　C. Beardsley) 認為：理解詩的意義與判斷詩的價值時不能不知道詩人的
　　意圖，這種想法是一種謬誤，認為作品本身所具有的意義與作者在作品
　　中所意圖表現的意義，應該加以區別。

❹　見〈境界與語言：中國文學傳統〉(Worlds and Language: the Chinese Lit-
　　erary Tradition) 一文，收入湯恩比 (Arnold Toynbee) 所編，《半個世界：
　　中國和日本的歷史文化》(Half the World: The History and Culture of Chi-
　　na and Japan, London, 1973)。

❹　參看殷格頓，1973 年，p. 222。

神上的特質)。亦即這種過程,當成功地完成時,滿足了作家的創造衝動,且達到了對作家而言文學的藝術功用的第二個主要部分。這種創造衝動不同於任何有意的動機——社會的、政治的、道德的或金錢的——這些動機,作家可能具有,但是不能說明他對藝術媒介的選擇,而且無論如何時常是不存在的。然則,他為什麼要寫作呢?我同意杜夫潤,認為作家或藝術家並非只為了自我表現的欲望而創作;然而,我覺得杜夫潤認為自然要透過作家表達意義的想法太過於將自然擬人化 (anthropomorphic)。雖然在創作的行為之前,藝術家覺得似乎有些什麼東西要求產生出來,可是我想這只是一種朦朧的直覺,創造衝動的一種幽微的激動,而不是自然真的透過藝術發揮它的意志。人類想創造一些什麼,而且看見創造結果好時感到一種特別的滿足,這似乎是極其自然的。一個小孩不為了什麼而畫出了他認為最完美的圓圈時,感到與達芬奇 (Leonardo da Vinci) 完成「摩娜麗莎」(Mona Lisa) 時可能感到的那種滿足,儘管這兩個「作品」在質上不可相比。同樣地,只要一個作家滿意地創造了一件字句結構,這行為將滿足了他的創造衝動;這作品是否具有任何藝術價值,一部分在於它是否能使別人也感到同樣的滿足。這將使我們進而從讀者的觀點來考察文學的藝術功用。

一如已經提到的,一件文藝作品具有可能的存在而等待讀者加以實現(或者以殷格頓的術語來說,具體化 (concretization)),因此與其同麥克里希 (Archibald MacLeish, 1892–1982) 一樣,認為「一首詩不是該有意思,而是該是一首詩」(A poem should not mean, but be),也許我們應該說:「一首詩不是該是,而是該變成一首詩」(A poem should not be, but become)。從讀者的觀點看來,「變成」(becoming) 的過程,似乎

矛盾地是創造過程的相反，也是重複。就讀者從作品的字句結構中再創造境界而言，這過程是反語言化 (deverbalization)，那是語言化 (verbalization) 的相反過程；然而，就讀者追隨著構成字句結構的文字而言，讀是寫的一個近似的再演。我說「近似」，因為顯然地讀者的經驗不可能真正與作者的經驗完全一致，然而這兩者必然是類似的。正如杜威 (John Dewey, 1859-1952) 所說的：

> 如要感覺，觀者必須創造他自己的經驗。而他的創造必須包括與原作者所經過的相當的種種關係。它們不可能完全一樣。但在感覺者，正像在藝術家方面，一定具有全體要素的一個秩序，那是，在形式上，雖然不是在細節上，與作品的創造者自覺地經驗過的組織的過程一樣的。**❺⓿**

再創造作者所創造的境界時，讀者擴展了他本身的「生存世界」與他對現實的認知，如此，文學作品達成了對讀者的藝術功用的第一個主要部分。李克爾 (Paul Ricoeur) 似乎也表現出類似的看法，他說：

> 對於我們，境界是由文學作品所揭開的涉指 (references) 的全體。如此，我們談論關於希臘的「境界」，不再是指出那些人所生活過的是怎樣的情況，而是指出一些非固定的涉指，這些涉指在最初的情況消滅之後仍然存在，而且今後

---

❺⓿ 見杜威著，《做為經驗的藝術》(*Art as Experience*, New York, 1934)，p. 54。一部分引用見 Wolfgang Iser 的〈閱讀過程：現象學的研究法〉(The Reading Process: a Phenomenological Approach) 一文，*NLH*，第 3 卷第 2 期，冬季，1972 年，p. 293，在寫了以上各節之後，我無意中在史丹納 (George Steiner) 的《巴別之後》(*After Babel*, New York, 1975) 一書中，發現到對這一觀點的贊同，見 p. 26。

被提供為可能的生存方式，作為我們生存在這世上的象徵
的次元。對我而言，這是一切文學的涉指：不再是對話所
固定涉指的環境 (Umwelt)，而是我們所讀的、了解的、喜
愛的每一篇文學作品的非固定的涉指所投影的「世界」
(Welt)。了解一篇文學，是同時點亮我們自己的情況，或
者，可以說是，在我們的情況的敘述句中，加進使我們的
「環境」變成「境界」的一切意義。使「環境」進入「境
界」的這種擴大使我們能夠談論文學所展開的涉指 —— 涉
指展開境界，這麼說也許更適當。**㊶**

假如我對他的了解沒錯，他所談論的「世界」，是由我們
從我們所讀的、了解的、喜愛的一切文學作品中，再創造出來
的每個境界所構成的，而每個讀者從各個作品中所再創造的境
界，是由該作品中非固定的涉指所展開的可能性之實現的一個
例子。在此也許有必要提醒注意：「展開」(open up) 境界；這
兩個字的解釋不該太拘泥。一件作品只有對有能力積極反應的
讀者才「展開」，很明顯的，它不會對對作品的語言毫無所知
的人，或者對有能力但是漫不經心的讀者，展開任何境界的。
所謂「顯靈」(Epiphany) 只有有資格的人才看得見。

讀者所再創造的境界，不該被誤認為是作者的「生存世
界」，因為作品不再固定地涉指作者的實際情況或環境，而是
不固定地涉指可能存在的所有類似的情況。即使一篇作品含有
涉及實際人物、事件、地點、日期等的引涉（而中國文學尤其
充滿這種似乎固定的引涉），它並不能使為作品的創造提供機

㊶ 見李克爾，〈本文的模型〉(The Model of the Text) 一文，*NLH*，第 5 卷
第 1 期，秋季，1973 年，p. 96。

緣的實際情況再現。它所能做的是讓我們經驗一個與原來的情況相似的想像中的境界。文學不是能夠使過去復活的時間魔術機，不如說，它是一張魔毯，能夠將我們載到存在於時間外的境界。由於超越了作家在寫作時的實際情況，文學作品超脫時間而進入超時間的永恆 (timelessness)。

這不是說文學只處理具有普遍性的東西，而是說它透過特殊性顯示出普遍性，或者，採用赫思對「意思」(meaning) 與「意義」(significance) 所下的區別❺，它超越了它的局限意思 (local meaning) 而獲得了普遍的意義 (universal significance)。這是為什麼我在別處說：「一首詩的境界是主體的具體表現與個別化」❺的理由，也許也是為什麼一首詩能夠像溫薩特所描述的，成為一個「具體的普遍」(concrete universal)❺的理由。

正像讀者再創造一篇作品的經驗與作家創造它的經驗，是類似但不能視為相同一樣，讀者所再創造的境界與作家所創造的境界，也是類似但不能視為同一（或者，至少它不能夠被證明為同一）。這兩者相交的程度，由種種因素來決定（且不管作者在字句結構中表現境界時，獲得多大的成功這個問題）：讀者的語言能力，關於作家的文化世界的知識，與作家的氣質的同感，以及一個人的知覺力、想像力、理解力和內省的運用。一般而言，讀者的「生存世界」與作家的越是相交，再創造的境界也將越類似原來的創境；同時，每個人的「生存世界」植根於他的文化世界，但不是完全由文化世界所決定。

❺ 見費希，前引，pp. 7–9。此二術語之另一中譯，見前言 p. 8。
❺ 見劉著，《北宋大家詞》(*Major Lyricists of the Northern Sung*, Princeton, 1974)，p. 6。
❺ 見溫薩特，《文學的象型》(*The Verbal Icon*, Lexington, 1967)，pp. 69–83。

　　讓我們再進一步從讀者的觀點來考察文學的藝術功用的第二個主要部分。當我們閱讀一篇文學作品時，不論是朗讀或默念，我們不能不對自己說出特定的某些話，並追隨特定的某種程序。如此，在某一程度，我們是在重複作家將這些特定的話納入這一特定程序的經驗。（修改的可能性並不影響問題，因為在那種情形，我們可以被認為是在重複作家寫出最後定稿的經驗。）當我們讀完之後，假如那是一篇成功的作品，我們將會體會到這些正是適當的字句，在正是適當的程序裡，而這種體會將給我們一種滿足感，相當於作家在完成作品且認為不錯時的滿足感。這種滿足感，以及重複作家之創造經驗，是滿足讀者的創造衝動的原因。這種「滿足」(satisfaction) 的感覺，不一定與「快感」(pleasure) 一樣；即使一篇作品使我們震驚或恐怖，我們仍然「滿足」於作家運用了適當的文學「謀略」(strategy) 產生了所要的效果。而且，當我們因一篇文學作品而感到震驚或恐怖時，那種感覺與所描寫的事件似乎實際發生並不一樣：當格洛斯特 (Earl of Gloucester) 的眼睛被挖出來時，我們感到恐怖，但是我們並不想去阻止康沃爾 (Cornwall) 和理根 (Regan)，像要是真的發生，我們會去阻止一樣⑯。柯律治 (S. T. Coleridge, 1772–1834) 的「懷疑自願中止」(willing suspense of disbelief) 論⑰，在此有助於說明。

　　在閱讀時我們重複寫作的過程，這點甚至可以在最簡單的句子中證明是真的。當我們讀到「我覺得冷」這一句子，即使

---

⑯　格洛斯特，莎士比亞的悲劇《李爾王》(King Lear) 中的人物。因同情受到冷遇的李爾王，兩眼被康沃爾公挖出。

⑰　〈懷疑自願中止〉(Willing suspense of disbelief)，見《文學評傳》(Biographai Literaria, 1817) 第 14 章。

我們不讀出聲來（亦即我們在心裡說這句話），我們在重複著說這些字的說話行為，而不是只接受有人覺得冷這一「情報」(message)。假如閱讀只不過是傳譯情報的行為，假如，比方說，閱讀「我是否將你比為夏日」(Shall I compare thee to a summer's day) 這一詩句⑱，只不過是給我們一份情報，說莎士比亞在懷疑他是否應該將他的愛人（也許是 Lord Southampton?）比擬為夏日，到底這一情報對我們有什麼可能的興趣？在我看來，我們閱讀這一詩句，而且覺得有趣，是因為：第一，它使我們進入這首十四行詩的想像境界，而且經驗到說話者（不一定是作者）被想像為說出這句話時的心境；第二，它給與我們重複作者所安排的這些字，而且體會到這些字正是最適當的字安排以最適當的程序，那種滿足感。我不是說我們欣賞這一字句，純粹是為了聲調之美而與意義無關；相反地，我們的滿足一部分是由於聲調增強了意義這一事實。例如，長母音使我們念得慢，好像我們（當我們念時與說話者合而為一）想使時間的經過緩慢下來，而使這短暫的 "summer's day" 停留久一點兒。關於閱讀我剛才所說的，就我們對音樂甚至某些視覺藝術的經驗而言，也顯得是真的。觀賞中國書法與一些中國畫我們所獲得的滿足，我認為主要地不是由於線條與筆畫之間的空間關係，而是由於在我們心中重複藝術家運筆之動作的時間經驗。總之，我相信審美經驗是一種創造經驗的取代。讀情詩不是戀愛的代替，而是寫情詩的近似替代動作，正像觀賞一幅蘋果畫，不是吃蘋果或觀賞蘋果的代替，而是畫蘋果的近似替代動作。

---

⑱　「我是否將你比為夏日」(Shall I compare thee to a summer's day)，見莎士比亞「十四行詩」第 18 首。

　　在這裡，可以提出一個問題：一件文藝作品是否必須達成以上所討論的這兩部分的藝術功用？這個問題乍看之下可能提出一個難題，因為有的作品，尤其是小說與戲劇，投射出生動的境界，但是用簡單或者甚至粗拙的語言寫成的，而另有些作品，尤其是散論短文，似乎並不投射任何境界，而語言卻受稱讚。這個問題可以這麼加以解決：藝術功用的這兩部分事實上是互為因果的。假如一篇作品成功地投射出境界，這一事實證明作者成功地運用了作為藝術媒介的語言，而這將給與我們一種滿足感。相反地，假如一篇作品由於創造出字句結構而滿足了我們的創造衝動，這點本身亦即文字表現之現實的擴展，更何況事實上新的字句表現的創造，由於增加了向來不存在的現象，也是現實的擴展。例如，當韓愈 (768–824) 在他那篇反佛教與反道教的文章〈原道〉中說道：（孔子之）道「黃老於漢魏」，他不僅由於並用了黃（帝）和老（子）這兩個被認為道家創始者的名字，當做動詞意指「道家化」(Taoisize)，並且創造了一個新的現象，使某種東西「黃老」(Huang-Lao-ing something)❺，這是從來沒有過的。莎士比亞的 "it out-herods Herod"（比暴君更暴君）⑲，也是一個類似的例子，只是《哈姆雷特》(Hamlet) 並不需要這點作為文藝作品的資格。

　　即使如此，我承認，仍然有些作品並沒達到藝術功用的任何一部分，而一般仍認為是「文學」，像儒家經典中的某些作品以及其他中國哲學和歷史的某些作品。這些作品如果歸類於

❺　在英文裡我不能不使用語尾的變化 (inflections)，雖然語尾的變化在中文裡並不存在。

⑲　"it out-herods Herod"：其殘忍暴虐甚於猶太暴君 Herod，莎士比亞的造語，見《哈姆雷特》第 3 幕第 2 景。

更適當的一些類別，像「歷史」、「哲學」、「教育」，或「修辭學」，我們相信沒有任何理由會失去它們的地位。畢竟，現代的科學著作一般不認為是「文學」，可是人們似乎並不因此對這些著作較不敬畏。假如有些中國傳統著作，必須借重「文學」名義以保持人們的尊重，這可能是因為它們已失去了作為經典或歷史著作的權威。（西方的一個類似情況是「作為文學的聖經」，這在歐洲中世紀是不可想像的。）上面所說的這類著作，仍然可以它們所完成的任何非藝術的功用，像提供知識、勸說，和娛樂，而被閱讀和看重。認為一篇作品不是文藝作品，並不一定就是說它是無價值的，或者價值少於文藝作品。換句話說，我使用「文學」一詞，不是作為規範詞，而是作為敘述詞。

進而，我注意到文學理論應該足以概括不只是「好的」文學，而且是「壞的」文學。然而，壞文學與非文學之間的區別很難劃分，因為假如我們要將所有文學作品以優劣的次序一直安排下來，我們會最後達到零點，於是可能最壞的文學作品將無法與非文學作品辨別，正像任何顏色到了可能最淡的程度，將無法與無色區別。而且假如這種作品也沒達到任何非藝術的功用，那只能稱之為非作品或無。

在考察了文學的藝術功用之後，按理說，我們應該將注意力轉到文學的語言結構。然而，我並不打算對這點詳細加以討論，理由如下：第一，我們以上的討論事實上包括了一些結構上的考察，因為功用與結構的關係是互為因果的：是文學作品的語言結構使作品完成藝術的功用（以及它也能完成的任何非藝術的功用）；是藝術的功用（與它也能完成的任何非藝術的功用），決定它的語言結構，不論這功用是否作者自覺地意圖

的。第二,殷格頓對文藝作品之結構的說明,已如此詳盡,我無法希望再增加任何說明,或者在簡短的概要中給與正當的說明。然而,關於用語方面,我試想提出兩點,不是為了標示異議,而是為了避免可能從他對某些術語的使用中產生出來的任何誤會。

首先,殷格頓將文藝作品的結構敘述為層疊結構,含有四層:一層是語言的聲調形成;一層是意義的單位(或字句的意義);一層是表現出的對象(或者,由事態、意圖的字句關係所表現的對象),另一層是組織化的樣態(或者,這些對象在作品中呈現的樣態)。「層疊」(stratified) 這字眼給人的印象,可能令人誤以為文學作品的結構是靜態的 (static),當它事實上是動態的 (dynamic),因為這四「層」(我寧稱為「要素」)是同時互相作用的。殷格頓本人也曾討論到文學作品的時間次元,可是他的理論的這一面卻時常被忽視 ❺❻。我仍然認為「複調」(polyphonic) 這個詞是比「層疊」(stratified) 更好的描述詞;儘管我的一本書的書評家,認為它是「一個美妙的譬喻,但是就文學理論而言是相當無用的」❺❼,尤其像,一如上述,殷格頓本人的用法。

其次,在我看來,「表現出的對象」(represented objects) 和「組織化的樣態」(schematized aspects) 並不屬於作品的字句結構,而是屬於從這種結構中呈現出來的創境。誠然,殷格頓沒有特別說明他所描述的結構純粹是關於語言的,但是為了更加明瞭起見,最好也許是討論「創造出的對象」(相當於殷格

---

❺❻ 見譯者對殷格頓 1973 年一書的導論,p. 58,註 50。
❺❼ 見《西岸人文科學評論》(*Western Humanities Review*),1970 年 3 月,p. 355。

頓的「表現出的對象」) 以及它們作為語言外的 (supralinguistic) 要素所呈現的樣態,這些樣態是創境的構成要素,並不是語言結構的層次。

以上所提議的文學理論的大要暗示著: 一件文藝作品是指涉的,也是自我指涉的,是離心的也是向心的❸,是命意者 (signifiant) 也是被命意的 (signifié)。換句話說,一件文藝作品的字句結構,既超越它本身同時也將注意力引向它本身: 在超越它本身時,它現出創境,那是現實的擴展,而在將注意力引向它本身中,它滿足了作者與讀者的創造衝動。這個理論當然無意作為「文學是什麼?」這一問題的最後解答,只不過是一個有助發現的原則,而批評中國傳統文學的方法論可以奠基在這上面。假如別的批評家,不論關心的是中國文學或任何其他文學,發現它是適用的,這自然是莫大欣慰;假如,在另一方面,他們不以為然,因此而再檢討他們自己的假設,形成他們自己的理論,那麼我也做了一些有用的貢獻。

原 註

我對杜夫潤 (Mikel Dufrenne) 教授與赫伯特・林登博格 (Herbert Lindenberger) 教授看過這篇論文的早期原稿,表示感謝。後者提出重要的問題,其中有些我在這篇修訂稿中試加以回答。

史丹佛大學東亞研究中心補助打字費用,特此誌謝。

譯 註

本文曾經原作者潤飾,特此誌謝。原文發表於 *Journal of Chinese Philosophy*, Vol. 4, No. 1 (1977)。譯文係根據英文原稿。

---

❸ 關於這些術語,見傅萊的《批評的剖析》(*Anatomy of Criticism*, New York, 1970) 一書,尤其是 pp. 73–82。

道家美學・山水詩・海德格
——比較詩學札記兩則

葉維廉　著

一

　　赫洛德・布龍姆 (Harold Bloom) 在 1969 年的一篇文章裡說：「浪漫主義的自然詩……是一種反自然的詩，甚至在華茲華斯的詩裡，他所求取和自然的互相交往交談，也只在一些偶然的瞬刻中發生。」❶ 這段話必然使得不少愛好自然詩的讀者困惑，因為多少年來，他們一直認為華氏是英國自然詩的大師。說真的，數十年來，華氏常被比作陶潛，比作謝靈運。而他們被拿來相比也並非無因的，其一，他們以自然山水景物做他們詩中的主要素材；其二，他們美學的觀注集中在這些景物上；其三，他們都有「復歸自然」之說；其四，在某些結構上他們極其相似，譬如華氏謝氏之應用「遊覽」作為呈露景物的過程和手段。（謝氏的詩在《昭明文選》中先被類分為「遊覽詩」的。）我們甚至敢說，亞伯拉姆斯 (M. H. Abrams) 所描述的「浪漫抒情長詩」(Greater Romantic Lyric)，其中部分的應物程序可以應用到謝詩，兩種詩均以山水景物起，以情悟結。（但「浪漫抒情長詩」中間常有的「承受了一種悲劇的損失而作了某種道德的決定或解決了某種情感的困難」，則「幾乎」

---

❶　"The Internalization of Quest-Romance," 見 *Romanticism and Consciousness*, edited by Harold Bloom (New York, 1970), p. 9.

完全不會在謝詩出現。）❷

　　雖然兩種詩有以上的相類點，很多中西山水詩的比較研究結果都趨於表面化而不見落實。試細心從兩個文化根源的模子觀察，從它們二者在歷史中衍生態和美學結構活動兩方面的比較和對比，我們便會發現相當重要的根本歧異，不但在文類的概念上不同，在整個觀物應物表現的程序上都有特出的分別。中國詩人意識中「即物即真」所引發的「文類」的可能性及其應物表現的形式，幾乎是英國自然詩人無法緣接的。要了解自然山水詩發展的投射及弧線，我們必要從兩個傳統山水美感意識歷史的演變出發。

　　首先，我們必須了解，不是所有具有山水的描寫的便是山水詩。詩中的山水（或山水自然景物的應用）和山水詩是有別的。譬如荷馬史詩裡大幅山川的描寫，《詩經》中的〈溱洧〉，《楚辭》中的草木，賦中的〈上林〉，或羅馬帝國時期敘事詩中的大幅自然景物的排敘❸，都是用自然山水景物作為其他題

────────────

❷　見其 "Structure and Style in the Greater Romantic Lyric"，收入 Bloom 書，p. 201。

❸　譬如羅馬帝國時期的 Tiberianus 下面這首詩：「一條河流穿過田野，繞過騰空的山谷瀉下／在花樹參差點綴的發亮的石卵間微笑／深色的月桂在桃金孃的綠叢上拂動／依著微風的撫觸和細語輕輕的搖曳／下面是茸茸的綠草，披帶著一身的花朵／閃爍的百合在地上的番紅花泛紅／林中洋溢著紫羅蘭浮動的香氣／在春日這些獎賞中，在珠玉的花冠間／亮起眾香之后，最柔色的星／狄安妮的金焰，啊萬花無敵的玫瑰／凝露的樹木從欣欣的茵草中升起／遠近小川從山泉吟唱而下／岩穴的內層結著蘚苔和藤綠／柔柔的水流帶晶光的點滴滑動／在陰影裡每一隻鳥，悠揚動聽／高唱春之頌歌，低吟甜蜜的小調／碎嘴的河吟哦地和著簌簌的葉子／當輕快的西風把它們律動為歌／給那穿行過香氣和歌聲的灌木的遊人／雀鳥、河流、颸風、林木、花影帶來了神蕩」，從一個較廣的角度來說，這似乎應該稱為山水詩，但了解西方中世紀修辭學的歷史的，便知道這是由於當時的一種推理演繹的法則轉用到描寫自然的一種修辭的練

旨（歷史事件，人類活動行為）的背景；山水景物在這些詩中
只居次要的位置，是一種襯托的作用；就是說，它們還沒成為
美感觀照的主位對象。我們稱某一首詩為山水詩，是因為山水
解脫其襯托的次要的作用而成為詩中美學的主位對象，本樣自
存。是因為我們接受其作為物象之自然己然及自身具足。在中
國，這個觀物的態度是如何產生的？英美詩人有沒有發展同樣
的觀物態度？如果有，到什麼程度？其接受外物的程度（有條
件無條件的肯定其本然狀態）又如何影響詩人應物寫物（特別
是對山水）的程序？

禪宗《傳燈錄》有一相當出名的公案：

> 老僧三十年前參禪時，見山是山，見水是水，
> 及至後來親見知識，有箇入處，見山不是山，見水不是
> 水，
> 而今得箇體歇處，依然是見山只是山，見水只是水。

我們試以上面一段話代表我們感應或感悟外物的三個階
段，第一個「見山是山，見水是水」，可比作用稚心，素樸之
心或未進入認識論的哲學思維之前的無智的心去感應山水，稚
心素心不涉語（至少不涉刻意的知性的語言），故與自然萬物
共存而不洩於詩，若洩於詩，如初民之詩，萬物具體自然的呈
現，未有厚此薄彼之別。但，當我們刻意用語言來表達我們的
感應時，我們便進入了第二個階段：「見山不是山，見水不是
水」，由無智的素心進入認識論的哲學思維去感應山水，這個

習，是根據修辭法則去組合山水，而非由感情溶入山水的和諧以後的意
識出發，和下文所了解的山水詩有相當大的距離。

活動是慢慢離開新鮮直抒的山水而移入概念世界裡去尋求意義
和聯繫。第三個階段「依然是見山只是山，見水只是水」，可
以說是對自然現象「即物即真」的感悟，對山水自然自主的原
始存在作無條件的認可，這個信念同時要我們摒棄語言和心智
活動而歸回本樣的物象。照講，第一個階段（我們早已失去）
和第三個階段（我們或可再得）因為不涉語不涉心智（或摒棄
語言和心智活動）是不可能有詩的，無語不成詩。在這兩個階
段裡要求的是實際的歷驗而非表現。然而，在第三個感應方式
影響下的運思和表現和第二個感應方式影響下的運思和表現是
有著很微妙的差別的。為討論上的方便，我們可以用哲學上兩
個用語來分辨說明。一者為 Noesis，按照現象哲學家胡塞爾
(Edmund Husserl) 的說法，是我們看物 (Noema) 的種種方式。
我們可以直看一棵樹，想像一棵樹，夢想一棵樹，哲理化一棵
樹，但樹之為樹本身 (Noema) 不變。以上看樹的種種公式是
Noetic（知性、理性）的活動，屬於心智的行為，其成果或成
品是心智的成品，而非自然的成品，如果詩人從第二個階段出
發，所謂 Noetic 的活動，去呈露山水，他會經常設法說明、
澄清物我的關係及意義；如果我們從第三個階段出發，所謂
Noematic 的覺認，「物原如此」的意義和關係玲瓏透明，無需
說明，其呈露的方式會牽涉極少 Noetic 的活動。

　　茲先以中國後期山水詩人王維的〈鳥鳴澗〉（形成期的山
水詩下面會論到）和英國的華茲華斯 (William Wordsworth,
1770–1850) 的〈汀潭寺〉(Tintern Abbey) 作一粗略比較。王維
的詩很短，只 4 行：

　　　人閒桂花落

夜靜春山空
月出驚山鳥
時鳴春澗中

華氏的〈汀潭寺〉很長，162 行，我們先譯錄頭 22 行：

五年已經過去；五個夏天
五個長的冬季！我再次聽到
這些流水，自山泉瀉下
帶著柔和的內陸的潺潺，我再次
看到這些高矗巍峨的懸岩
在荒野隱幽的景色中感印
更深的隱幽的思想，而把
風景接連天空的寂靜
終於今日我再能夠休憩
在此黑梧桐下面，觀看
農舍的田地和菓園的叢樹
在這個季節裡，未熟的菓實
衣著一片的青綠，隱沒於
叢林矮樹間。我再次看到
這些樹籬，錯不成籬的，一線線
嬉戲的林子野放起來；這些牧場
一路綠到門前；圈圈縷煙
自樹木上靜靜的升起
若隱若現的不定，好比
浪游的過客在無房舍的林中
或好比隱士的岩穴，在爐火旁邊

隱士一個人獨坐著。

跟著的 140 行是詩人追記自然山水「這些美的形象」，「如何」給與他「甜蜜的感受」和寧靜的心境，「如何」在景物中感到崇高的思想融和著雄渾，智心和景物是「如何」活潑潑的交往，而他「如何」依歸自然事物，觀照自然事物，自然「如何」使他「最純潔的思想得以下錠」；自然是他整個道德存在和靈魂的「保姆、導師、家長」。

華氏在另一首長詩《序曲》(*The Prelude*) 裡曾說：

> 可見的景象
> 會不知不覺的進入他腦中
> 以其全然莊嚴的意象

但真正做到這句話的體現的是王維而不是華茲華斯。華氏詩中用的解說性、演繹性和「景象，會不知不覺的進入他腦中」的觀物理想相違。他全詩的四分之三，都在「說明」外物「如何」影響智心，或「說明」智心「如何」和外物交往感印，「如何」與自然互相補充。〈汀潭寺〉的頭 22 行，如果獨立存在的話，確近乎自然山水不經解說的呈露，其間甚至用了一種毫無條件的愛和信念、不假思索的語態去肯定景物的存在，景物的出現也有某程度的自然直抒：「這些」流水……「這些」懸岩……「這些」樹籬❹。在他承接景物的直抒時，甚至有近似王維的入神狀態，近乎道家之所謂「虛以待物」，華氏之所謂 Wise Passiveness ❺。但華氏之所謂 Wise Passiveness（保持

---

❹　Geoffrey Hartman, *The Unmediated Vision* (New York, 1966), p. 4.
❺　"Table Turned" 一詩。

一種聰悟的被動）這句名言，和同時提出的另一句重要的話
"We murder to dissect"（意是分解了便不得全，是謀殺）**❻**，
他的詩中始終未能實實在在的履行這兩句話的涵義，他亦未體
現華氏論者哈特曼 (Geoffrey Hartman) 所說的「認識與感悟已
化合為一」**❼**。事實上對華氏來說，自然山水本身不足以構成
他詩中的美學的主位對象。這一點，在他的詩《行旅》(*The
Excursion*) 的前言和長詩《序曲》中有明確的說明，他重複地
強調智心是意義的製作者和調停者。「無法賦給（意義）的智
心／將無法感應外物」**❽**。從這個角度出發的感物程序，其間
必然充溢演繹的進展和探索的思維的繁複性（筆者另有長文細
論）。在此，我們可以說王維和華氏的應物表達程序是相當的
不同。簡單的說，王維的詩，景物自然興發與演出，作者不以
主觀的情緒或知性的邏輯介入去擾亂眼前景物內在生命的生長
與變化的姿態；景物直現讀者目前，但華氏的詩中，景物的具
體性漸因作者介入的調停和辯解而喪失其直接性。

　　但這兩種觀物示物的方式，像其他的美學態度一樣，不是
隔夜生成的，我們必需從二者各自的傳統中探求它們衍生的歷
史。在此，我們應該問：

> 山水景物的物理存在，無需詩人注入情感和意義，便可以
> 表達它們自己嗎？山水景物能否以其原始的本樣，不牽涉
> 概念世界而直接的佔有我們？

---

❻　同前。

❼　Hartman, p. 23.

❽　亦見 Donald Wesling, *Wordsworth and the Adequacy of Landscape* (New
York, 1970).

這不僅是研究山水詩最中心的課題，而且是近代現象哲學裡
（如海德格）的中心課題。這一部分的討論，我有另文處理。
對於上面的問題，如果詩人的答案是肯定的，他必然設法把現
象中的景物從其表面上看似凌亂互不相關的存在中解放出來，
使它們原始的新鮮感和物性原原本本的呈現，讓它們「物各自
然」的共存於萬象中，詩人溶匯物象，作凝神的注視、認可、
接受甚至化入物象，使它們毫無阻礙地躍現。顯然，這一個運
思、表達的方式在中國後期山水詩中佔著極其核心的位置，如
王維、孟浩然、韋應物、柳宗元，雖然我們並不能說全部的中
國山水詩都做到這個純然的境界。但我們從下面幾句膾炙人口
的批評用語便可見其在中國思想與詩中的重要性，由莊子的
「道無所不在」，經晉宋間的「山水是道」（孫綽），到宋朝的
「目擊道存」（宋人襲用莊子而成的批評術語），及至理學家邵
雍由老子引發出來的「以物觀物」，無一不是中國傳統生活、
思想、藝術風範的反映❾。

二

像道家所主張的齊物論，海德格在其《形上學序論》(*An
Introduction to Metaphysics*) 裡，認為一切存在物之為存在物，
價值完全相等的，我們應該把它們平等看待，更沒有理由把所
有存在物之任何一體，包括人，拈出來給予特別崇高的位置。

老實說，人是什麼？試將地球置於無限黑暗的太空中，相
形之下，它只不過是空中的一顆小沙，在它與另一小沙之

---

❾ 見孫綽，〈遊天台山賦〉；「目擊道存」源出於莊子的〈田子方〉，宋人襲
用情形可見郭紹虞，《滄浪詩話校釋》（香港，1961 年），頁 29–34。

間存在著一哩以上的空無。而在這顆小沙上住著一群爬行者、惑亂的所謂靈性的動物，在一個偶然的機會裡發現了知識。在這萬萬年的時間之中，人的生命、其時間的延伸又算什麼？只不過是秒針的一個小小的移動。在其他無盡的存在物中，我們實在沒有理由拈出我們稱之為「人類」此一存在物而視作異乎尋常。(《形上學序論》, pp. 3-4)

人既是如此，人便不應被放在主宰世界的主位。事實上，人並沒有這個能力。存在物的整體並不受任何求索識辨的努力影響，不管我們問不問有關存在物的問題（概念的提出），「星球繼續依其軌跡移動，生命的汁液流過動物與植物」(p. 5)。「我們問題的提出只是一種心理和精神的過程，無論它向那一個路程推進，都不會改變存在物本身」，存在物將繼續保持原樣 (p. 29)。他主張回到語言文字發生前的事物，因為「只要我們黏著文字和它的涵義，我們便仍然無法接近物象本身」(p. 87)。用現象哲學大家胡塞爾和海德格 (Martin Heidegger) 二人的主要傳人梅露彭迪 (Maurice Merleau-Ponty) 的說法，是要回到「一切識辨反省發生之前原已存在的世界——那無法再疏離的『出現』」。事實上，當我們用「存在」二字去討論現實的時候，「存在」二字是空的，不真實的，不可捉摸的 (《形上學序論》, p. 35)。照海德格的意思，用「存在」二字是我們意欲識辨暫時的指標，當我們感認到那無法再疏離的原有存在本身時，「存在」二字便應劃去。（是「得意忘言」的相似說法。）

但正如海德格在別處曾提到的，西方人被囚困在他們語言特有的牢房裡。所以第一步還要打破有關宇宙存在的概念結構和這些概念主宰著的限指限義的語言程序和表式，使物象歸回

「未限指未限義的」原真狀態（p. 91）。在〈賀德齡與詩之本質〉一文裡，他特別指出詩人擁有最危險但也是最珍貴的語言。最危險，是因為他把原真事物疏離；最珍貴，如能脫離概念的假象，它可以把原真的事物重現。

海德格首先通過語根的追尋，企圖重認柏拉圖 (Plato) 和亞里斯多德 (Aristotle) 之前（即所謂蘇格拉底 (Socrate) 時代以前）某些基本印象的涵義：

(一) Physis（現代「物理」Physics 的來源）—— 原指「自身開放（如花的開放）的湧現」……如日之昇，海潮之推動，草木之生長，人與動物自母體之出現……這種湧現和持續的力量包括其未動時之「存在事實」與動變時之「生成過程」。…… ta physei onta, ta physika：存在的領域……是通過最直接使我們注意的方法去印驗。（按：梅露彭迪在這個層次上特別強調視覺的重要。）…… meta ta physika ……是追索存在物以外所謂超越視境的學問……（形上學真義不是超越 (physis)，而是「存在物本身的呈露」。）(pp. 14–18)

(二) 所謂 alitheia（「真理」）是指事物由隱到顯的現出而自成世界的現象。(p. 61)

(三) 所謂 idea（觀念、理念）的原字 eidos，不是抽象的東西，而是物象的貌。(p. 60)

海德格這番重新認識了解的原有根據地的作法，把西方概念的累贅欲一掃而清。這個作法使我們想起郭象為老子莊子某些一度被人疑誤的名詞重新解釋，為六朝以後打開一個美學的新局面的情形很相似。老莊對真世界的看法原已很通明，自然沒有

西方概念的累贅，本亦無需作任何重新說明的必要。但由於語言經過時間的污染，有幾個用語言引起異於老莊原意的猜測，如「道」、「天」、「神人」諸語，究竟有沒有形而上的涵義。「道」所指萬物自然自動自化自真，當然沒有形而上的涵義，但在「常道」與「非常道」之間有時不免令人猶疑。但郭象的注直截了當的一口咬定了「上知造物無物，下知有物自造」（《莊子集釋》序）；又說：「無既無矣，則不能生有，有之未生，又不能為生，然則生生者誰哉，塊然自生耳。」（《莊》，頁50）這個肯定使中國的運思與表達心態，完全不為形而上的問題所困惑，所以能物物無礙、事事無礙的任物自由湧現。郭象又說，「天，萬物的總名」（頁20、50），「聖人」，「物得性之名耳」（頁22），「神人」，「今之聖人也」（頁28）。把環繞著這幾個名詞的神秘氣氛一掃而清。

　　要消除玄學的累贅、概念的累贅也可以說是海德格哲學最用力的地方。像道家的返璞歸真，海德格對原真事物的重認，使得美學有了一個新的開始。詩人可以不沉迷於「真」的「概念」和「假設」，而與原真的事物直接地交通。所以他在《詩、語言與思想》(*Poetry, Language, Thought*) 一書裡說：

> 去「思想存在」的意思是：對「存在」出現在我們之前的魅力的應和。這應和源自這魅力同時歸回這魅力。
> 詩……呼喚事物，叫它們來……呼喚是一種邀請。請物進來，好讓它們向人們見證它們是物之為物……物如此被喚被命名後共同聚向天地人神……聚、集、群存是物物之生……物物之生成我們稱之為世界。……物物之生而展開世界，展開世界而物以得存……物物之生而完成世界……物

> 物之生，物完成物之為物。物物之生，物展姿 —— 形態
> —— 成世界。(pp. 199–200)

海德格認為物我之間，物物之間是一種互照狀態（p. 179），是一種相交相參（p. 202），既合（諧和親切）仍分（獨立為物）（p. 202），主客可以易位。

由於肯定了原真事物為我們感應的主位，反對以人知去駕馭天然，我們發現海德格幾乎和道家說著同一語言，尤其是後期的海德格。海德格所採取的方式顯然是不一樣的。道家用的幾乎是詩的語言，往往用詩的意象，用事件直攻我們的感官；海德格則要費很多語言去解困 (de-sophistication)，譬如「何謂物?」便是厚厚一卷，反覆把先人虛造的架構用哲學的邏輯慢慢拆除。這完全是因為，在柏拉圖和他之間橫亙著二十三世紀的詭奇縛繭的關係。

現象學的時間觀與中國山水詩

王建元　著

　　中國傳統山水詩的研究方興未艾，成果豐碩。其中主要課題有中國山水詩的起源、演化、內在結構、文化背景的研討；從比較文學觀點看它的美感型態；乃至引用近代西方文學理論的語言學、結構主義和記號學等探討山水詩中的其他問題❶。另一方面，兩個較為哲理性的範疇——「空間」與「時間」——也頗受中國學者的關注❷。可惜的是，這些討論只廣泛地引用中國古詩而並不專以山水詩為主要題材。它們從比較的角度出發，檢視中國傳統詩人對空間和時間的態度，以及整理在詩中用以表達這兩者及其相互關係的種種意象。筆者認為，山水詩的研究與探討空間與時間的努力極為相得益彰。因為，山水詩應是一種表達「空間經驗」的藝術形式，其歌詠對象是自然景物；詩人大都親身登山涉水，從而自經歷中獲致某種美感經驗。至於這種「空間經驗」怎樣與「時間」產生關係，便正是本文的主旨所在。誠然，研究中國山水詩而集中焦點在空間和時間上，等於將討論觸角伸入了這個藝術型態的深層，直探

---

❶　例如林文月的《山水與古典》，葉維廉的《飲之太和》，王國瓔散刊在《中外文學》85–109 期的山水詩研究都是比較完整的專論。

❷　見 James Liu, "Time, Space, and Self in Chinese Poetry," *Chinese Literature: Essays, Articles, Reviews*, Vol. 1, No. 2, 1979, 137–156. 黃居仁的〈時間如流水——由古典詩歌中的時間用語談到中國人的時間觀〉，《中外文學》，107 期，頁 70–88。

其支持形成美感經驗的本體論與知識論。在這方面，晚近西方現象學對時間範疇的特為強調，其研究成果適為我們提示了一個嶄新的方向。尤其是海德格 (Martin Heidegger) 及梅露彭迪 (Maurice Merleau-Ponty) 之以時間為探討「存有」的基源指標和經驗中「所有結構的結構」(structure of all structures) 的立論，實實在在替我們開闢了一個前所未有的觀察角度，頓然使我們能進一步解決一些處理中國山水詩時所遭遇到的根本問題。其結果也正是以下本文所企望證實的一個發現：中國山水詩的空間歷程，其藝術形式為一獨特的「時間化」(temporalization) 的程序，藉此「時間化」的程序，詩人獲得其知識論與本體論的根據，從而臻致一種超越性的 (transcendental) 美感經驗。

在論及西方，特別是英國浪漫派的山水自然詩時，學者往往發現其中的所謂「形而上的焦慮」(metaphysical agony)。詩人大多因不能獲得廣大茫邈的空間之全部內涵而引起某種震撼或凜悸。但最後美感經驗之得以形成，卻有賴康德 (Immanuel Kant) 的形而上超越哲學系統的支持。其主要過程為一個以主體性所具備的理念 (reason) 或是柯律治 (S. T. Coleridge) 或華茲華斯 (William Wordsworth) 所慣用的想像力 (imagination)，將受到震慄的經驗拯救過來，以內在「綜悟」(comprehension) 能力來壓倒外在視覺的「領悟」(apprehension) 之不足，進而從其中拓展一個高超的飛揚境界 ❸。反觀中國詩人在面對「雄雄赫赫」的浩瀚空間時，卻不曾在詩中表現類似的經驗。充其

---

❸ 請參看筆者的〈雄偉乎？崇高乎？雄渾乎？〉，收入於張錯、陳鵬翔編，《文學・史學・哲學——施友忠先生八十壽辰紀念論文集》（臺北：時報出版公司，1982 年），頁 167–200。

量，中國山水詩人會因人生短暫宇宙長存而流露出一種無可奈何的傷感。例如羊祜就曾喟息：

> 自有宇宙便有此山，由來賢達勝士登此望遠如我與卿者多矣，皆湮滅無聞，使人悲傷。如百歲後有知，魂魄猶應登此也❹。

當然，羊祜若真「百歲後有知」，當亦應從悲傷轉為歡慰，因為宋歐陽修在其〈峴山亭記〉就肯定了羊祜「獨不知茲山待己而名著也」此一事實❺。但重要的是羊祜這例子代表了中國詩人處身於大自然的一個基本態度。那就是：他們並不像西方詩人一樣從這個空間經驗中產生人究竟能否將眼前景物完全納入一個綜悟的疑問，而只是在欣賞視野的擴展之餘，最多感歎人生之瞬息而山水之無窮。而陳子昂的名句：「念天地之悠悠，獨愴然而涕下」便是我們最熟識的典例了。

筆者認為從「天地」而立即轉入「悠悠」是中國山水詩人的一個最基本、最自然的情操表現。這是一個用時間觀念為詮釋空間經驗的指標。當然，時間與空間同為人類用以體認自身與這世界的關係之最根源的範疇，它們同時是人類存在或生命的原始意識、與切身利害牢不可分。因此，中國山水詩人由於傳統哲學文化中並沒有純粹西方的形上架構的支持，而只在時間與空間兩者相互交替的關係中表現其反應或美感，便是一種極為自然的結果。然而我們一樣可以從影響中國山水詩至鉅的道家哲學中，找出這種特殊表現形式的根據。從老子的「天長

---

❹　本段錄自 J. D. Frodsham, "The Origins of Chinese Nature Poetry," *Asia Major* VIII (1960), p. 75.

❺　《古文評註》第二冊（香港：廣志），頁 19–20。

地久」到莊子的「有實而無平處者，宇也；有長而無本剽者，宙也」，都說明道家的「時空融貫觀」❻。至於詩作實例，我們可以先舉李賀的〈古悠悠行〉❼：

> 白景歸西山，碧華上迢迢
> 今古何處盡，千歲隨風飄
> 海沙變成石，魚沫吹秦橋
> 空光遠流浪，銅柱從年消

這裡我們得對上文所謂空間經驗的「時間化」加以更詳盡的界定：當詩人登山遠眺，面對擴張延伸的浩瀚空間時，他在其詩作中所表現的，往往是從詠歎大自然的「雄偉」美感之餘，企望自這磅礡的宇宙與本身生存的關係中獲取最深、最完整的了解。而這個與數不盡的外界 (the numerous other) 建立起一個「最高點的平衡」(maximum balance)，或直接對「它」作一「最接近的知識論上的說明」(proximal epistemic articulation) 的努力，卻極其明晰地表現於一個用時間範疇來詮釋空間意義的運作。這是說詩人將其空間經驗視為一個「情況」(situation)，其基本結構深植於時間之中。這種將重心從空間轉移到時間，在詩作中大致有兩種現象：其一是具體時間意象的直接呈現，其二是時間意象退隱為詩中一種內在的時間性，是一種蘊藏在詩人的「意旨」(intentionality)，甚至身體行動 (bodily motility) 的綜合時間性。

---

❻ 見王煜，《老莊思想論集》(臺北：聯經出版公司，1979 年)，頁 102。
❼ 本文中魏晉詩歌皆引自《全漢三國晉南北朝詩》，本丁福保編，《全晉詩》及《全三國詩》(臺北：藝文印書館，1975 年影印本)。唐詩則引自《唐詩三百首詳析》(香港：中華書局，1973 年重版)。

　　以上引用了一堆加上英文的用語，是因為它們在海德格與梅露彭迪的現象學中是含有深意的特用術語。泛觀以康德時代為中心的西方本體——神學——邏輯傳統 (Onto-theological tradition)，因強調在「形體以上」的重要性而成為一個空間論述的形式。因為它的最終理想為一個從形下掙扎而提昇的純理念。換言之，它的作用是從局限於時間之中的形體物質世界解放出來，達致精神上的遞升，進入無時間性（例如慣用的永恆、不朽）的「超越」境界。故此，在文學批評的層面上，這個傳統可以被形容為將一切時間空間化 (to spatialize temporality) ❽。例如黑格爾 (Georg Wilhelm Friedrich Hegel) 的重要觀念「提昇辯證論」(dialectic of "Aufhebung")，亦同樣地「企圖從這世界的範圍逃出，以一種遠離其解釋對象的物質或情況的解釋觀點達到了解，客觀地與抽象地聲稱在歷史的盡頭察看它的運作」❾。其實，西方這個以邏輯為主的形而上神話製造了主客二分的世界，其中主體佔據著一個超離時間、游移在虛無飄渺中的特權地位。這正是海德格所謂「西方人對墮落的時間短暫性的報復精神」❿。

　　被稱為「20 世紀的一個不屈服於超離歷史之誘惑的哲學家和文學批評家」的海德格 ⓫，確實畢盡一生的努力，從事

❽　William V. Spanos, "Martin Heidegger and the Question of Literature: A Preface," *Martin Heidegger and the Question of Literature: Toward A Postmodern Literary Hermeneutics* (Bloomington and London: Indiana Univ. Press, 1976), p. xi.

❾　Paul A. Bové, *Destructive Poetics: Heidegger and Modern American Poetry* (New York: Columbia Univ. Press, 1980), p. 74.

❿　"Who Is Nietzsche's Zarathustra?" in *The New Nietzsche? Contemporary Styles of Interpretation*, ed. David Allison (New York: Dell, 1977), p. 73.

⓫　Frank Lentricchia, *After the New Criticism* (Chicago: Univ. of Chicago Press,

「破壞」上述這個形而上的虛幻假設。他的方法是集中注意在時間這範疇上，認為對「存有」(Dasein) 的深確認識只能從它在時間上的伸延順序入手❷。因為「存有」是一種了解「存在世界之中」(Being-in-the-world) 的恆久不息的演化活動。海氏反對傳統的形上學將生存與了解生存劃而為二、先經後驗的態度，因為「存有」聯串的意圖行動不止處於時間之中，它根本就是時間本身。在他的《存有與時間》(Being and Time) 第二部分 (Dasein and Temporality) 中，海氏分析了時間的基原性，指出時間是接觸「存有」核心，體認它一切的可能性、整體性及真確性的最基本結構❸。從中海氏演繹出過去與現在相互連鎖和不斷自我脫離的現象：

> 唯有「現今存在的存有」(Dasein is) 亦為一「曾經─現今的我」(Earn-as-having-been)，它才能以一回歸的姿態而又未來地迎向自身。本著這真純的未來性，存有的現今存在亦是其曾經存在。一個人對自身的極變能力的預期即是了然地回到自己極度的「曾經」(been)。唯有它具有未來性，存有才能真正地「存在」(be) 曾經之中。「曾經存在」的特性在某種情況下是由將來所締造的❹。

通過預期 (Vorlaufen) 未來事物（其終極當然是死亡），存

1980), p. 81.

❷ 為方便，本文中 Dasein 譯作「存有」，Being 譯作「存在」。沈清松則將 Being 作「存有」，將 Dasein 作「限有」，見〈現象學與解釋學之比較〉，《哲學與文化》月刊，第 4 卷，9 期，頁 11–20。

❸ *Being and Time*, trans. John Macquarrie and Edward Robinson (New York: Harper & Row, 1962), p. 276.

❹ Ibid., p. 373.

在才返回它的曾經存在之中，才涉入或置身一種「使成現在」(presentation, Gegenwartigen or making present)。因此，人要領悟事物，等於要投射出自己存在的一切可能性，亦即是以一個時間的結構揭露存有的「存在的能力」(ability-to-be)❶。這等等都旨在說明知識與人的「有限」同出一源，確定了因為是「有限」及牢牢落實在時間之中，知識才變得可能❶。

海德格將一個「詮釋情況」(hermeneutic situation) 牢牢地繫於時間的「情況性」(situatedness)，的確可以幫助我們解釋上文羊祜的嘘歎。從現象學的觀念看，因為他很自然地將自己與赫壯的自然世界之關係置諸時間的向度中，羊祜的單純感受便反映出存在的「事實性」(facticity) 或「被拋入性」(thrownness)。在這裡我們或可引用海氏的時間結構中過去、現在、未來的相互超越及連鎖關係來檢視羊祜和歐陽修的態度。海氏指出真純的現在必須處於回顧自身「極然的曾經存在」而又同時在預期以死亡為終極的將來之中。而羊歐二者同樣落實在一個真純的時間——不局限於現今事物的時間——的範疇內。換言之，我們看不到羊歐因面臨廣漠無涯的空間而滯留在形上且超離時間的「空間指涉」(referentiality of space)；相反地，一開始他們就將空間意義轉入「歷史性的有限」(finite historicity) 作為他們決定性的詮釋角度。再之，羊歐之間的關係也可以替海氏的「曾經存在的特性在某種情況下由將來所締造」下一注腳。這個情形與包赫時 (Louis Borges) 所提出的名言：「每一個作家創造了他的先驅者」("Every writer creates his

---

❶ Ibid., p. 374.

❶ *Kant and the Problem of Metaphysics*, trans. S. Churchill (Bloomington and London: Indiana Univ. Press, 1962), p. 197, 201–204.

own precursors") 大致相若 ❼。在峴山上的歐陽修之存在無可避免地是結合了前人羊祜的存在；而同樣地，傷喟中的羊祜之存在（至少一部分）也只能建立於後人歐陽修之中。換言之，沒有羊祜當然沒有歐陽修那句話；但沒有歐陽修這回顧「曾經存在」，也不能有這未來式和我們現今心目中的羊祜。

以上我將羊祜和歐陽修極為單純的態度與海德格的時間哲學排列並置，可能會被反對為過分附會。但至少我們可以他們強調時間意義的基本立場為出發點，繼續作進一步的探討。現在就讓我們看一首比較典型的中國山水詩 —— 湛方生的〈帆入南湖〉：

> 彭蠡紀三江，盧岳主眾阜
>
> 白沙淨川路，青松蔚巖首
>
> 此木何時流，此山何時有
>
> 人運互推遷，茲器獨長久
>
> 悠悠宇宙中，古今迭先後

詩人眺望亙古遼闊的山水景物，回顧人運之恆常轉變，隨而詩人將詩心推入哲理性或詮釋性的冥想。但很明顯地，我們看不見西方傳統的形而上的激烈悲憤，只有情緒比較平和的對天地真理的質疑。我們可以從海德格在《形上學序論》(*An Introduction to Metaphysics*) 一書中所提出的「詰問行動」(act of questioning) 來肯定湛方生在詩中質疑的重要性。海氏指出詰問這行動本身是通往存在對事物開放的根本之道。一個真純的

---

❼ Quoted by André Maurois in his Preface to Borges' *Labyrinths: Selected Stories and Other Writings*, ed. Donald A. Yates and James E. Irby (New York: New Directions, 1962), p. xi.

疑問不止指向人生「正存在這世界」的特性，它更是基原的歷史本身。因為「人一定要通過詰問而成為一個歷史存在，才能建立自己」；而「自我」要求「存在在開放自己時邁入歷史，把自己帶入並穩立其中」 ❸。從詮釋的角度，龐馬 (Richard Palmer) 也貼切地重述這個特採時間為指標的質疑在詮釋情況中之可能性：

> 一個人的「正存在這世界中」之真諦，正是詮釋過程中的提出詰問。正是一種以其時間形式達致將隱藏在內的存在揭出，使成具體而歷史的事實之一種疑問行動。通過詰問，存在乃變成歷史 ❹。

就是這樣，湛方生將質問落實在一個時序向度，使其能全然地置於人生存有之所在，緊緊聯繫著循環運行之大化，所謂「與時俱進」。而「與時俱進」這觀念，卻又使我們不能不更進一步回顧中國傳統的時間觀。首先，陳世驤教授就曾指出，中國傳統直到道家學說中，時間才開始建立起它的抽象性和客觀性。因此，在《詩經》中的「時」應被訓作「是」、「它」、或「那個」；而《尚書》中的「時」亦只指「季節」或「季節適宜的」或「得天時」。陳氏認為，「時」一直到《莊子》，我們才看到它具有完整的指「時間」之抽象和觀念性的意義 ❺。

❸　*An Introduction to Metaphysics*, trans. Ralph Manheim (New Haven and London: Yale Univ. Press, 1977), pp. 29–30, 143.

❹　*Hermeneutics* (Evanston: Northwestern Univ. Press, 1969), p. 150.

❺　"The Genesis of Poetic Time: The Greatness of Chu Yuan, Studied with a New Critical Approach," *Tsing Hua Journal of Chinese Studies*, New Series X(June 1973), 1–43. 由古添洪譯為中文：〈論時：屈賦發微〉，收入葉維廉編，《中國古典文學比較研究》（臺北：黎明文化出版公司，1977年），頁 47–108。

上文曾提過「宇宙」二字在《莊子》為涵蓋天地萬物的表徵；而《莊子》的「時無止」（〈秋水〉），「日夜相代乎前，而知不能規乎其始也」，「日夜無卻」（〈德充符〉）等等❹，都確定了時間的綿延正指明人生的瞬息，故「人之所知，不若其所不知；其生之時，不若未生之時」。而又因為「時無止」，故也能與「道」等量齊觀，所謂「道無終始」（〈秋水〉）。但「道」最終還是超越時間，它「先天地生而不為久，長於上古而不為老」（〈大宗師〉）。然而，我們得注意，就算是「道」這在所有事物之外的特性還只能引用時間來標識，這正等於說「永恆」或「不朽」也不可免地用上時間範疇來表達其意義，也都只是一種「超越喻詞」罷了。

另一方面，《莊子》的「時」卻又是標明人與生俱來之不完整性的基本向度。人與時常被並置：「命不可變，時不可止」（〈天運〉）；而因為人的命運與時間之密不可分，故「與時俱化」（〈山水〉）便是最臻理想的做人態度。再之，時又與「順」合併為「安時而處順，哀樂不能入也」（〈大宗師〉）。的確，道家哲學的時間特徵應該是它雖然已被發展成一抽象觀念，但同時卻一直未與原本的「實在經驗」(lived experience)脫離，並沒有擺脫它的古遠的具體意義——「是」或「安時」——的特性。不同的只是，它已經具備了一個比較複雜的身分，變成了在人的極限與天道的不可思議無窮無盡之間的一種中介作用。換言之，時間製造了一個緩衝地帶，使在時間未傳之內的人生存在與客體萬象之長存得以建立協調而共處的關係。然而，此一開放地帶的另一特點卻又同時從知識論觀點承受並接納其自身的拘限性，故有「計人之所知，不若其所不

---

❹　引文用錢穆的《莊子纂箋》（香港：東南，1951 年）。

知；其生之時，不若未生之時」(〈秋水〉) 之說。總而言之，
既因為時間能同時置身於有限與無窮這兩個生存領域之中而存
在，它便成為唯一使這兩者互相指涉的橋樑。《莊子》的「天
與地無窮，人死者有時，操有時之具，而託於無窮之間」(〈盜
跖〉) 便闡明時間這一特性。因為「是接而時生於心者也」，又
因為萬物得賴其予以存在，故所謂「才全」的人便應「與物為
春」(〈德充符〉)。而陳世驤教授也曾指出:「對莊子來說，這
種時間只能被一個了悟到完美本質的雄渾而超越的心靈所洞
察。」❷

　　回看湛方生的詩，我們應能更進一步了解它的空間經驗時
間化的運作。就中它以質問方式轉入時間意義的作法，首先以
時間辭藻鉤勒出空間的雄偉神秀，然後，詩的後半部亦轉入了
一個時間漩渦的冥思，一方面將詩人的存在牢牢繫於其自身的
歷史性之內，而另一方面又基於一切知識都被規劃在最後的
「不確定性」(indeterminacy) 之深切體認，重新確定人生命運
在時間領域內之多變性。詩人將自身的被拋入性放置 (place
his thrownness) 於造化所及之內，從而成功地與挺拔俊秀的自
然世界建立一種比先前更具意義的關係。這是將詩人自身存在
融入自然雄偉的一部分之運作，此所謂「與天地合其德」。這
也是我在其他地方所強調的「固有之內的超越」(transcendence
in immanence) ❸。這一切都有賴於時間的基本結構，因為唯有
它才使詩人得以以自身之有限觸及和融合於無窮大化的宇宙整
體。就中詩人在環環相生無窮無盡的「先」與「後」中覓得自
己的最真確純然的存在。

❷　"The Genesis of Poetic Time," 21.
❸　見〈雄偉乎? 崇高乎? 雄渾乎?〉。

「時間化」的運用可以在中國山水詩中以另一面貌出現。那就是以本質上伸延指涉時間的種種自然具體意象，代替了上述在湛方生詩中直接提出的時間抽象觀念。鮑照的〈登廬山〉便是一個佳例：

懸裝亂水曲，薄旅次山楹
千巖盛阻積，萬壑勢迴縈
巃嵸高昔貌，紛亂襲前名
洞澗窺地脈，聳樹隱天經
松磴上迷密，雲竇下縱橫
陰冰實夏結，炎樹信冬榮
嘈囋晨鵾思，叫嘯夜猿清
深崖伏化迹，穹岫閟長靈
乘此樂山性，重以遠遊情
方躋羽人途，永與煙霧并

這詩之突出處，當然是它對巍峨聳峙的山水施以動態而戲劇性的披露手法。它渾成地揉合了詩人的感覺，空間與時間的觀照以及反省等等經驗。這種種經驗一方面能單獨自我呈現，但同時又組合成一個鉤勒詩人「永與煙霧并」此一最終理想的整體。而其中各個建構元素最主要的是一組時間意象的併發。為了要捕捉眼前景物的「巃嵸」，詩人很自然地捲入了「高昔貌」的歷史漩渦，此又所謂「中古之上，千載之下」的中國固有情操。然後，又為了描寫遷移多變的空間，詩人又得用上暗藏時間性的「陰冰實夏結，炎樹信冬榮」這些對立但又相互指涉的意象。陰冰的「夏結」與炎樹的「冬榮」，不只透澈地道出大自然的豐富多面性——所謂窮四時之變——它們更能從詩

人的單一視覺行動伸延出去，使詩人得以進入最接近全面的
「綜觀」經驗。詩人像是說：在這裡，我差不多可以極目天
地，將這山谷中全年的各種遷化現象盡收眼底❷。從整首詩
看，我們可以發現詩人怎樣將一個「目前」（現在）的視野擴
展，串聯起詩前段的滄然懷古與後段的永託山水，達致一種以
時間為標注的「眇然心綿邈」之境界。這境界也就是海德格
的：留著「曾經」而趨向「未至」、從而使存在能徹底了解自
身的一切真確可能性之現在，才是「真純的現在」(authentic
present)。

其實，以上對鮑照詩的分析實已進入了我們探討的第二階
段。因為我們的注意力已經從直接在詩中出現抽象時間觀念轉
移到隱藏在自然意象後面的時序性。然後我們指出，詩人「企
圖」將一個「目覽」的單一活動伸延到一個多面性的視覺
(perception) 之極致。以下本文將討論現在中國山水詩中的一
種內在的「時間綜合」(temporal synthesis)。它的形成可說是
詩人本身視野角度的移動，使詩人在「遊目騁懷」中契入時間
的內在律動，最後贏取一種雖不能涵括殆盡但卻得以極度描繪
(maximum articulation) 造化萬象的能力。為了討論方便，我們
的分析將集中於王之渙的〈登鸛鵲樓〉一詩：

> 白日依山盡
> 黃河入海流
> 欲窮千里目
> 更上一層樓

---

❷ 孔稚珪的〈遊太平山〉有差不多的結構：「石險天貌分，林交日容缺，
陰澗落春榮，寒巖留夏雪。」

　　因這詩本身的主題無疑是詩人在面對著廣闊伸延的空間時光之以視覺的瀏覽；然後詩人又因企圖擴展其視覺角度——用我們的語彙就是企圖對「不可盡知盡取的它性」(the inexhaustible otherness) 的一種最接近完整的綜悟 (proximal comprehension) ——終而極明顯地表現出一種對連綿延伸的空間之時間化。這種時間化是循序漸進的運作。首句寫白日漸將消逝，其情景已經暗合在時間中的動態。黃河在二句中的不停奔流入海卻又是用藏在「流」的時間動作描繪空間之無邊無際。當然，這種表現方式在中國近體詩中頗為常見，如李白的「孤帆遠影碧空盡，唯見長江天際流」便是很好的例子。在這階段，使我們更感興趣的是詩中後半而又是主題所在的另一個時間化行動：對詩人來說，走上一層樓是詩人能夠儘量將面前宏壯的景色收入眼簾的唯一途徑或作法。從知識論角度看，這行動反映出詩人對肉眼所至的能力之信任，而這是直覺未經反省或觀念化的信任。我深覺中國山水詩人這個極特殊的態度可以用現象學對「知覺」的研究來深入詮釋。梅露彭迪也曾說過：「在原則上我所看到的一切應該是在我所能達到之內。又因為它至少是在為目光之所及，亦即便是在『我能』的版圖之內。」㉕我們引用這位法國現象學家的「知覺的首要性」(primacy of perception) 之學說，以之詮釋王之渙的「更上一層樓」的舉動，乃因為前者的「過渡的綜合」(synthesis of transition)，與後者不自覺地仰賴軀體行動的詩心有其不可忽視的共通點。當然，我們得進一步介紹馬氏強調「知覺」和「時間」的現象學說，然後才能將之實證於王詩上，而詳盡地分析其中將空間時

㉕　"Eye and Mind," trans. Carleton Dalley, in *The Primacy of Perception*, ed. James M. Edie et al. (Evanston: Northwestern Univ. Press, 1964), p. 162.

間化的程序與作用。

梅露彭迪的哲學第一個要點在於他的「知覺的首要性」。這立論就是「知覺的經驗是當事物、真理、價值為我們組合而成的『當下』(presence) 那一時刻。知覺是認知邏輯的發源點。它在一切教條之外指導我們認識客觀性的真實條件。它召喚我們朝向知識與行動」❷❻。知覺本身為一基原而在生存當中的經驗，是一個獨立於理念及反省而又存在「知覺的客體事物」(perceptual object) 中的經驗。因此，知覺使我們確知我們與存在的最真實之「相互主體性」(intersubjectivity)，因為「一個被知覺到的世界是所有理念性、所有價值、所有生存的常被預設的基礎」❷❼。在這裡我們得以進入梅氏的「情況的本體論」，更具體地追索他的知覺現象學。

梅氏認為，「一切經驗都是在情況中」(experiences are situational)。因此，「情況」一詞便指我們「存在這世界的各種模式」(modes of being-in-the-world)，也就是我們以「表達」(expressions)、「指定」(specifications) 和「建構」(structuring) 來認識生命的存在。「情況」由主體及客體兩方的辯證關係組成，而在這兩者之外更有我們永遠弗能完全「了解」及「一目瞭然」的「主體性」(subjectivity) 和「它性」(otherness) ❷❽。在「情況」中，我們必須憑藉一個「澄清原則」(principle of sedimentation) 從事具有創作性的「處理」或「了解」活動，面臨事物而加以說明 (articulation)。每一個「澄清」活動在

---

❷❻　*The Primacy of Perception*, p. 25.

❷❼　Ibid., p. 13.

❷❽　「主體性」(subjectivity) 與「它性」(otherness) 這等術語引自 Samuel B. Mallin, *Merleau-Ponty's Philosophy* (New Haven and London: Yale Univ. Press, 1979), pp. 7–51.

「現時區域」(field of the present) 中只能局部地完成使命；而每一個已「澄清」的活動又被置於幕後，作為以後同樣活動的依據。故此，任何一個「情況」理論上都是含湑不清，不斷邀請我們永無止境地進一步「澄清」❷。而我們一生中的一切有意義和「純真」(authentic) 的活動，就是在「主體性」和「它性」的辯證關係之間，不斷盡力的詮釋和「說明」事物與自身的「全面存在」。

梅露彭迪當然是受了海德格的影響，體認到我們存有的「被拋入性」和「事實性」之「事前結構」(fore-structure) 的觀念，遂而標舉出知覺為一個「太初」(primordial) 的澄清層面。故此我們所知覺到的世界是理性和所有價值及一切存在的基礎。循著海氏的「終極隱蔽性」(ultimate concealedness) 出發，梅氏的「主體性」和「它性」也是永不竭盡的。他發現了「軀體動力」(bodily motility) 和「時間綜合」(temporal synthesis) 為知覺在情況中「澄清」活動的基本原理。當然，我們永不能徹底詮釋在即時的情況中的事物，因為「客位地說」(noematically)，我們以軀體逐步使事物呈現眼前時，不能完全將它們收入眼底；而「主位地說」(noetically)，我們又不能在一個單獨情況中把我們所有的感覺官能全都用盡。故此現時的一個特殊情況永遠保留了將來「澄清」的一切可能性；申而言之，每一個過去的「已被澄清」的情況也只不過是主體局部成功地滲入稠密的「它性」的一個活動，而每一未來的「澄清」又同理地朝無窮前來之進一步建構招手。梅氏指出：

事物與這世界的特質是以「開放」來呈現自己，將我們帶

---

❷ *The Primacy of Perception*, p. 25.

到它們的「確定的顯現」(determinate manifestations) 之外，它們向我們提出一個「往後總會有其他可看的事物」的承諾。這就是為什麼我們有時說事物和這世界是神秘的 **㉚**。

當我們說現在的情況一方面源自過去而另一方面又邁向將來的可能性，我們已經進入了梅露彭迪的「情況分析時間觀」(situational analysis of temporality)。對梅氏來說，時間是「主體性」本身 (p. 422, 432)。它是為了基本地維持「生命的統一」(cohesion of life; p. 421) 的一個突入「它性」的行動。與海德格一樣，梅氏認為時間的特性為一永恆不止的運行，永遠走向自身之外。他指出時間「只不過是一個普遍地乖離自身的東西，而其唯一控制這些離心活動的法則，就是海德格的所謂『出神忘我』(ek-stase; p. 419)」。梅氏又從胡塞爾 (Edmund Husserl) 的「內在時間意識現象學」 **㉛** 借來了許多時間語疇及分析圖表，更詳細地描繪時間通過現在的無限「保存」(retentions) 和「趨向」(protentions) 在推展伸延自身的超越、分裂、及波動活動。「保存」向後推到一切往昔已經「說明」的「它性」，而「趨向」則指確定未來「它性」的永不竭盡的系統。現在是我們的「現時區域」(p. 416)；但它卻包含時間的整體。故此，「現時區域」也可以被視為我們逐步或循序漸進地發展一個綿延不斷但又同時朝向我們自身之外的單一接觸。現

㉚　*Phenomenology of Perception*, trans. Colin Smith (London and New Jersey: Routledge and Kegan Paul, 1962), p. 333. 以下正文內頁碼均據這個版本。

㉛　*The Phenomenology of Internal Time-Consciousness*, ed. Martin Heidegger, trans. James S. Churchill (Bloomington and London: Indiana Univ. Press, 1964), p. 49.

在我們應當了解到梅氏將時間相等於主體性的理由。我們不難
理解到主體性（甚至它性）只不過是無窮無盡將自身抽拔從而
脫離自身的向前行動。它是與時間的「出神忘我」相似的一種
「變成」或「成為」(becoming)，其特殊性在於在一種恆常不
足地嘗試捕捉自己的基本條件中肯定自己。它不斷以澄清一部
分它性為目標，但在達到這目標的同時，又立即衝入來之不盡
的新嘗試。因此「主體性」絕不是渾然不動地與自身認同，因
為它與時間一樣，它之所以成為「主體性」有賴它必然地向一
個「它」開放而脫離自我 (p. 426)。

如果我們將梅露彭迪的時間觀貫上他的「知覺首要」論，
我們會更明白主體企圖獲取一個掌握世界之極其可能時，這兩
個學說的相互關聯性。我們會了解到梅氏的中心思想也說明知
覺基本上受時間所支配和控制。通過一連串的實驗，梅氏發
現，當主體在其正常的方位感被擾亂時，一個由行動或「軀體
動力」所形成的知覺新準則就會自然地產生。故此，他說：
「我的身體具有某種適應而趨向這世界的動力」(p. 250)。在
一個知覺活動中，看不見的部分可以被說成「從另一立足點可
看到」，是「既存」(given) 但又同時不在其內的部分；所謂
「知覺的綜合」，也就是「時間的綜合」，而在這層面上的主體
性也便只能是時間本身**❸❷**。故每一知覺行動是「系列的視覺角
度無限量的進行；每一角度賦予事物的『既存』性，但同時又
沒有一個事物能竭盡地『既存』」**❸❸**。

梅露彭迪的知覺時間綜合論對我們討論中國詩人在「目
覽」、「游目」、「流目」這等語詞中所流露的對視覺角度轉移之

---

❸❷ *The Primacy of Perception*, p. 239.

❸❸ Ibid., p. 15.

信任，確實有若干程度的貢獻。尤其是當梅氏提及「一個畫家
的軀體，因為其本身是視野與行動的混合」，故會為了「一個
飽和的視野」的目標而「不停止地移動來適應他對事物的透
視」❸。這個說法，使我們自然而然地想到中國山水畫家的所
謂必「飽游飫看」才能以「一管之筆擬太虛之體」❸。這也是
葉維廉所指出的中國畫家以其「視覺角度的移動」來「將空間
的各單位時間化」，而畫家的目的，在於「企圖與山的『整
體』和水的『整體』同居同處」❸。由此觀之，我們也可以用
梅氏這個知覺情況的觀念，對上文所提出的詩歌中空間經驗時
間化的運作稍作回顧。例如我們應該更能了解湛方生在〈帆入
南湖〉中用時間語詞詰問的深意。現在我們可以指出這個作法
是主體性企圖融入它性，從而與之兼與自身同時建立一種統一
性。同時梅氏也曾提及：「我們本身為一延續的詰問，它是在
這個星羅棋布的世界中承受事物實相的一個綿延不絕的艱鉅的
工作，在其中我們又同時承受了事物加諸我們自身向度之上的
實相。」❸ 這當然是梅氏再次肯定海德格在知識論上「往後
讓」(stepping-back) 和中國道家「虛而待物」的另一種說法。
對他來說，我們「必須從這質問的理路來了解知覺，因這理路
並不『設定』(posit) 一個被知覺的世界，而只是讓它自我興

---

❸　"Eye and Mind," in *The Primacy of Perception*, p. 162, 166.

❸　第一句引文出自郭熙的《林泉高致》，見《山水畫論》（臺北：藝術圖書
　　公司），頁 60。第二句王維語，錄自徐復觀的《中國藝術精神》（臺
　　北：學生書局，1966 年），頁 244。

❸　"Andersstreben: Conception of Media and Intermedia," in *Chinese-Western
　　Comparative Literature: Theory and Strategy*, ed. John J. Deeney (Hong
　　Kong: The Chinese Univ. Press, 1980), pp. 155–178.

❸　*The Visible and the Invisible*, ed. Claude Lefort, trans. Alphonso Lingis
　　(Evanston: Northwestern Univ. Press, 1968), p. 103.

發、自我呈現」❸。接著我們又可以用梅氏的「時間綜合」觀
回看鮑照以擴闊時間向度來總攬「四時之變」的手法。在這裡
鮑照可以說是企圖統一其主體性而從一個「現時區域」向「保
存」及「趨向」作出輻射。因為若要接觸這世界，主體性必須
開放自身，進入一種「現在的眾多性」(multiplicity of
presents)；它必須將自身從一個區域的束縛解放出來，才能認
識自身與世界。

在我們回到王之渙的〈登鸛鵲樓〉作最後分析以前，我們
還得再次強調梅露彭迪在知識論和詮釋情況的層次上一個極為
重要而基本的特質：「負性」(negativity)。從一開始，一個
「情況」已經蘊含了一種有待商榷的「難題」或「不確定性」
之存在。然後，主體性與時間的擴張或超離自身的激發行動又
證明了「一種自然的負性，一個差不多已經等在那裡的首要構
成元素」❹。這是一個所謂「說明或表達的目的論」(a teleol-
ogy of articulation)。因為「我們的軀體將經歷過的意義組合起
來邁向自身的平衡調諧」(p. 153)。換言之，當「身軀－主
體」面臨「匱乏」的危機時，發覺其已經澄清的結構因目前的
冀望要求而產生不足之處，一個類似「詮釋述說」的情況就會
出現。我們曾經說過「它性」具有無窮不竭的豐饒本質，故在
此情況下，「身軀－主體」如要經驗事物並觸及任何實相，它
必須有效地建立一個「它性的極度澄清」(a maximum sedimen-
tation of otherness)。梅氏指出：

　　我可稱為事物的經驗或實相就是我與現象的滿溢共存；它

---

❸　Ibid., p. 102.
❹　Ibid., p. 216.

發生在一個每一方面都有極度說明的時刻內。(p. 318)

引申而言，因為具備這朝向與世界平衡調諧的衝動，「身軀－主體」自然會選擇一個最利於得到「知識的角度」(epistemic perspective)，以期獲得它性的極度呈現。梅氏重複地揭出「一個事物被知覺觸及所必須有的最佳距離」，故此「我們趨向於視野能力的最高點 (maximum of visibility)，而我們必須經由某種內在與外在的平衡才能獲取它」(p. 302)。「身軀－主體」這個極力把握與世界及自身之最高密度關係的企圖，也就是一種「超越」的企圖，而梅氏對超越一詞所下的定義是，企圖性藉其深植於它性中的存在超脫自身：「那具備深藏不露動力的超越，就是我的存在，也就是同時接觸到自我存在和與這世界的共同存在」(p. 377)。在這裡我們得一再提醒，這個超越是完完全全依賴時間結構，與現象學之前的形而上超越有極明顯的區別。梅氏當然也極清晰地強調這點：「如果我們能夠真實地被安排與某種永恆有所接觸，無疑它將會發生在我們的時間經驗之核心中，而絕不會是具有認定或賦予時間之作用的一種非時間性的物體」(p. 415)。

對梅露彭迪的情況現象學和時間觀稍有認識之後，我們當能更詳盡地分析王之渙的〈登鸛鵲樓〉。這詩可分為兩部分：首二句寫一浩瀚茫茫的空間，而三四句轉入詩人在這空間經驗中企圖對眼前景色擷取一比較廣闊的視野所作的應對。這裡我們看到，自然景物的雄偉崇壯，因為遠非詩人肉眼所能盡括而肇生了一道難題。換言之，這是一個因詩人與他周遭事物的關係模糊含混而產生的難題。因此，詩人所面臨的某種欠缺或匱乏自然地驅使他予以注意「說明」(specifications)；而他最終

的目的，就是企圖竭盡其能地「表明」或「澄清」這種境況。

其實單從這詩的首二句，特別是在「盡」與「流」二字之間，我們也可以發現在這廣袤空間後面的某種張力或衝突。首句呈現白日即將消逝於山後的一瞬間，就中詩人捕捉到自然世界一個動態運作，那就是剛才仍在視野之內的事物現在逐漸移到視覺所能把握之外，也就是說事物刻下正從一個「現時區域」轉入背景，而變成至多是詩人注意力之可能目標而已。換言之，白日在這句詩中並不靜止，而是處於動態，漸漸變得知覺性地較不明確、模糊、或「不充實」(unfulfilled)。梅露彭迪說過，「一個平面的存在」(a horizontal being) 只是「建立於漏洞上的存在」(a being by porosity)，其本身「並沒有能力獲致最終的明確性但卻又孕育著無數不盡地處理或解決自身的結構」❹。王詩首句中的「盡」字，的確也擔負相若的任務，它本身為一超越喻詞 (transcending metaphor)，作用在於描摹大自然的一個無止而相迭叢生的邀請，向從事進一步更明確地表達或澄清的詩人招手。然後，這個植於它性中而不斷要求被更進一步標明和把握的潛能又在第二句的「流」得到另一個具體呈現。事實上，「流水」是中國山水詩中經常出現的意象，其作用大多是描寫自然造化的推移而又持續長久的空間時間化。但在王詩中，「流」因為本身具備的空間性又有一種「否定排除」(negate) 首句「盡」字含意的特殊作用，而從「盡」字表面的「窮」、「完結」、「不在」之字義解放出來。「流」字的隨即出現，連帶保留了「盡」字的譬喻性，使其具備一種超越的特質。簡單地說，「流」排除了「盡」的表面字義而重申那白日並不真正就在那山後隱藏消杳；反之，白日的存在，正如流

---

❹ Mallin, *Merleau-Ponty's Philosophy*, pp. 37–38.

水一樣，也根深蒂固地依傍著時間結構。或者更可以說，它也就是時間本身。

　　如果我們將王詩首二句放在梅露彭迪的「情況」中，它們與以下的三四句就各自代表了在一情況結構中的主客雙方。故此，首二句所呈現之空間經驗也可以視為詩人所面臨的「它性」。梅氏認為自然世界在被呈現之同時也一樣自我呈現 (p. 240)，意思是在將它置諸情況中加以澄清時，我們也得憑藉「它性」的帶引與領導。「它性」之能與我們的結構相吻合，有賴它對我們的注意力之「引發」(triggering)、「喚醒」(p. 26) 和「召喚」(p. 28)，並使之有所行動 (p. 30)。「它性」也同時為我們挑選一套適切的「說明」，以便滿足我們趨向與它達成一個較為美滿的接觸此一冀望，從這觀點看，王詩中的首二句也就責無旁貸擔負著相同的任務。當白日的消逝標識出詩人的知覺領域因現時對它性的掌握逐漸轉弱，而面臨最後之完全變質時，它自然地通過深植在它性中的永恆不斷之水流動作來引發一個時間化的行動。當然，到此為止，這個張力只被緩和而並沒有完全消除。首二句合併起來，卻又在身軀—主體中產生一個不協調不平衡的現象，或是梅氏的所謂「平衡的欠缺」和「它在我身上的不平均分配的影響」(an unequal distribution of its influences on me)。它迫使詩人引出他在知覺上的行動能力，一種能使他將視野完整地納入主體性與它性之交接點的能力。的確，王詩的三四句也就實現了這個反應。

　　懷著一個「目窮」千里的「企圖」，詩人在第三句將他與雄偉自然的關係此一經驗予以主題化。「欲」字在這裡的意義不容忽視。它本身所提示的「企圖」性在梅露彭迪的哲學體系中有如下的詮釋：

通過處於空間平面的知覺領域，我呈現於我的周圍環境
中。我與伸延開去的其他景色共存；而這些視野角度合而
形成一時間波浪，為世界萬千霎那中的一瞬。同時，過個
無所不在的特質卻又不盡真實，而擺明著只能是企圖性的
(pp. 330-331)。

故此，王詩中的「欲」望具有兩個作用：它首先肯定與
「它性」可能取得極致均衡的澄清行動得在時間範疇中進行；
其次，它重申對自然世界無限開放的結構性此一基原信念。這
「欲」望本身並不具備任何理念的判定，它只示意詩人運作他
那被「時間綜合」所控制的行動能力。最後，詩人目窮千里的
「欲望」果然付諸行動。我們已經說過，這決定代表了詩人企
圖將眼前景物儘量收入視野的唯一途徑；而它更說明了詩人對
他的視覺能力在知識論層次上的一個不待言喻的信心。再者，
這個信心之所由建立，又得依賴第三句的企圖性，因為它已經
預設了一個知覺其未經反省之首要性。我們又得注意，詩人在
這裡選擇了只走上一層樓，而並未說要一口氣走到這樓的最高
處。這「一層」背後的哲學立場，與梅露彭迪的時間綜合理論
極為契合。時間本身是「一個現時區域之延續不斷的連鎖」，
而「它的逐漸和逐步地形成更是它的主要特性」(p. 423)；王
詩中第一句的「依」字已經隱約表露時間此一特色。故一方
面，走向「一」層樓這行動的目的，在於移動到一個知識論的
較為有利的地位，使主體性與它性能在最均衡的狀態中互融而
極其完整地產生澄清作用。但另一方面，這行動又同時認知到
與肯定了它性之終極無確定和無窮盡的多樣性。它具備與第二
句「流」字一樣的否定作用。「更上一層樓」這動作否定了第

三句由「窮」字所提出能盡窺外在世界（它性）之可能。當然，我們得同時強調，這個否定本身，卻又回過頭來肯定「超越」的可能性。詩人目盡千里的企圖現在已時間化。故此，詩人因體認了時間永遠不停超離自身這個特質，才能成功地獲取一個在知識論層面比較綜合的視野。這一種在否定中獲得超越的肯定，正是本文所提出的空間經驗時間化的要義所在。我們必須先肯定了存有永遠保留或隱藏一部分自身此一事實，才能對整體存有臻致任何一個超越的澄清的境界。

解結構之道：德希達與莊子比較研究

奚　密　著

……是其言也，其名為弔詭。萬世之後而遇一大聖，知其解者。是旦暮遇之也❶。（《莊子‧齊物論》）

……但如果（解結構主義）僅僅是一個新的「回返有限世界」或「上帝之死」的主題，則我們並未跨出形上學一步。我們所要「解結構」(deconstruct) 的是「形上學」這個觀念及問題❷。（德希達，《文字學》(Of Grammatology)）

一、導　言

將德希達 (Jacques Derrida) 這位「後結構主義」(Post-Structuralism) 哲學家與文學批評家和莊子相提並論，可能令人感到疑惑，甚至斥之以荒謬。因此在一開端我們不妨提出幾點顯而易見的相通處，來作為深入比較研究的藍本。首先，在思想上兩者均代表了一反傳統、反家規 (anti-conventional) 的立場，對其所出之傳統做一有力的批評。第二、兩者之思想皆被誤認為是反叛性或否定性的。但在其反叛或否定表面之後，卻

---

❶　文中所引莊子語皆見於《莊子集釋》（臺北：世界書局，1978 年 7 版）。

❷　Jacques Derrida, *Of Grammatology*, trans. G. C. Spivak (Baltimore: The Johns Hopkins University Press, 1976), p. 68.

是一股徹底自由與創造的精神。第三、如同他們的思想，兩者的寫作風格亦是超常規、具有煽動性的。這種文字表現與其說是出於有意的培養，不如視之為其思想發展之必然結果。第四、兩者均極度關切語言本質的問題，包括：語言與意義 (meaning) 的關係、語言與思想的關係、及最重要的，觀念之形成因素 (conditions of possibility) 與基本前提 (underlying pre-suppositions)。第五、兩者均扮演著播種者的重要地位。其思想不僅在哲學上有卓越之貢獻，並且對文學理論與批評亦有深遠影響。

在進一步討論德希達與莊子前，最後一點值得提出的雷同處就是兩者均無意成立一學派或提倡一哲學理論。這點可以從莊子對其同時代之諸子百家或道德言論者的不屑中看出。至於德希達他屢次強調：「他並非在提倡一完整、統一的理論來解釋文學、語言、與哲學。」❸ 但是我們在此探討他們的思想時，我們已無可避免的在對此主題做一分析與概說。因此，論者將處在一種「理論化─『非理論』」(theorize a nontheory)、「觀念化─『非觀念』」(conceptualize a nonconcept) 的矛盾情況中。然而，這種矛盾無須使我們感到氣餒。因為在以下的討論中，我們將會發現「似非而是」之矛盾 (paradoxicality) 根植於德希達與莊子思想中心。它正足以提醒我們客觀分析與簡約性 (reductive) 語言的必然（雖非無意義）的限制。

二、德希達的「解結構」主義

如前所述，德希達與莊子各對其傳統思想提出一項挑戰。

---

❸ Jonathan Culler, "Jacques Derrida," in *Structuralism and Since*, ed. John Sturrock (Oxford: Oxford University Press, 1979), p. 155.

此傳統思想的「共同因素」(common denominator) 即觀念形成的二分律 (conceptual dualism)。德希達以為，西方哲學自柏拉圖 (Plato) 到黑格爾 (Georg Wilhelm Friedrich Hegel)、自亞里斯多德 (Aristotle) 到海德格 (Martin Heidegger) 的悠久傳統，形成了一單一系統，建立在「有即存在」(being as presence) 的基本觀念上。「有即存在」與「無即不存在」(nonbeing as absence) 是相對立的。整個西方哲學傳統（他稱之為「我們的紀元」，our epoch）即奠基在「存在」的種種意義上。他說：「我們可以證明所有與『根本』(fundamental)、『本質』(essence)、『原理』(principles)、或『中心』(center) 有關的詞彙總是代表了一恆常不變的存在 —— 『理念』(eidos)、『原始』(arché)、『最終目標』(telos)、『（本體）力量』(energeia)、『存在』(ousia)（包括：本質、本體、主體）、『真理顯現』(aletheia)、『超越』(transcendental)、『意識』或『良知』、『上帝』、『人』、等等。」❹ 所有這些詞彙均表達一圓滿的 (plenitude) 與「內含的」(interiority) 自我存在的狀態。而它們邏輯上的相對觀念則為非本質的與次要的。這種二分律與其衍生的無數對立觀念統治並規律了西方思想：主體／客體、內在／外在、本體／形式、真理 (logos)／神話 (mythos)、真實 (reality)／表現 (appearance)、本質的／偶發的、自然／文明等等。前者均被認為是真的、本質的、原生的 (originary) 與超越的。雖然在西方傳統中亦曾有非二分律的思想出現（例如：蘇格拉底 (Socrate) 以前的古希臘智者 (pre-Socratics) 及中世紀的神秘主義者 (mystics)，這些終歸西方哲學主流之外的個例。德希達稱西方

---

❹　Derrida, *Writing and Difference*, trans. Alan Bass (Chicago: University of Chicago Press, 1978).

一貫的思想傳染為:「存在的形上學」(the metaphysics of presence)。他為文的主旨即在於攻擊並推翻二分律形上學的暴政。

在所有影響德希達的先進裡，尼采 (Friedrich Nietzsche) 與海德格佔了一特殊的地位。這兩位哲學家均嘗試去掌握西方形上學之歷史，並在其思維過程中對語言與觀念一問題（包括了形上學加諸其上的限制）提供了真知灼見。尼采曾云:「我們最古老的形上學基礎也是最後才能消滅的 —— 假定我們可以成功的消滅它的話。這基礎深入在語言與文法類型裡，成為其不可或缺的一部分。在今天看來，如果我們要否定形上學，我們似乎得停止思想才行。」❺ 在〈人文主義〉(Letter on Humanism) 一文中，海德格也對西方形上學下了這樣的診斷:「形上學存在西方邏輯與文法中，長久以來它已控制了我們對語言的詮釋。」❻ 承繼了這兩位哲學家對語言與思想之疑問，德希達指出，從柏拉圖與亞里斯多德開始，在有關語言的哲學論述裡，我們總可以發現「言語」(speech) 與「文字」(writing) 二觀念的對立，而以前者為較後者優越的。因為聲音可以產生自我回響 (echoes itself) 或「聽到自我說話」(s'entendre parler)，它給人一種意義乃直接顯現、自我存在 (self-present) 的幻覺。也因此，「言語」成了思想的當然象徵。它象徵著思維之自省

❺ 尼采，法文版之《權力意志》(*La Volonté de puissance*) 中之片斷。引自德希達，"The Supplement of Copula: Philosophy Before Linguistics," in *Textual Strategies, Perspectives in Post-Structuralist Criticism*, ed. Josué V. Harari (Ithaca: Cornell University Press, 1979), pp. 84–85.

❻ Martin Heidergger, "Letter on Humanism," in *Philosophy in the Twentieth Century*, trans. Edgar Lohner, ed. William Barrett and Henry D. Aiken (New York: Random House, 1962), p. 271. 引自上文。

(cogito reflecting on itself)、意識之自覺自識 (consciousness conscious of itself)、真理之卓然獨立的存在 (logos in and of itself)、及意義之自指 (meaning referring only to itself)。相反地，「文字」被認為是一次等的「表徵之表徵」(representation of a representation)。它是由物理的符號所組成的；它雖然來自思想，但是卻代表了與思想間的距離。同時它的基本作用表現於說話者或聽者不存在的情況中。因此，在意義與意義表達上「文字」與「距離」(distance)、「不存在」、「誤解」、「無誠意」(insincerity) 等觀念相聯。德希達指出，「存在形上學」與「真理中心主義」(logocentrism) 和「言語中心主義」(phonocentrism)（這兩個字合併成「真理言語中心主義」(phonologocentrism)）是不可分的。「言語」成為「接近（意義）存在」(proximity of presence)、內含及原生的，而「文字」則是（意義本身）不存在、外加的與衍生的。德希達的著作即針對此「言語中心」的形上學做一根本探討，對二分律觀念「階級」(hierarchy)（尤其是「言語」與「文字」這一階級）進行批判。

最足以表現德希達震撼力的作品之一是他對索緒爾 (Ferdinand de Saussure) 的分析。索緒爾被公認為現代語言學 (modern linguistics) 的創始者。他將語言定義為一個由約定俗成 (conventional)、非必然性 (arbitrary) 的符號所組成的系統。其符號學理論 (semiotics) 提供了「結構主義」最重要的思想主幹。索緒爾將語言符號分為兩部分：「表象」(signifier)（指聲音與形象）及「指象」(signified)（觀念或意義）。其研究側重於語言符號「音」(phonic) 的方面，而認為字形 (graphic form) 是次要的。如他在《語言學總論》一書中所說：「語言學分析

的目標並非言語與文字二者。語言才是唯一的目標。」❼ 因此，索緒爾很明顯地是屬於「言語中心主義」之傳統的。然而，在德希達精闢的解析下，這個基本前提卻被索緒爾自己的符號學理論擊破了。

在論及符號之性質時，索緒爾強調一個符號之所以成立是由於它與語言系統裡其他的符號均不同之故。舉例來說，"pet" 這個字能發揮其「表象」的作用正是因為它能很明確地區分於 "pat"、"bet"、"pad" 等發音相近的「表象」。因此，一個語言符號並不具有任何內在或本體之價值。（如 "pet" 離開了英語系統即失去其「表象」之意義。）它唯一的價值在於它與其他符號平行的 (synchronic)、區分性的 (differential) 關係。語言系統（索緒爾稱之為 langue）是由「相對關係」分子 (relational units) 所組成的，這些分子不能獨立發生作用。德希達掌握了索緒爾理論中的關鍵，將其含意加以引申發揮，而轉過來用以打擊索緒爾理論之大前提：「形上學言語中心主義」。

我們曾提到，在西方形上學傳統裡，意義或思想被認為是直接顯現、自我存在於言語中的。因此言語是內含的與本體性的。但是，如果索緒爾的符號學理論是正確的話，一個「表象」（譬如一個「音素」(phoneme)）的意義僅存在於它與其他表象的差異程度。因此，一個「表象」只能永無止境地 (ad infinitum) 指引我們從一個「表象」。換言之，「表象」不可能作為「指象」（意義）之直接呈現。「表象」與「指象」間的關係純屬外加的、非必然性的。兩者非一體之兩面，其間必有距

---

❼ Ferdinand de Saussure, *Course in General Linguistics*, trans. Wade Baskin (New York: McGraw Hill, 1966). 德希達對索緒爾之批判見於 *Of Grammatology*, pp. 27–73.

離。至於「指象」又是如何作用的呢？答案是：與「表象」同一方式，即在於與其他「指象」間的差異區分（亦即一種否定性的指向關係 (negative reference)）。

當我們將索緒爾的符號學理論轉譯為形上學的觀念時，它反證了「表象」存在的可能性乃基於（其他「表象」與「指象」的）不存在。完全的「存在」(full presence) 或「自我認同」(self-sameness) 純是子虛之談。「存在」之所以存在是由於並有賴於其與「不存在」或「差異」的相對關係。

德希達揭露了索緒爾看似和諧一貫的理論 (seeming homogeneity) 中的兩個相互衝突的層次，或是其中隱藏的「口是心非」之論 (double-talk)。一方面，索緒爾採取「言語中心」的立場，視「言語」為語言學之當然研究目標而排斥「文字」。另一方面，他的符號分析卻與之矛盾，因此抵消了 (cancel out) 這種前提。如果「文字」建立在「差異」（或「距離」、「不存在」）的原則上的話，上面證明了「言語」亦如是。「存在形上學」所加諸「文字」的否定性特徵（即「差異」等觀念）同樣的適用於「言語」本身。「言語」總已經是「文字」了 (speech is always already writing)！

德希達所討論的題材很廣，從柏拉圖、康德 (Immanuel Kant)、海德格到盧梭 (Jean-Jacques Rousseau)、馬拉美 (Stéphane Mallarmé)、拉康 (Jacques Lacan)，從哲學與語言學到文學與心理分析。但是在其文字中，我們可以發現一整體的中心思想與一貫策略。在 60 年代末期的一次訪問中，他說：「在我們所處的特別歷史情況中，我以為最迫切需要去做的是對『形上學』興起之因素及其內在限制的廣泛地描述。這包括了所有支持這觀念及這觀念所支持的種種觀念。換言之，所有

隸屬於『真理中心主義』的觀念。」❽通常在討論一篇文字時，德希達會先找出其中明顯的或隱藏的觀念階級（譬如：「言語」／「文字」），然後證明這階級裡所謂優越的與貶斥的觀念其實是基於同樣的先決條件。因此，該形而上的階級被倒置、被推翻了。這種「破除神話化」(de-mythification) 的過程是德希達思想中最重要的一環，如眾所周知的，它被稱之為「解結構」(deconstruction)。

在文字學前身的部分筆記裡，德希達曾用「消滅」(de-struction) 而非「解結構」一詞。後來的改變並非一單純的修辭上的考慮（譬如：「解結構」沒有「消滅」那麼否定性），而是因為「解結構」更明晰的表達了德希達的思維。德希達並非志在取消或毀滅所有形上學的觀念（他以為這是不可能也是不實際的），他只是效力於揭露某些表面上單純、和諧的形上學觀念之內在衝突與矛盾。「解結構」過程並非一種「取代」(substitution) 或「替換」(replacement)，以一套新觀念、新名詞來取代舊觀念與舊名詞，而是一種「換置」(displacement)與「揭發」(exposition)，一種「分裂」(disruption) 與「機械化」(putting-in motion)。正如 J. V. Harari 所說的，「解結構」一詞不應該被當作隱含了「將一物拆開後又還原的可能性」❾。一個被「解結構」了的觀念仍具其觀念之作用，但是它成為一種結構上與策略上的運用，卻不含任何「形上學」的意義。「解結構」又可稱之為「反沉澱」(de-sedimentation) 的

---

❽ Derrida, *Positions* (Paris: Minuit, 1972)，乃三篇訪問之記錄。其中最長的一篇譯為英文，分兩次刊於 *Diacritics* II (Winter 1972): 35–43 及 *Diacritics* II (Spring 1973): 3–47，以下將以 *Positions* I 與 *Positions* II 代之。

❾ J. V. Harari, "Critical Faction/Critical Fictions," in *Textual Strategies*, p. 37.

過程——另一個德希達早先曾用過的名詞。

「解結構」也就是將任何本體或本質化的觀念「問題化」(problematize)，「分裂化」(disrupt)，「反穩定化」(de-stablize)、或（借用胡塞爾現象學 Husserlian phenomenology 之辭）「置於抹拭之下」(sous rature; under erasure)。仍以索緒爾為例，「言語」之觀念在形上學傳統裡被認為是先於「文字」之觀念且為「文字」所依賴的，但在「解結構」分析之下，「言語」反被「文字」所影響並有賴於「文字」以存在的。所謂「自我存現」(self-present) 的「言語」其實是由其相對觀念——「不存在」（即「文字」）——所構成的。因此，在「後結構主義」裡，「文字」(writing) 或「正文」(text) 的意義較其字面上的意思要廣得多，也深刻得多。對德希達而言，這兩個詞所代表的是「存在」與「不存在」、「相同」與「差異」之間相互作用 (interplay)、「自由遊戲」(free play) 的「似非而是」(paradoxical) 的結構或「場地」(field)。舉其例子來說，在盧梭的「正文」裡，「教育」被認為是「天賦」(nature) 的「補充」(supplement) ❿。它完成並增添了「天賦」。但是這「教育」的定義正揭露了「天賦」——一個所謂「原生」或「自足」的存在——中內在的缺乏或虛空，因此它才會需要「補充」。所以「補充」之觀念同時代表了「完成」(completion) 與「不圓滿」(incompleteness)，「存在」與「不存在」（或「虛空」）兩種對立的狀態。同樣的，在柏拉圖的「正文」中，"pharmakon" 同時表現了「良藥」(cure) 與「毒藥」、「生」與「死」兩個對立的觀念 ⓫。「解結構」就是要揭發某一「正

---

❿　見 *Of Grammatology*, pp. 141–164.

⓫　見 "La Pharmacie de Platon," in *La Dissemination* (Paris: Seuil, 1972).

文」（非限於文字著作，它可指任何思維活動之外在表現）中的「雙重立案」(double register)。「解結構」主義是一種「雙重科學」(la double séance)。與「言語中心主義」相對，德希達的思想是「文字的科學」或「文字學」(grammatology)。

三、莊子思想

以上我們將德希達之思想根源、研究主題、及思維方法做了一個概說。討論之大綱可以作為我們下面論述道家哲學的藍本。為了便於以後兩者間的比較，我們也將從語言這問題談起。

在莊子論及語言的文字裡，他常用到「辯」這個字。在字源上，「辯」與「辨」（中含「刀」）及「判」（在字形上顯示一把刀將一物切成兩半）這兩個字均有關聯。我們可以說，在莊子裡「辯」隱含了「以語言來判別區分」的意思。如同大多數先秦時代的哲學家，莊子亦主張語言是一種約定俗成、有系統地區分歸類真實世界的工具❷。這種觀念常以「名」一辭來代表。語言是由「名」組成的，而「名」之作用在標指世間種種事物與狀況。賦予一事物以名即將其指出以與其他事物有所分辨，顯示其獨立的存在。進一步來說，以名指物的「指」這個字在字源上是造於「恉」字之前且與之相關的（「恉」意義與「志」相通）。因此，對莊子來說，他所關切的問題是語言指意之作用與其對人感性上 (emotive) 的影響。他以為最值得注

❷ Chad D. Hansen, "Ancient Chinese Theories of Language," *Journal of Chinese Philosophy 2* (June 1975): 245–283. 文中簡要地討論先秦時代主要哲學家之觀點，引四項共通點：1.約定俗成觀 (conventionalism)，2.形名主義 (nominalism)，3.區分符號論 (distinctionmarkers)，4.感性之影響 (emotivism)。

意的就是充布在語言裡的種種二分律對立。

現代「語意學」(semantics) 發現「二分律」是人類觀察真實最基本、最普遍的方式。舉例來說，如果一個人沒有分辨主體與客體的能力，認知 (cognition) 或知識將無法產生。但是「二分律」同時也附帶了「排除律」——一個觀念必定排除其相對相反之觀念。換言之，如 "A" 屬於「是」之範疇，則 "A" 不可能同時又屬於「非」之範疇。這種「排除律」無可避免的導致了判斷性的區別。莊子以為，當世界一旦被種種對立觀念歸類區分——是／非、善／惡、生／死、美／醜、得／失、成／敗、多／少、長／短、大／小等等——一個人使用這些字時下意識的已對當前經驗做了立即的價值判斷，同時根據其判斷而採取行動。因此，語言中的先驗 (a priori) 二分律觀念無形中形成了一個指標上 (referential) 與觀念上 (conceptual) 的架構 (grid) 來組織並取決人之態度及行為傾向。莊子所反對的正是這種根本的語言的制約 (conditioning)。

二分律定名的直接後果是偏好 (preference) 與慾望的產生。人追求所謂的「善」而排斥所謂的「惡」。當其慾望滿足時他沾沾自喜。當他失敗時，他沮喪憤怒。這「慾望」與「追求」的過程是一種衝突情緒上的惡性循環：「喜、怒、哀、樂，慮、歎、變、慹，姚、佚、啟、態」(〈齊物論〉)。像鐘擺一樣，人懸在牢不可破、人為的對立觀念之間。如莊子所云：「心若懸於天地之間，慰暋沉屯。利害相摩，生火甚多。眾人焚和，月固不勝火。」(〈外物〉)

在各種慾望裡，莊子認為為害最深的莫過於道德性的慾望。每一哲學門派均建立在某種善惡、是非、真偽的對立上，莊子諷刺他們道：「有左有右、有倫有義、有分有辯、有競有

爭，此之謂八德。」（〈齊物論〉）特別是儒家，往往成為其攻擊之目標。儒家之中心思想可以「仁」一字概括。「仁者人也」——它存在於人性中同時與天道相呼應。「仁」的觀念又擴充為「四達德」以包括「義」（道德責任）、「禮」（行止尺度）、與「智」（辨別能力得以實行「仁」、「義」、「禮」之理想）。從「四達德」可進一步推衍出一繁複的名目系統 (taxonomy of names)，包括了「誠」、「信」、「忠」、「孝」等等。就儒家角度來看，社會之混亂、道德之衰微正由於人們對這些名目的缺乏了解或為「偽名」所遮蔽之故。當仁與不仁、義與不義、禮與無禮、智與不智的差異一旦明白的劃分及普遍後，社會動盪必可平穩下來。因此，儒家呼籲「正名」之說。

然而，自莊子觀之，如果是非善惡之分自明的話，就沒有強調、呼籲的必要。莊子云：「是不是，然不然。是若果是也，則是之異乎不是也亦无辯；然若果然也，則然之異乎不然也亦无辯。」（〈齊物論〉）這與「慾望」的法則是相同的：慾望只有當其所慾求者不存在時才會產生（一簡單例子為：未擁有汽車者才想要汽車）；慾望的存在代表了一先已存在的「缺乏」(lack) 或「不存在」(absence)。如果仁義果如儒家所說是生而有之的話，就沒有必要去大張仁義之旗鼓。這種作法僅暴露了一「總已」（always already，德希達常用之語）存在的「不存在」。因此，老子曰：「大道毀有仁義，智慧出有大偽。」❸（第十八章）「正名」是問題的「信號」(sign) 而非解決之道；是「病徵」(symptom) 而非「治療之藥」(cure)。

基於觀念二分律對人類行為的影響，莊子反對一切道德

---

❸ 文中所引《道德經》語皆見於《老子》（臺北：中華書局，1973 年 4 版）。

論，因為它們潛藏了那些歸因於它們不存在所造成之否定作用的可能性。莊子云：「舉賢則民相軋，任知則民相盜。」（〈庚桑楚〉）一旦「賢」「智」等名目被標舉，人民為了求賢、求智而汲汲營營。所謂「自虞氏招仁義以撓天下也，天下莫不奔命於仁義」（〈駢拇〉）。因此「大亂之本必生於堯舜之間」，「殉名」的結果並非秩序與生命，而反是混亂與死亡。

更有甚者，道德家往往將其訂立之名目視為絕對的標準而使之「偶像化」。結果信者為了追求效法這些名目而形成一觀念上的執著，甚至殘害了自己的生命。莊子云：「行名失己，非士也。亡身不真，非役人也。若狐不偕、務光、伯夷、叔齊、箕子、胥餘、紀他、申徒狄，是役人之役，適人之適，而不自適其適者也。」（〈大宗師〉）以上所舉的這些例子或為其君主所殺或自殺身亡。從道家角度觀之，他們盲於外在「名目」的追求，試圖糾正他人的行為而誇示了自己的正直。

為了化解觀念上之二分律，莊子首先將對立觀念的階級(hierarchy)倒轉過來。譬如：㈠「無用之用」——（對木工來說）無用之樹木卻有用（於得享其天年）；（對木工來說）有用之樹木卻無用（於保存其性命）。㈡麗姬「先哭後笑」（面對同樣的情況前後反應卻相反）。㈢「鵬與蜩」（對蜩而言，是不可想像與不可能的，對鵬而言卻是極自然的與必需的）。㈣「沉魚落雁」（西施、麗姬乃人間絕色，而魚雁皆驚之避之）。㈤「井底之蛙」（蛙的「偉大」是河伯的「渺小」）。這些例子的意義並非僅僅在說明價值是相對的、受個別觀點局限的 (perspective-bound)，而是所有價值都是相對、非必然性的、正因為它們是外加於事物本性之上的。要真正了解事物之本性或內在結構，我們必須了解「差數」的意義：

以差觀之，因其所大而大之，則萬物莫不大。因其所小而小之，則萬物莫不小。知天地之為稊米也，知毫末之為丘山也。則差數覩矣。」（〈秋水〉）

如果從「差數」（英文可譯做：the law of difference）（即內在觀點）來看，對立的觀念可以互換。因此，兩者間原有的優劣階級就消失了。如果從表面看來，對立觀念是不可協調或互相排斥的話，從更深一層次上著眼，它們實是相互依賴、相互補足的 (complementary)。如莊子所言：「非彼无我，非我无所取，是亦近矣。」（〈齊物論〉）任何一者皆無法單獨存在；兩者無止期地相衍相生：「有始也者，有未始有始也者。有未始有夫未始有始也者。有有也者，有无也者，有未始有无也者，有未始有夫未始有无也者。俄而有无矣，而未知有无之果孰有孰无也。」（〈齊物論〉）莊子觀事物非以二分律為根據，而是從「循環」(circularity) 與「返復」(continuum) 處著眼。因此，「物无非彼，物无非是。自彼則不見，自知則知之。故曰：彼出於是，是亦因彼。彼是方生之說也。」（〈齊物論〉）「差數」是對立觀念的內在結構；「方生」是對立觀念間的關係。

四、「道」與「延異」之比較

莊子用來消解語言中二分律的策略亦可稱之為「解結構」。和德希達一樣，他從一固定之「觀念階級」(conceptual hierarchy) 內部著手，進而顯示所謂優越的一方（如：是、生、、此、我、等）「總已」牽涉 (implicated) 於所謂卑劣的一方（如：非、死、彼、物、等），並以後者為必要條件 (pre-suppositions)。這樣莊子揭露了二分律的限制。二分律的功用

是有條件性的 (conditional)，其效能是有時間性的。如將對立
的狀態固定化、二分化，則失之偏執。莊子所謂之「差數」與
德希達的「補充法則」(logic of supplementarity) 相呼應。前者
顯示了表面上相衝突的觀念實際上相輔相成；後者同樣的揭發
了形而上「正文」中的「雙重立案」或「雙重標記」(double
marking)。莊子與德希達的思想主題可以下面這段形容尼采的
話來概括：「雖然人永遠為其觀點所局限，他至少可以有意
地、儘可能地倒置其觀點。當他這樣做時，他消解了觀念的對
立，證明了所謂相對的兩個觀念不過是互為『共犯』的 (ac-
complices)。」⓮ 這種「解結構」的過程分別表現在（德希達
的）「延異」(différance) 與（莊子的）「道」的思想中。

在 "La Différance" 一文中，德希達將「延異」一詞與佛
洛伊德 (Sigmund Freud) 裡（神經）「印象及其延遲效果」(fa-
cilitation) 一詞相提並論⓯。"facilittation"（法文 frayage）原先
由德文 "Bahnung" 一字而來。它強烈地隱含了「開闢或理清
一條道路」的意義。這個意象很容易令人聯想到道家的「道」。
「道」字面上的意思為「道路」。字源上它可追溯到 ⓰ 此象
形字描繪人之首： （由其髮式判斷，可能是指首領）與人之
足： （可能是跟隨者之足）行於道路中間： 。因此由
「道」也衍出「導」或「引導」之意義。我們可以說，這「開
道」的意象本身就開出了一條道路，引領我們進一步就「延

⓮ G. C. Spivak, "Preface" to *Of Grammatology*, p. xxviii.
⓯ Derrida, "La Différance," 英文譯文見於 *Speech and Phenomena, and Other Essays on Husserl's Theory of Signs* (Evanston: Northwestern University Press, 1973), p. 130.
⓰ Chang Chung-yuan, *Creativity and Taoism, A Study of Chinese Philosophy, Art, and Poetry* (New York: Harper and Row, 1963), p. 24.

異」與「道」兩方面來討論莊子與德希達的相似之處。

"Différance" 一詞乃德希達所創，它是由 "différer" 一字而來。在法文中，"différer" 同時表達了「差異」(differ) 與「順延」(defer) 兩種意義。德希達云：「一方面它 (différer) 指出差異 —— 區別 (distinction)、不平等 (inequality)、可辨性 (discernibility)，另一方面它表達了延遲之介置 (interposition of delay)、一個時間與空間上的中斷 (interval)、目前所否定所認為不可能的延至『以後』而使之成為可能。」❼ 因此，"différance" 是個自相矛盾的詞，因為一方面它表示了「同」的序列 (order of the same)，一方面「差異」表示「不同」。其複雜之涵義可分點陳述如下：

㈠「延異」保存且同時強調了「同中之異」、「異中之同」的雙重意義。（此雙重意義在 "différer" 之名詞型態裡不存在。）

㈡「延異」一字的存在（在法文或英文裡）是聽不見的（différance 發音與 difference 無異）。因此，它是屬於文字的。正如 "différance" 中的 "a" 不是「言語」或聲音上的存在，「言語」或「意義」亦無純粹的、卓然獨立的存在。「言語」或「意義」總已為「文字」（「差異」）所佔據。

㈢另一方面，「延異」亦非一純粹「文字」上的存在，因為它是個任意的 (willful)、錯誤的字的變形。它提醒了我們與其相異的原型 (difference)❽。因此，「延異」與本身也有「差異」。

---

❼ Derrida, "La Différance," p. 129.

❽ 此注釋見於 Murray Krieger, "Poetic Reconstructed: the Presence vs. the Absence of the Word," *New Literary History VII* (Winter 1976): 359.

㈣「延異」具有雙重意義：與自身相異的狀態及作用，以及造成這種作用的過程或運動。

㈤換言之，「延異」既不以自身為原則（因其並不控制或規律其產生的「自由遊戲」），也不依賴於任何自身以外的因素。

以上所列的最後一點是我們了解整個德希達「解結構」策略的關鍵之所在。德希達一再警告讀者勿將「延異」變成一形上學的「觀念」。他說：「『延異』這主題 —— 當以一沉默的 "a" 來代表時 —— 既不具有『觀念』的、亦沒有『字』的意義。因為它與自身相異並相衝突，『延異』不可能是個『觀念』。它是個『反觀念』(anticoncept) 或是個有『觀念』之作用的『非觀念』(nonconcept)。」❶❾ 要了解「延異」，我們必須著重其作用、其內在之「創造性」與「衝突性」(productive and conflictual character)。

在同一文中，德希達又言：「『延異』不僅僅是主動的，……更貼切地說，它代表了『中庸之聲』(the middle voice)。它先於、同時建立了『主動』與『被動』的對立。……『延異』在古典語彙裡（即「形上學」傳統）會更適當地被稱之為差異、與差異間的差異 (differences between differences) ——『差異遊戲』—— 的『創始』(origin) 與『衍生』(production)。」❷⓿ 「延異」（「差異」與「順延」）代表了「主動」與「被動」（或任何一個類似的形而上二分律）的區分、對立、及消解之可能性。德希達以「延異」一詞來形容「差異」之運動，但「它並不存在於……一種單純的、未修正的自我狀態

---

❶❾　Derrida, *Positions* I, p. 35.

❷⓿　Ibid.

中；它並非『無差異』的 (in-different)。『延異』是一個『非圓滿』、不單純的『創始』，一個有差異結構的原始」**❷**。「延異」得免於形上學裡感性與知性的基本對立正由於「它開闢了形上學（有時稱之為『神學』）系統及歷史的空間」**❷**。「延異」雖存在於二分律之前，它並不含有任何「存在形上學」或「神學」的意味，因為它不假設一超本質的 (supraessential)、無所不在、永不消滅的獨立、圓滿的存在。「延異」並不置身於其產生的「差異遊戲」或「文字性」(textuality) 之外或之上。所以，要了解這些用來形容「延異」之運動的詞彙，如：「原始」、「創始」、「中心」等，必須在其所出的「形上學」語言之外加以體認。而這正是德希達文字被人認為艱澀的主要原因。德希達必須用「形上學」之語言（唯一可用的語言），但同時又不得接受其隱含的先決條件；他必須訴之於此語言而同時「解結構」其中潛在的思想前提。

　　對道家而言，類似的問題亦存在。「道」（或云「差數」）顯示了對立觀念的相輔相成：「方生方死、方死方生、方可方不可、方不可方可、因是因非、因非因是。是以聖人不由而照之於天。亦因是也。是亦彼也，彼亦是也。彼亦一是非，此亦一是非。果且有彼是乎哉？果且無彼是乎哉？彼是莫得其偶謂之道樞。」（〈齊物論〉）「道」又以「樞紐」之意象來表達。「樞紐」本身無所謂「開」或「關」，但它卻使得門之開關成為可能。同樣的，「道」非「有」(presence) 亦非「無」(absence)，但它卻使「有」「無」之相生成為可能。在德希達論述「延異」之文字裡，他亦曾使用「樞紐」(hinge) 這意象**❷**。這種

---

❷　Ibid., p. 36.

❷　Idem, "La Différance," p. 130.

發現絕非僅是修辭上的巧合；它指向某些「道」與「延異」間
的相通之處。

首先，「道」亦可視之為觀念及語言二分律的根本。和
「延異」一樣，「道」常被形容為「中心」、「創始」或「母
親」。在《道德經》裡，老子云：「道生一，一生二，二生三，
三生萬物。」（第 42 章）「無名」的道乃「天地之母」。然而道
雖生萬物，它卻不是一形而上或神學的觀念。因為道「生而不
有，為而不恃，長而不宰。」（第 10 章）欲進一步了解「道」
的本質，我們可就「有」與「無」兩者來試論之。

正如「延異」總是與西方哲學傳統裡被壓抑、被貶斥的觀
念相聯（如：「文字」、「不存在」等），道家的「道」亦與世俗
所認為反面的、低劣的觀念認同：弱、低、愚、不足等等。道
家的中心思想可以「道即無」一言以蔽之：無名、無狀、無
聲、無為、無知等。老子云：「天下萬物生於有，有生於無。」
（第 40 章）「道」之「無」並非與「有」相對立的，因為身為
「天下之母」，它是「有」所賴以生的「無」。老子又用下面的
例子來說明「無」的意義：「三十輻共一轂，當其無有車之
用。埏埴以為器，當其無有器之用。鑿戶牖以為室，當其無有
室之用。」（第 11 章）「道」也被喻為簫管之孔（「籟簫」）。沒
有「孔」（「無」也）則簫管不成之為簫管。這個譬喻在《莊
子》裡有透徹的發揮。試引整段文字如下：

子綦曰：「夫大塊噫氣，其名為風。是唯无作，作則萬竅怒
呺。而獨不聞之翏翏乎？山林之畏佳，大木百圍之竅穴，
似鼻、似口、似耳、似枅、似圈、似臼、似洼者、似污

❷ 見 *Of Grammatology*, pp. 65–73, "The Hinge〔La Brisure〕."

者；激者、譹者、叱者、吸者、叫者、譹者、宎者、咬者，前者唱于而隨者唱喁。泠風則小和，飄風則大和。厲風濟則眾竅為虛。而獨不見之調調之刁刁乎？」子游曰：「地籟則眾竅是已，人籟則比竹是已。敢問天籟？」子綦曰：「夫吹萬不同，而使其自已也。咸其自取，怒者其誰邪？」（〈齊物論〉）

結尾的問句當然是修辭性的：天地間之聲籟「咸其自取」，而無人使之然也。或者，在「道」的運行下聲籟四處「播散」（disseminate，借用德希達語）。因為道已居於「有」之中，它不與「有」相對立；而「道」否定自身（「無」）而生「有」，因此它也不是虛空之「無」。前面所提「樞紐」之意象正可說明「有」「無」之意義。「樞紐」具有空間上的作用（即門之開關），然而它本身卻似乎是無形的、不佔空間的。德希達中常出現的用語：「總已」(always already) 和「既非……亦非」(neither...nor) 亦適用於莊子的「道」。既非「存在」亦非「不存在」，既非「有」亦非「無」，既非「認同」亦非「差異」，「道」是一創造性的「無」，總已先於有無、存在不存在、認同差異的對立且為其基礎。

在我們討論了「道」與「延異」的基本相似之處後，就不驚訝發現它們在意象上亦有相通之處。除了以上已提的「道路」與「樞紐」的例子外，「無」的意象（如：軸心、簫孔、器皿之中空部分等）可與德希達文中「痕跡」(trace)（有「軌道」、「足跡」之意）與「空缺」(lacuna) 相比。這些空間的意象均代表了對立觀念相互作用之空間的開啟，一種永不自我顯現的空間。德希達形容「延異」為「沉寂的、隱密的、謹慎

的」。老子稱「道」為「寂寥」、「夷」（視之不見）、「希」（聽之不聞）、「微」（搏之不得）、「恍惚」等等。德希達強調「延異」之「自由遊戲」或「無靜止之運行」，而莊子名「道」之運行為「物化」。「延異」的「播散」可與「吹萬不同而使自已」的「天籟」相比。「道」與「延異」均可視之為「非觀念」，或「自我中心移位」(decenters itself) 的「解結構」中心。「延異」（至少在理論上）不斷地被取代 (chain of substitution)：「補充」(supplement)、「文字」(writing)、「文字符號」(grammé)、「痕跡」(trace) 等等。莊子的「道」也常以不同的面貌出現：「天府」、「天鈞」、「葆光」（若有若無之光）、「明」等等。

　　由於「道」與「延異」違反了邏輯或常理，我們不難了解語言（一種指標、觀念上的範疇）在表達「道」與「延異」時可能遭遇的困難。《道德經》首篇即云：「道可道非常道，名可名非常名。」「道」的意義無法從傳統分辨性知識的途徑得知。老莊皆主張「為道日損」與「返璞歸真」。德希達也曾說「延異」是「理解序列」之外的 (beyond the order of understanding)，「解結構」即在於「標明介於觀念化形上學體系的倒置及重建、與新觀念呈現之間的空隙，這新觀念在前任政權裡（指西方形上學傳統）從未被了解過」❷❹。「道」與「延異」之內在「似非而是」性 (paradoxicality) 亦解釋了許多批評者對二者之誤解，他們以為德希達或莊子在提倡一種毀滅性或敵對性的思想。莊子曾被指控為消極、頹喪、虛無之談；德希達則被加以「邏輯懷疑論」(logical scepticism)、「魔鬼式的」(demonic)、「否定之道」(the negative way) 與「毀滅之精神」

❷❹　*Positions* I, p. 36.

(spirit of destruction) **㉕**。這種誤解乃基於一想法，以為他們有意倒置二分律的常理，將正面之觀念置於反面觀念之下。雖然「倒置」(inversion) 或「顛倒」(reversal) 的確是「解結構」必需的一部分，它只是其過程中的第一步驟而非最終目的。以上之論述曾明白指出「道」與「延異」並不造成任何新觀念階級的建立。「道」不以（與「有」相對之）「無」為超越「有」之上的，「延異」也不以「文字」為超越於「言語」之上的。「倒置」只是整個論點的一部分；此論點將「有無」或「言語、文字」之對立問題化，揭露兩者之相互作用，並開啟了「形上學」二分律的封閉結構。

因此，德希達談到「延異」之「開放鏈」(open chain)，其開放、衍生之「正文鏈索」(textual chain) 的「換置」及「播散」：「『播散』產生無限的語意效用 (semantic effects)；它既不能被簡約為一單純、原始的存在，亦非一朝某特定目標前進的 (eschatological) 存在。」**㉖** 同樣的，莊子的「道」亦是無所不在、「道」之「化」無止境的：

> 東郭子問於莊子曰：「所謂道惡乎在？」莊子曰：「无所不在。」東郭子曰：「期而後可？」莊子曰：「在螻蟻。」曰：「何其下邪？」曰：「在稊稗。」曰：「何其愈下邪？」曰：「在瓦甓。」曰：「何其愈甚邪？」曰：「在尿溺。」東郭子不應。（〈知北遊〉）

㉕ Charles Altieri, "Wittgenstein on Consciousness and Language: A Challenge to Derridean Literary Theory," *Modern Language Note* 91 (1976): 1397–1423; Murray Krieger, pp. 356–357.

㉖ *Positions* I, p. 37.

德希達的「文字學」(grammatology)（或所謂「雙重科學」）是基於一種新的「文字」觀念。這觀念「不但引發了『言語』／『文字』階級（及其所屬之整個哲學系統）的『倒置』，同時它允許『文字』在語言內部以『歧異分子』(disso-nant) 的姿態出現，因而解散了所有序列的組織，入侵語言之封閉範疇」❷。「文字學」的「雙重性」似與「道」之「兩行」相呼應。莊子云：「以指喻指之非指，不若以非指喻指之非指也。以馬喻馬之非馬，不若以非馬喻馬之非馬也。天地一指也，萬物一馬也。」（〈齊物論〉）

總括「道」之「兩行」與「延異」之「雙重性」，我們可以說：一方面它代表了一種分裂、侵犯、或「形上學」二分律的「層次化」(stratification)；另一方面它顯示了兩個表面上穩定的觀念的相互作用與影響。具體來說，「存在」（西方形上學代表）被「解結構」之後，揭示出它原是一「子虛的、夢想中的自我存在，一個總已分裂、重複，除了在『不存在』以外無法自我顯現的存在」❷。換言之，「存在」賴「不存在」為定義。德希達主要關切的正是「延異」分裂這一方面的意義（其原因稍後將提及）。他強調「解結構」主義欲探尋「……逃出哲學二分律之統治而又隱藏其中抵抗它並破壞及組織的記號；這些記號不形成第三觀念，不提供形上學玄想式辯證法 (spec-ulative dialectics) 中二分律的解決辦法」❷。然而，這種隱含於二分律中的「雙重性」是否也揭示了自身的「雙重性」呢？如果「延異」開放了對立觀念互相牽連、糾纏的空間 (spac-

---

❷ Ibid., p. 36.
❷ *Of Grammatology*, p. 112.
❷ *Positions* I, p. 36.

ing)，是否「延異」的本身亦隱含了這種空間呢？我們所要探討的也就是：「雙重性」是否總已牽連、糾纏在其相對狀態──「齊一性」？「解結構」這方面的含意在《莊子》裡得到進一步的發揮。

首先讓我們回顧〈齊物論〉中的這段話：「物无非彼，物无非是。自彼則不見，自知則知之。故曰：彼出於是，是亦因彼。彼是方生之說也。」莊子不視對立觀念為二分性的，而視其為相衍生相循環的。以「時間」一觀念為例，如果「今天」是「明天」之「始」，就「昨天」而言「今天」是終。「始」「終」的觀念總已以彼此互為基礎，同時不斷的相互繁衍。因此莊子語：「始卒若環。」這「始」「終」的相互作用即「道」之「化」，這就是它們的「齊一」。郭象注《莊子》曰：「物皆自是，故無非是。物皆相彼，故無非彼。無非彼則天下無是矣。無非是則天下無彼矣。無彼無是所以玄同也。」如果二分對立觀念可以互換倒置而皆以「道」（「差數」）為本的話，它們亦是「齊一」的。換言之，「差異」是「齊一」的，因為這些「差異」具有相同的「可倒置」(reversibility) 之內在結構。這是莊子所謂的「齊物」，而「道」亦被稱為「天鈞」。「齊一」的思想也運用到「性」之討論裡。舉例來說，蜩飛三尺固不同於鵬飛九萬里，但就二者皆發揮其本身「差異」或其「性」，它們是齊一的。「齊一」存在於其本性之貫穿。在「天籟」的例子裡我們也發現同樣的想法。正因為把握了「差異」中的「齊一性」，莊子才會說：「天地與我並生而萬物與我為一。」

莊子中「道」乃「齊一」的想法是否與德希達的「解結構」主義相衝突呢？我以為答案是否定的，因為在「解結構」

過程中所揭露的對立觀念之相輔相成裡，「齊一」的思想已隱含其中了。德希達認為「延異」的「播散」每一次的表現方式均不同，那麼這「播散」的運動原可視之為所有「正文」間的「齊一性」，正如「道」是萬物之性所共有的齊一。再者，道的齊一性不可與形上學裡圓滿的「自我存在」相混；它並非形上學裡「一」與「多」(multiplicity) 或存在與不存在二分律的復活。如前所述，「道」僅存在於不可簡約的、創造性的「多」(irreducible, generative multiplicity) 之作用裡。因此莊子與德希達的不同處應看做是重點上而非本質上的差異。這種差異是程度上的而非根本類型上的。它反可作為兩者互相參照裨益之立足點。

來自西方形上學傳統並向其挑戰，德希達思想的重點在消解這「有即存在」的封閉式思維系統。「解結構」主義的成就在於一不可規限、無固定中心之開放空間的建立。「延異」（「差異」與「順延」）否定了「封閉此網 (network) 以阻止其蔓延或加以規限的可能性」 **❸⓪**。為了維持這種開放狀態，德希達避免「僅將形上學的對立觀念中立化 (neutralization) 或僅隱藏其中並維護這些對立觀念之封閉系統」 **❸①**。德希達所強烈反對的是一種黑格爾式（正反合辯證法）的超越合一。因此，難怪對「解結構」論者而言「齊一性」可能使人懷疑它恢復了形上學的封閉狀態。

至少在目前這階段的「解結構」過程裡，德希達認為壓抑「延異」中之「齊一」意義是必要的，因為「齊一」有使形上學觀念階級化復活之可能。這種顧慮清楚地表現在德希達下面

---

❸⓪　Ibid.
❸①　Ibid.

這段話裡:「我一貫強烈堅持『倒置』這階段的必要性,雖然有些人可能太輕率地就去貶損它。接受此必要性亦即體認在古典哲學傳統裡,我們所面臨的並非一平和的對峙 (vis-à-vis),而是一暴力的階級——其中的某一觀念佔著控制另一觀念的優越地位。要『解結構』這種對立就是在某特定時刻裡推翻此階級。忽略了『倒置』之階級就是忘了該對立的壓抑性與衝突性結構。如果我們在牢牢掌握該對立之前就太快地到達一中立點,則實際上此對立系統並未動搖,而我們將放棄了真正干涉其中的種種方法。」❸❷ 以上這段話可以作為對莊子思想中「道」乃齊一的批判,亦可視之為德希達與莊子整體思想的相通處的再度肯定。德希達指出,為了消解二分律,其主張之看似偏激或毀滅性的立場是必要的。「太快地」從「解結構」的「差異」到達「齊一」(他所說的「中立化」)將無法有效地動搖「形上學」之基礎。但就另一角度來看,莊子的「道」亦可作為「解結構」思想合理的進一步發展。德希達體認「解結構」實已隱含了「齊一」的意義,他對「倒置」的堅持實是整個「解結構」過程中的一個階段,一結構上、策略上必需的階段。再引德希達語:「當我說這階級是必需的時候,『階段』一詞可能不是最貼切的。我所說的並非一時間上的問題,一特定的時刻或可翻閱即過的一頁。這階段的必要性是結構上的,因此它是一無止期的分析。二分律的觀念階級化總是一再建立其自身。」❸❸ 也許從道家的角度來看,這種立場太過謹慎了些。來自一與西方形上學不同的哲學與歷史背景,莊子或許會說:德希達對重蹈二分律之憂慮本身不就代表了他仍為其所局限

---

❸❷ Ibid., pp. 36–37.

❸❸ Ibid.

嗎？當創造性與多相性 (heterogeneous) 的「差異」不成為觀念階級上的「差異」時，為什麼要遲疑稱「道」之齊一為「齊一」呢？就這點而言，莊子亦可作為德希達思想之批判。

五、「坐忘」之主題與「遊戲式」之風格

除了重點上的不同，莊子與德希達思想上有許多相通之處。因此，以「坐忘」為兩者之最終姿態或心態亦非一巧合而已。德希達思想中「忘」的主題來自其最重要的啟發者：尼采。尼采曾言：「對立並不存在，它們不過是我們從邏輯上推來的觀念，並被誤加於事物之上。」又言：「純粹對立 (unitary opposites) 是齊同 (making equal) 的一工具與後果」❸。這些話似出於莊子之口。尼采提到「主動的遺忘」(active forgetful-ness) 與「遺忘之藝術」(the art of forgetting)。兩者與其思想主題——「無知之意志」(will to ignorance)、「不智之喜悅」(joy of unwisdom)、及「樂天科學」(the gay science)——是不可分的。同樣的，在《莊子》裡「坐忘」與「大智若愚」的思想俯拾皆是。此外，尼采中「舞」與「夢」的意象可與《莊子》裡「夢」與「逍遙」的意象相比。「莊周夢蝶」的故事表達了「物化」的精神，所謂「自化」或與道合一即可解萬物之本性並進而體認其齊一，忘記邏輯所加諸其上的對立。因此在〈大宗師〉裡，莊子以為與其「吐沫相濡」，不如「相忘與江湖」。所謂「忘年忘義」，「忘乎物忘乎天其名為忘己，忘己之人是之謂入於天。」在「忘」的背後即自由與逍遙：「乘天地之正而御六氣之辯以遊無窮。」

這種自由逍遙的精神亦可在尼采有關「忘」的文字裡找

---

❸　見 G. C. Spivak, "Preface" to *Of Grammatology*, p. xxviii.

到。如 G. C. Spivak 所作之詮釋所說：「哲學家的『知識』使其屬於『夢者』之行列，因為知識即是夢。但是哲學家明知知識即夢仍同意夢下去，同意遺忘哲學的教訓以『求證』該教訓。這是一令人暈眩 (vertiginous) 的運轉，它無止境地繼續，或用尼采的語言，它永恆地返復。」❸❺文中所說的永恆的「暈眩的運轉」正適以形容德希達的思想中不可限制的「延異」之「播散」。

因此，「遺忘」同時遺忘與提醒：它遺忘了對立之二分律（及其系統），而在此遺忘過程中也喚醒 (recall) 了「道」或「延異」肯定性的「自由遊戲」。「遺忘」是一「雙重性」的最後姿態，它是「解結構」之「多元性」(plurality) 的一面。我應註明「最終」的意義是結構上而非時間上的。「遺忘」亦即德希達與莊子文中處處可見的「遊戲性」(playfulness)。

到目前為止，我們已探討了「文字學」與道家哲學的主題，它包括了：形而上觀念化的「解結構」，「延異」與「道」的「自由遊戲」，及「坐忘」之主題。然而兩者思想之表現與文字形式是分不開的。由於缺乏一個更好的辭彙，我將用「風格」(style) 一詞來形容德希達與莊子表彰其思想的方式。而在這方面我們可發現二者間另一相似處。

在其所處之文化傳統裡，兩位哲學家均以其獨特之文章風格著稱，有時甚至因此而遭批評。兩者風格皆可形容為精鍊的、具震撼力的、艱深的、甚或深不可測的。論者曾批評德希達的文字為「華麗的語言」，「奔放的、文學性的淫侈」❸❻。司馬遷形容莊子曰：「其言洸洋自恣以適己。」劉勰在《文心雕

---

❸❺　Ibid.

❸❻　Newton Garver, "Preface" to Derrida, *Speech and Phenomena*, pp. ix–xxix.

龍‧情采篇》裡亦許莊子風格為「華實過乎淫侈」。我們可就兩方面來探討這類置評的根源：一是兩者文中「比喻」之普遍使用，一是「似非而是」(paradox) 之「文字遊戲」的經常表現。

第一點觀察無須贅述，任何曾淺閱過德希達著作的讀者即可發現。「解結構」主義中許多關鍵詞彙是隱喻性的，如：痕跡、播散、文字、樞紐等。在《莊子》中，比喻（廣泛之意義包括：顯喻、隱喻、寓言等）之使用可稱為「車輪戰法」**❸**，即一連串的比喻一個緊接著一個出現，令人銜接不暇。譬如在前曾引用的「天籟」一段文字裡，百圍之樹的竅穴被比喻為「似鼻、似口、似耳、似枅、似圈、似臼、似洼者、似污者、……」，又如在〈逍遙遊〉裡，莊子用了五個比喻來說明「小知」（以別於「大知」）之限制。在〈人間世〉裡，莊子用六個比喻來說明「無用之用」。比喻不但成串的應用，有時一個比喻裡又包含了另一個比喻，正如「戲中戲」(play within a play) 一般。

兩者風格的第二點相似處即是誇張的「似非而是」的文字遊戲。下面這段評論可視之為德希達讀者代表性的反應：「我們常常無法確定德希達的文字表現到底有沒有連貫性 (consistency) 甚或可解性 (intelligibility)。我所指的是在某些片段裡德希達為了一個雙關語而甘冒『語意模稜』(equivocation) 之險，或是為了製造一驚人之語而寧可付出徹底荒謬的代價。例如當他說『知覺 (perception) 從未存在過』，或『言語沒有了延異將同時絕對地生與死』，或論及胡塞爾的基本區別時，他說

---

❸ 錢鍾書語，見其選註之《宋詩選》（北京：人民文學，1979 年 3 版），頁 72。

『其可能性即其不可能性』，或『différer 一字似乎與其自身相異』，或『無限之延異乃有限』，或哲學史是『封閉的』（字面上這句話就像小孩子聲稱自己睡著了一樣）等等。」❸幾乎所有德希達的重要辭彙都是「雙面」的，「或多或少」(more or less) 的代表了同樣的意義：延異（同與異）、補充（亦不足）、良藥（亦毒藥）、隱喻（亦觀念）、摩損 (usury)（亦高利貸）等等。在《莊子》裡，我們也碰到類似的言論：「天下莫大於秋毫之末而大山為小，莫壽於殤子而彭祖為夭。」（〈齊物論〉）「至樂无樂，至譽无譽。」（〈至樂〉）「知天地之為稊米也，知毫末之為丘山也。」（〈秋水〉）「注焉而不滿，酌焉而不竭。」（〈齊物論〉）在〈逍遙遊〉之始，莊子告訴我們「鯤」的故事：「北冥有魚其名為鯤，鯤之大不知其幾千里也。」「鯤」此處為一體積龐大的魚，但其字面上的意義是「魚子」。因此，最大的亦是最小的，反之亦是。

這種使用語言的方式較「比喻」之應用更令讀者感到困惑，因為它與常理所謂的嚴肅言論及意義表達的觀念並不符合。莊子特別提出其文字裡三種語言用法：「寓言」、「重言」、與「巵言」。「寓言」即托附之言，將作者的意思依托於一真實的或虛構的人物之口。「重言」即將作者之言托於一德高望重者之口（因而增加其分量）。以上兩種方式其實是一類的，只是「重言」可視之為「寓言」中的一種而已。至於「巵言」則值得我們特別注意。「巵」乃酒器也。據郭象之注，巵「滿則傾空則仰」。因此，巵是一極不穩定的器皿；從實用的觀點來看，它是無法使用 (unusable) 與無用的。其（不穩定）性質與其所謂之功用（酒器）是相矛盾相衝突的。「巵言」正可用來

形容莊子與德希達裡令人困惑而同時又令人回味的文字遊戲。

　　除了以上兩點觀察，莊子與德希達所用的語氣 (tone) 或姿態 (gesture) 亦加強了其文字表達的力量。莊子常對文字之價值提出疑問與否定：「今我則已有謂矣，而未知吾所謂之其果有謂乎，其果无謂乎。」（〈齊物論〉）這種模稜兩可的態度與老莊中對（區分性）知識之漠視及「裝愚弄癡」(playing ignorant) 相呼應。有時它以極煽動性的姿態出現，例如下面這段話裡，王倪（虛構之道家人物，莊子之代言人）近乎在說「繞口令」：

> 齧缺問乎王倪曰：「子知物之所同是乎？」曰：「吾惡乎知之？」「子知子之所不知邪？」曰：「吾惡乎知之？」「然則物无知邪？」曰：「吾惡乎知之？雖然嘗試言之。庸詎知吾所謂知之非不知邪？庸詎知吾所謂不知之非知邪？」

　　不但莊子採取這種若即若離的態度，他也勸其聽眾同樣如此：「予嘗為女妄言之，女以妄聽之奚。」我們可以在這拒絕指認與肯定語言意義的姿態裡，領略到一絲幽默與漫不經心。莊子毫不介意地稱自己的語言為「弔詭」、「荒唐之言」、「無端崖之辭」、及「謬悠之說」。

　　在德希達文字中，這種態度雖較不明顯，但仍有跡可尋。在 1966 年影響深遠的「批評語言與人文科學」座談會裡 (The Languages of Criticism and the Sciences of Man)，德希達回答座中問題道：「我自己也在懷疑我到底是否知道我的方向，我會這麼回答你：首先，我所嘗試在做的正是將自己置於這樣的一點，使我不知道我的方向。」❸❾ 我們很難判斷他是否認真。然

---

❸❾　Derrida, "Structure, Sign, and Play in the Discourse of the Human Sciences,"

而，到底什麼是認真或嚴肅 (serious) 呢？G. C. Spivak 在評介德希達的《有限公司》(*Limited Inc.*) 一書時指出，該作品中「嚴肅與非嚴肅」的混合是一種對「嚴肅」一觀念的批判。我們試引書中這段話：

> 這類（古典的、傳統的）理論性論述：必然會產生在原則上嚴肅的、字面上的 (literal)、嚴格的……語言行為 (speech acts)。語言行為理論唯一可能逃出這傳統定義的方法就是（在理論與實踐上）堅持語言行為不需要或不僅是嚴肅的權利。到目前為止，它做到了這點了嗎？也許是我忽略了嗎？以絕對嚴肅的態度，我不能排除這可能性。但是我是否嚴肅呢？ ❹

對最後這問題，Spivak 提出一個答案：「就我批判之意義為根據，我無法一下決定的。但是我仍將採取我的立場以提出批判。」❹ 以上整段文字似乎總結了德希達風格的全貌。它使我們想起他在 1966 年座談會裡所說的：「我無法接受你這樣精細的理論公式，雖然我不準備提出另一個公式之可能性。所以，除了某些保留——我們了解我不知道自己的方向或我並不滿意

---

in *The Structuralist Controversy: The Languages of Criticism and the Sciences of Man*, ed. Richard Macksey and Eugene Donato (Baltimore: The Johns Hopkins University Press, 1972), p. 267. 該次座談會中所發表之論文及討論記錄皆見於此集。

❹ 引自 G. C. Spivak, "Revolutions That as Yet Have No Models: Derrida's Limited Inc.," *Diacritics* 10 (December 1980): 44. *Limited Inc.* 乃德希達回覆 John Searle（語言行為理論哲學家與 J. Austin 之信徒）疑難之數篇著作的集子。（編者按：*Limited Inc.* 為單篇長文，法文為小冊子，英譯收在 *Glyph 2* (1977)。）

❹ Ibid.

我們所使用的語言——之外，我完全同意你。」❷德希達文字風格本身就對嚴肅／非嚴肅、意義／表達的簡單劃分提出疑問並將其問題化。因此，文字風格乃整個「解結構」主義對所謂之「正統」(the proper)（指形上學傳統）之批判的一部分。

前面曾經指出，莊子與德希達相近的風格並不「代表」(represent) 或「指向」(refer to) 他們的思想；其風格即其思想。風格並非加諸思想的一種模式或一襲外衣，它是該思想的一部分亦是全部。比喻及「似非而是」的普遍存在，加上作者非嚴肅或非肯定 (non-assertive) 的姿態共同建立了一「多元性」(plural) 或「遊戲式」(playful) 的風格。(play 在此意指莊子中「道」與德希達中「延異」的運行。) 它表彰了「解結構」兩個重大的意義：第一、內容與形式、意義與表達、比喻與隱義的區分不再是絕對的或適當的；第二、同樣的，哲學論述與文學創作、客觀分析與主觀表現、嚴肅著作與非嚴肅著作的對立亦非固定不變的。莊子與德希達艱深的風格乃源於其思想之艱深，這思想仍在一繼續被了解被詮釋的過程中。

---

❷　Derrida, "Structure, Sign, and Play," p. 267.

新 版 跋

    1980 年代末、90 年代初，思想上與現象學頗多輳輻的法國猶裔哲學家拉維納斯 (Emmanuel Levinas, 1906–1995) 突然走紅大西洋兩岸。英美文論界也甚為注意，一時間似視為另一「發現」。但或許拉維納斯思想上本就甚「玄」，加上猶太神秘主義摻雜其中，一直「熱」不起來，不旋踵就淹沒於理論界的喧嘩中。倒是德希達的發展，雖與現象學漸行漸遠，則一直備受矚目，並沒有「降溫」。及至法哲吉爾・德勒茲 (Gilles Deleuze, 1925–1995) 企圖以「本體論」角度來分析電影本質的專書出版後，英美電影理論界從者頗眾，尋且出版「導讀」、「使用指南」之類的入門簡介。德勒茲此書的思想源頭甚為龐雜，重返柏格森 (Henri Bergson) 之餘，又雜以不少現象學觀點，是「古典」電影美學逐漸成為「常識」後，對映象本質罕有的大規模「冥思」。(此書臺灣 2003 年中譯本作《電影 I：運動─影像》、《電影 II：時間─影像》。)

    《現象學與文學批評》舊版刊行後，適逢中國大陸改革開放，不意竟有些「迴響」。先是北京社科院負責西洋文學理論的一位「領導」，來美訪問，得筆者贈書後，將書中岑溢成、廖炳惠二位教授的譯文，略作文字更動後，連同譯註據為己有，收入其編譯的一本書裡；書中論評部分更順便多處「襲用」筆者的〈前言〉。後來中國人民大學一份談解構主義的博士論文，也小量「抄用」筆者的〈前言〉。倒是某地方大學的

一本文學理論叢刊，重發本書三分之二篇幅，雖沒說明出處，但作者、譯者均有列出，倒沒有損害作、譯者的「著作人格權」。

隨著中國大陸的加強開放，本書介紹的現象學大師之著作均已大量中譯，不少且以繁體字在臺重刊，對中文讀者的進一步探討，大為方便。網上資料也頗多。舊版所附〈中文參考資料目錄〉因此刪去。

鄭樹森

2004 年 8 月

作譯者簡介

蔡美麗

加拿大渥太華大學哲學博士，現任國立政治大學哲學系專任教授。著有《胡塞爾》、《「黑格爾」2003年》、《海德格「存有」概念初探》等書。

廖炳惠

美國聖地牙哥加州大學比較文學博士，現任國立清華大學外語系教授。著有《里柯》、《另類現代情》等書。

岑溢成

香港新亞研究所中國文學所博士，現任國立中央大學中國文學系教授。著有《梅露彭迪早期思想中的感知概念》、《詩補傳與戴震解經方法》等書。

杜國清

美國史丹佛大學中國文學博士，現任美國加州大學聖塔芭芭拉東亞語言文化研究系教授。除著有多種詩集外，尚有《日本現代詩鑑賞》、《詩情與詩論》等中文專著，英文專著《李賀》。其譯著甚豐，有波特萊爾《惡之華》、劉若愚《中國詩學》、艾略特《荒原》等。

葉維廉

美國普林斯頓大學比較文學哲學博士，現任美國加州大學（聖地牙哥校區）比較文學系教授。除著有《紅葉的追尋》、《冰河的超越》等詩文集外，並有《從現象到表現》、《歷史傳釋與美學》、《解讀現代‧後現代》、《比較詩學》等專著。

王建元

美國聖地牙哥加州大學比較文學博士，現任香港中文大學現代語言及文

化系教授。著有《文學文化與詮釋》等書，及英文著作多種。

奚 密

美國南加州大學比較文學博士，現任美國加州大學戴維斯分校東亞語文系教授。中英文著作多種，如《現當代詩文錄》、《從邊緣出發：現代漢詩的另類傳統》等書，另譯有《海洋聖像學：沃克特詩集》。

〔比較文學叢書〕

當東方遇上西方，
能否出現溫柔的共鳴？
跨越時空與文化的「同」與「異」，
尋找關於歧異與匯通的道路……

主題學研究論文集　　陳鵬翔／主編

本書的內容深具開疆拓界的歷史意義，許多碩、博士論文受其直接或間接的啟發。王立教授在其近著就指陳，這本編著的面世，「標誌著這一研究方法正式開始從民俗故事研究領域向文學主題學研究領域過渡」。為了本書之再版，陳鵬翔教授特地再撰編入〈主題學研究的復興〉一文，對這個學域的最新拓展有簡扼且深入的闡釋，相信對讀者（尤其是研究者）一定有相當大的助益。更期望中西比較式的主題學理論與研究能蓬勃發展起來。

比較文學理論與實踐　　張漢良／著

本書分為五篇，分別處理了比較文學傳統上認可的課題。書中雖然認為前後的作者在客觀認定上是同一人，但在主觀經驗上，後來的作者實際無異前面無數作者反省式的讀者，可以懷疑、修正甚至否定以前的觀點。在此一說法成立的背後，我們也對於現今比較文學在臺灣的研究成果感到好奇。在中西文學比較的過程中，作者試圖帶領我們跨越時空與文化的「同」與「異」，尋找關於歧異與匯通的道路。

中美文學因緣　鄭樹森／編

從愛默生和梭羅開始，一直到六、七十年代的詩歌和科幻
小說，美國文學不斷受到中國的刺激。中國的古典文學和
思想在美國文學的發展上究竟扮演了什麼角色？美國作家
何以會對中國的文學和思想發生興趣？這些問題都是本書
意圖探討和解答的。本書是中文讀書界對中美文學關係首
次較為全面的透視，對於美國文學和比較文學的研究者別
具意義。

現象詮釋學與中西雄渾觀　王建元／著

本書採用比較文學研究方法，探究「雄渾」此觀念在中西
文化、哲學、美學中的歷史發展，及其在文學和藝術作品
中獨特的表現模式。作者從傳統美學入手，在比較過程中
指出西方美學應用於中國古典文藝理論時的困難及問題，
繼而闡明傳統美學本身的局限，最後引用現象詮釋學的強
調本體存在與保留活潑經驗的生命哲學，嘗試從中國傳統
文藝理論的點滴中，建立一個新的閱讀和詮釋體系。